俺様エリートは独占欲全開で愛と快楽に溺れさせる

春宮ともみ
Tomomi Harumiya

Eternity
BUNKO

目次

俺様エリートは独占欲全開で
愛と快楽に溺れさせる

プロローグ

「あぁあっ……！　そこっ、ひ、ぅっ」

熱い楔《くさび》がより深い場所へと潜り込んでこようとする。いつもよりも硬い先端が、私のナカの最奥を穿《うが》つように貫いていく。弾《はじ》けそうなほど膨らんだ独特の疼《うず》きに下腹がひくりと波打った。

「ッ……締めんなって」

細く整えられた眉が物憂《ものう》げに歪む。艶《つや》のある低音で咎《とが》めるような言葉が蠱惑的《こわくてき》に響いた瞬間、途方もない快楽が押し寄せ、背中を弓なりに反《そ》らせた。

彼の熱い吐息がじりじりと肌を焼く。全身が焼けつくような激しい睦《むつ》み合いに、繋がっている箇所の輪郭すら溶けてぐずぐずに混じり合ってしまいそうだ。

「う、ん、っ……わ、わた、わたしっ、もう……！」

痺《しび》れるようなあの感覚が這い上がってきて、規則的な呼吸ができなくなった私の吐息が更に荒く乱れていく。

ふっと、彼がいつものように口の端をつり上げて笑った、その瞬間。ずん、と一際強く突き上げられあっけなく絶頂を迎えた。甘く眩《まばゆ》い感覚が押し寄せる津波のように全身へと広がって行き、脳天へと突き抜けていく。目尻から生理的な涙が滑り落ちていくとともに、くたりと全身が弛緩《しかん》した。高みへと押し上げられた浮遊感に意識が蕩《とろ》けていく。

余韻が収まらない中、不意にみっちりと満たされていた隘路《あいろ》から楔《くさび》がゆっくりと引き抜かれる。目の前の彼に時間をかけて悦《よ》い場所も弱い場所も、何もかもを知り尽くされたこの身体。果ててぼやけた思考でも彼のこの先の行動を悟り、びくりと全身が揺れた。

「ま、って、イッたばっかりだからっ、……あああッ！」

力の入らない腕を懸命に動かして伸ばした手は意味を持たず、内壁の浅い粘膜部分に昂《たかぶ》りの先端が容赦なく当てられる。執拗に弱い箇所へと摩擦を与えられ、目の奥が白く瞬いた。はくはくと酸素を求めながら大きく仰《の》け反《ぞ》る。

「……っ、く、限界」

いつになく上擦ったような声色とともに、再び最奥に打ち付けるような獰猛《どうもう》な抽送《ちゅうそう》が始まった。

「や、ああっ、ぁ、んぅっ！」

結合部から奏でられる淫らな旋律。耐えがたいほどの婬靡《いんび》な蜜音に思わずぎゅうと目を瞑《つむ》る。本能的に収縮する隧道《すいどう》から、蜜がとろとろと零れ落ちていく。

襲い来る陶酔のうねりに溺れてしまわないように右手でシーツをぐっと掴むと、彼の汗ばんだ熱いてのひらが重ねられた。

不思議だ。『愛』と『快楽』はとても近い場所にあるけれど、それでも究極に遠い場所にあるはずなのに。『愛』は自分以外に向けた意識だけど、『快楽』は自分へ向けた意識――だった、はずだったのに。今、彼から与えられている愛と快楽は、どちらも同じ方向を向いたもののように思う。

「すげぇ締まるな、今日……」

掠れた声で紡がれる言葉にそっと目を開けば、視界を占領するのは均衡《きんこう》が取れた引き締まった胸板。吸い寄せられるように視線を上げると、こちらを見つめている彼の瞳に宿る――情欲の光。艶《なま》めかしいまでの熱を孕《はら》んだ表情にぞくりと全身が総毛立《そうけだ》った。胸の奥が否応なしにヒリヒリと灼《や》けついていく。

彼の空いた右手が私の片脚を持ち上げた。途端、結合が深まり甘い吐息と鼻にかかった嬌声が零《こぼ》れ落ちていく。

余裕がなさそうに見える彼が、それでも揶揄《からか》うように切れ長の目を細め、私の耳元で小さく囁《ささや》いた。

「今日、いつもより感じてんな？……初めて、家以外でシてるから？」

「しっ、しらないっ、あぅうっ」

不規則な律動《りつどう》から生み出され、押し寄せる快楽の波。身体も思考も何もかもが乱されて脳内が白く塗りつぶされていく。必死に縋りついていた理性を手放し無我夢中で頭《かぶり》を振ると、汗ばんだ頬に私の髪が纏《まと》わりついた。

「それとも……初めての旅行……だから？」

彼の形を記憶して久しいソコは、熱い楔《くさび》が膨張して内壁が緩やかに押し広げられていく感覚をはっきりと拾い上げる。迫りくる深い絶頂感を堪え切れず自ら腰を浮かすと、それが合図だったかのように白い波が下腹からせり上がってきた。

「んっ、やぁっ……あぁあッ……！」

「……くッ！」

どくんと楔《くさび》が震えるのと、身体の奥底から押し上げられた感覚が弾《はじ》けるのは同時だった。


「ちょっと。ここ、禁煙のほうのスイートなんだってば」

白濁の溜まったゴムを手早く片付けた流れで彼が小箱とライターに手を伸ばしたのを見逃さず、整わない呼吸のまま抗議の視線を送る。

視線が絡まったその目が、すっと意味ありげに細められた。

「ふぅん。まだ俺に文句つける元気あったんだ。今日はかなり歩き回って疲れてるだろうからと思って手加減したのに？」

「……っ！」

不敵と表現するのが正しいような彼の笑みに経験上の嫌な予感を感じて、再びさぁっと血の気が引く。脳がくらくらするような強い余韻が抜けきれない身体を震わせ、キングサイズのベッドの余白に逃げ場を求めた。

「今日、いつもより感じてたのって、何で？　さっき答えてくれなかったけど」

彼の指が露わになったままの私のくびれをなぞる。途端、全身がびくりと跳ねた。それだけで反応してしまう自分が恨めしい。それもこれも、全て目の前の彼のせい。そうに違いない。……だけども。

「……智《さとし》だって、いつもより激しかった‼」

ベッドに備え付けられた大きな掛け布団を引っ張り、所有痕が盛大に散らばる胸元を隠してダークブラウンの瞳をきつく睨みつける。

今日は私の昇進祝いということで、彼が土日を利用して隣県に一泊二日の小旅行を計画してくれていた。大仏坐像で有名な社寺を回り、たくさんのお店が並ぶ商店街を思う存分食べ歩いて、青く広大な海を見て癒されて。怒涛《どとう》ながらも、充実した一日だったと思う。

緩やかになりかかっている呼吸に合わせ、海原に揺蕩《たゆた》うような悦楽の余韻を逃がしつつ、改めて今日一日の出来事を振り返る。元来、彼が性欲おばけであることは認識しているけれども。

（まさか……お互いに疲れたと言い合った日まで、なんて）

その上でセックスになだれ込まされたという事実に、思わず眉間に皺が寄った。

「ぼーっとして、何考えてんの？」

不服そうな声色が耳朶《みみたぶ》を打ち、ハッと現実に引き戻される。大きな手が掛け布団を支える私の手首に触れた。視界に映り込むのは情欲を灯した瞳。

「他のことを考える余裕がある、って……煽ってます？　知香《ちか》さん」

放たれた言葉とは裏腹に柔らかな笑みが向けられる。彼の口調と声のトーンが、変わった。その事実に再び身体がびくりと大きく跳ねてしまう。

「ち、違っ！」

「答えて？」

有無を言わせぬ空気を纏《まと》った問いに、じんと身体の奥に熱が灯った。熱い手に捕らえられたままの手首がゆっくりと力強く引かれていく。トン、と彼の胸元に引き寄せられ、唇に噛みつかれる。

これからのことを想像してじわりと蜜が零れた。それを感じて小さく苦笑する。さっきも散々啼《な》かされたのに。

今日くらいは――この愛と快楽に溺れてしまおう。

唇に当てられた熱を感じながら、そっと瞼《まぶた》を閉じた。

(まぁ、いいか……)

第一章　人生の曲がり角

高校は女子校だった。同級生は思ったよりも大人びていて、そういう話もよく飛び交っていた。ませた友人たちから聞き齧《かじ》った知識を得て妙に耳年増だった分、セックスに期待をしていた。

だからこそ、大学のインターンシップで出会った初めてのカレとの破瓜《はか》の痛みにも耐えられた。回数を重ねて、幸福感は得られた。

けれど、快いと思ったことは正直一度もない。

周りに恥を忍んで聞いてみても、慣れないうちはそうだよと一蹴される。周りがそう言うのだから、きっと快くなるはず。だって私はカレが好きだ。カレも私を好いてくれている。

……そうに決まっている。私たちは未来を約束した仲。これからは身体を重ねるだけでなく、延々と続く未来の日々を重ねていくことになるのだから。

「元カノとの間に子どもができた。別れてほしい」

　衝撃的な出来事は、唐突に訪れた。夜景の綺麗なレストランでフルコースを食べ、デザートが並べられカレが居住まいを正した瞬間だった。

　はっきりとした言葉はなかった。けれど数週間前に「そろそろ両家に挨拶に行こう」と言われ、そしてその後のデートでは指輪を見に行った。それが何を意味するのかを察せない訳はない。その上で話があると言われれば、その時が来たのだと思うだろう。交際歴四年、二十七歳のカレと三つ年下の私。

　互いに仕事を終え、待ち合わせの時からひどく挙動不審だったカレ。挨拶に行くという言葉が出てきた時点でプロポーズしているようなものだけれど、正式なそれの前に緊張しているのだと思っていた。

「すまない」

　食後のコーヒーを前に茫然自失としたまま言葉を紡ぎだせずにいると、カレが苦痛に顔を歪めながら謝罪の言葉を口にした。

「元カノ……なんて、いたんだ」

　私の口から初めに溢れた言葉は、あまりにも間抜けなものだった。

「ごめん。付き合ったことはあっても……その、経験がなかった。だから初めてだと言ったんだ。あの時、経験がないとは恥ずかしくて言い出せなかった」

初めて同士だと思っていた。その気持ちも裏切られていた。それだけでなく女性として最大の裏切りを懺悔される。いかにもプロポーズに向いた……こんな夜景の綺麗な場所で。

「本当に悪いと思っている。慰謝料請求するつもりなら受け止める。どんな誹《そし》りも受け入れる」

慰謝料請求。その言葉の輪郭だけが脳内に残って、残像のようにぐるぐると回りだす。

（……もう、挨拶の話が出ていたから……）

まるで悪い夢を見ているようだった。自分を取り戻せずにいる私を置き去りに、カレは私たちが選んだ指輪の箱をテーブルの上に置いて言葉を続けていく。

「これは好きにしていい。質屋に入れたって売り払ったっていい。会社で君に合わせる顔がないから、今朝、他の地区へ異動願いを出した。元カノも転居することは了承済みだ。山崎《やまさき》部長と田邉《たなべ》部長にも事情を話しているから。会社で君に迷惑はかけない」

「……え？」

社内恋愛だった、私たち。いつのころからかカレと私の関係は公然のものとなっていた。自ら吹聴したことはなかったけれど、色恋のゴシップは瞬時に駆け回るもの。それ故に私たちのことを知っている人物は多い。もちろんお互いの上司もそうだ。その人たちはすでにこの結末を知らされていた。

それらが示す結論。この場で私が「別れない」と言い出すことは許さない、というカレの意思表示。私に選択肢は用意されていない。別の世界で起こっている出来事のような、目の前の現実を。受け入れるしか、ない。破局は――決定事項。全身から力が抜けていくのを感じたけれど、それでも弱い部分を目の前のカレに見せたくはなかった。

「……指輪はいらないから。あなたのほうで処分して、新生活の足しにして」

泣いて縋《すが》るという選択肢すら用意されていない。それに対しても、惨めだとか怒りだとか、そんな感情は一切湧き上がってこなかった。

ただただ淡々と。自分の声に感情を込めず、気丈に振る舞いカレに鋭く言葉を突き返した。

「……すまない」

初めての恋人。初めての体験。初めての……裏切り。これ以上なんと言葉を返して良いかわからなかった。

目の前で悲痛な表情《かお》をして……まるで自らが被害者のように、だらんと力なく項垂れるカレに。どんな感情を持てばいいのかすらも――わからなかった。

いつもの朝が来た。なんてことない、月曜日。代わり映えのない日常生活。

普段より空いている電車に乗り、最寄り駅で降りる。地上へ繋がる階段を上るとオフィスビルが見えてきた。一階に入居している開店準備中のカフェの横を通り過ぎ、正面玄関を潜る。

エントランスはエレベーター待ちの人でやや混雑していた。周囲の顔触れを見回し安堵の溜息を吐く。鞄をまさぐって社員証を手に持ち、他社の社員たちに交じり到着したエレベーターに乗り込む。

今日はわざと顔見知りがいない時間を狙って出勤した。

あの話がすでに噂になっていたら？　ヒソヒソと噂されているのを耳にしたら？　今度こそ、私の全てが崩壊するような気がしていた。

独特の浮遊感で目的の階でエレベーターが止まったことを認識する。開いた扉をすり抜け、足を踏み出したエレベーターホールに置いてあるタイムカードの機械に社員証を翳《かざ》していく。

「……しまったなぁ」

想定より早く着いてしまった。目の前の機械が表示する時刻は七時五十六分。

始業は九時。今は早朝残業申請が必要な時刻だ。

「でも……この時間に出てくるのも、おかしくはないもの」

機械の前で自分に言い聞かせるように小声で呟き、肩に掛けた鞄に社員証を押し込んだ。

所属している通関部は月曜日と金曜日が非常に忙しい。土日に税関が閉まるため、週明けは特に書類が嵩《かさ》む。そのため管理職以外の所属社員で月曜日のみ早出勤務担当を割り振っている。今朝の担当は私ではないが、そうした事情から早朝残業申請を出しても矛盾はない。

デスクに積み重なっているはずの書類のこともあり、重い足取りで更衣室に向かう。

制服に着替えて社員証を首にかけ、ブラウスの襟元に挟まった髪を一つに纏《まと》めていく。いつだったか……腰まで届くこの長さが一番好きだ、とカレは言っていた。そこまで考え、ふと我に返る。

我ながら呆れるほど未練がましい。髪を結ぼうとしただけでカレを思い出すなんて。頭《かぶり》を振って思考から追憶を追い出し、ロッカーに備え付けの内鏡に自分の顔を写し出す。

「ひどい顔」

軽く両頬を叩きロッカーの扉を閉じる。一人きりの更衣室から通関部のフロアへ足を向けた。

フロアに近づくごとに緊張で鼓動が激しくなる。カレが在籍する人事部のブースは一つ上の階。社内で顔を合わせることはほぼない。

カレに、私を踏みにじった平山凌牙《ひらやまりょうが》に、負けたくない。

散々泣いて休日を潰した。遠方の親に挨拶に行く必要がなくなった連絡をした。ずいぶんと心配された。理由は悔しすぎて、情けなさすぎて……両親には言えなかった。

『事情は聞かないけど、知香が決めたことなら大丈夫よね？』

そう言って優しく電話を切った両親は、いつだって私の意志を尊重してくれる。その優しさが、今はありがたかった。生きているうちにきちんと自立して親孝行したい。

だからもう、過去は振り返らない。私は前を向く。熱い水分で視界が歪んだことに気がつかない振りをして、フロアに繋がる扉を開けた。

「おはようございます」

自らを奮い立たせるように通関部のブース前で一礼をする。足早に行動予定表のボードに歩み寄り、『一瀬《いちのせ》知香』のマグネットを『在席』に動かした。

「一瀬、おはよう」

「……おはようございます」

部長席から向けられる、いつもと変わらない田邉部長の穏やかな表情。自意識過剰かもしれないが、それでも少しだけ含みのある目をしているように感じた。ぐっと俯いて自分のデスクに足を運ぶ。椅子に腰を下ろし、積み上げられた書類を淡々と選別していく。運の悪いことに田邉部長の斜め前に私の席がある。妙な沈黙、私に突き刺さる陰伏《いんぷく》的《てき》な視線。実に居心地が悪い。

「一瀬さん。今度の通関分で仕入書《インボイス》と梱包明細書《パッキング》が違う分があります」

一息ついたころ、後輩の小林《こばやし》くんから助けを求められた。目鼻立ちの整った顔に仔犬が困ったような表情を浮かべている彼は今年の新入社員。今朝の早出担当の小林くんから投げかけられた内容に、少々裏返った声が飛び出ていく。

「ええ!?　どこからの依頼？」

「三ツ石商社《みついししょうしゃ》の分です」

予想外の社名に思わず目が丸くなる。あの会社からの依頼書類に不備な点があったことはあまり経験がない。珍しいこともあるものだと首を捻った。

これでは税関の許可が降りずに依頼されている商品の貿易の流れが止まってしまう。電話かファックスか、はたまたメールが良いか、と不備の訂正の方法を逡巡《しゅんじゅん》する。

件《くだん》の会社は、このオフィスビルの前にある交差点を左に曲がって少し先のビルに入居している。これから徒歩で向かうとしても、あちらの始業時刻である八時半には到着できるはず。

含みのある空気感を纏《まと》った上司の目の前。居心地の悪さも重なり、不真面目だけれどこの場を抜け出す口実に使わせてもらおうと脳内で結論付ける。

「小林くん、担当者はわかる？　どうせだから挨拶に行きましょう。あなたも通関部に配属されて半年経ったし。ついでに不備についても聞いてきましょう」

「ですが……俺、下っ端ですし……」

「『俺』じゃない」

取引先への挨拶という降って湧いたような現実にたじろいだ彼の言葉を遮り、言葉遣いを窘《たしな》める。社会人になりたての彼は慣れておらず一人称の使い分けがいざと言うときに上手くいっていない。このままでは取引先の前で恥をかくのは彼。それを矯正するのも彼の教育係である私の役目だ。心を鬼にして彼に視線を向けると、黒曜石のような瞳が揺れ動き小さく頭が下げられた。

「……すみません、つい」

「うん、気をつけて」

少し前まで学生だったのだ。社会人として未熟な面は仕方ない。彼も徐々に成長してくれたらそれでいい。小林くんに先方の担当者へ不備と訪問の一報を入れるように指示を送り、持っていた書類を揃えてデスク脇に避ける。

「田邉部長。少し外出します」

「わかった。なるべく九時過ぎには戻ってこい。山崎部長が面談したいと呼んでいたぞ」

告げられた言葉に思わず息を呑む。人事部の部長が私に何の用だろうと考え、即座にその用件に辿り着いた。

用なんて一つしかない。今回の件の顛末について説明を求められるのだろう。史上最速で課長代理に昇進した優秀な人材が、痴情のもつれを理由に人事部からの異動願いを出しているのだ。

「……承知しました」

何かの重しを乗せられたような重い身体を動かし、私は腰掛けた椅子からゆっくりと立ち上がった。

◆

行動予定表の自分の――小林達樹《たつき》のマグネットとともに、一瀬さんのマグネットも『外出』に動かした。「ありがとう」と小さな声が耳に届き、俺はそちらに視線を滑らせる。

普段よりも早く出社してきた彼女。メイクで隠しきれていない僅《わず》かな隈《くま》に、腫れぼったい瞼《まぶた》。涙し、眠れぬ夜を過ごしたのだと想像できるその姿。

あらぬ視線を向けぬよう自分の感情を抑えつけ、エレベーターホールに向かう一瀬さんの背中を追った。彼女が『下』ボタンを押したのを確認し、そっと真横に立ちエレベーターの到着を待つ。

「山崎部長って人事部の部長でしたよね？　来週の……秋の異動の内示でしょうか」

「私、入社してからずっと通関部だし。ありえるわね」

妙な沈黙に耐えきれず声をかけると、彼女はまるで他人事のようにさらりと言葉を発した。視界に映るその横顔は、感情を押し殺したような表情をしているように思えた。よくわからないが、今の彼女は真夏のアスファルトに儚く揺らめく陽炎《かげろう》を連想させる。そんなはずはない、と俺は意識を現実に引き戻すように言葉を続けていく。

「俺の指導はどうなるんスか」

「三木《みき》ちゃんに引き継ぐわ。彼女ももう二年目だし、そろそろ下を育てることを考えてもらわないといけないと思っていたから。渡りに船かしら」

先ほどとは違い、『俺』という一人称にも砕けた言葉遣いにも一瀬さんは苦言を呈さない。今だけは先輩後輩でなく会社のために意見を言い合える対等な立場として接してくれているということだ。

一瀬さんの下について半年。この人は俺を一人の社会人、小林達樹として見てくれる。後輩として軽んじるのではなく、社会人の『小林達樹』としてきちんと見てくれる。

入社して二ヵ月の頃。この書類はこうしたら良いのではないかという提案を、根拠を添えて昼食時に何気なく話した。彼女は「仕事に対して合理的な考えをする子は好きよ」と悪戯《いたずら》っ子のような笑みを浮かべながら俺の意見に同意してくれた。田邉部長へ進言する際も、たどたどしい俺の説明を後ろからフォローしてくれた。俺の先輩である三木さんも彼女のことを公私共に慕っており、そう長くはない時間で彼女の人柄を理解できた。

チン、と軽い音がして扉が開く。到着した下りのエレベーターに二人で乗り込んだ。出勤者で騒《ざわ》めく上りは混雑しているが、こちらには誰も乗っていない。

彼女が人事部の平山さんと交際していると知ったのも、そのころだった。彼は『適性を見抜く力』に長けている。彼が採用・配属業務に関わるようになってからこの会社の離職率は大幅に減ったという。

この極東商社《きょくとうしょうしゃ》は食品を手掛ける商社で多数の部門がある。企業説明会で受けるのは華やかな営業の世界という印象が強いが、実際は正論だけでは生き抜けない世界だ。

他社を出し抜いて成果を勝ち取る者。他者を出し抜いて成果を勝ち取る者。現実と理想のギャップに堪えかねて離職してしまう、厳しい世界。

そんな中、平山は営業に向いた者、商品開発に向いた者、管理業務に向いた者を的確に見抜き、採用から配属までを取り仕切る有能な人材らしい。二十七歳の若さで彼が会社史上最速のスピードで昇進したというのも頷ける。

ただ、俺は正直なところ彼が苦手だ。『適性を見抜く力』は『不適性を見抜く力』でもある。それは他者を見下す要因になりかねないと知っている。現に、彼と相対すると少しばかり――蔑《さげす》まれているような、そんな気がするのだ。

二人きりのエレベーター内でそっと彼女に視線を向ける。俺の肩の位置に頭部が来る背丈。不意に、黒髪から覗く薄い耳朶《みみたぶ》と、低めの位置で一括《ひとくく》りされ露《あら》わになっている白いうなじに目を奪われてしまった。胸の奥に潜む心臓がどくりと跳ねた感覚に、慌てて目を逸らす。ちらりと映った彼女の焦げ茶色の瞳は、まっすぐに、けれどもぼんやりと操作パネルを見つめていた。

仕事とプライベートをしっかり分ける彼女。平山とは会社でも接点を持たず、飲み会や社内研修でも徹底的に接触を避けている。普段からきちんと線引きをしているはずだというのに、「何かがあった」という空気を隠しきれていない。目の前の光景に身体の奥が騒めいた。

エレベーターの駆動音だけが響く空間に二人きり。何があったのか、思い切って聞いてみようかと口を開きかけた瞬間、独特の浮遊感に包まれて扉が開いた。タイミングを逸し、無言のまま出勤前の人でごった返すエントランスに足を踏み入れる。

「……っ」

正面玄関を目指し、俺の前を俯き気味で歩いていた彼女が何かにぶつかった。ハッと顔を上げると、そこには平山の姿があった。

「なんだ、君か」

投げかけられた言葉に彼女が硬直する。数秒の後に、初めて聴くような硬い声色が響いた。

「……すみません。前を見ていませんでした」

「朝は人が多いから気をつけて」

言葉尻は柔らかいが男の声色も硬い。まるで吐き捨てるように彼女に声を投げつけている。自然と眉間に皺が寄った。不注意は誰にでもあることだ。何もそんな言い方をしなくても、と男を見上げ、俺もぴしりと硬直した。

前髪を掻き上げるように動かした男の左手の薬指。そこには、銀色に光る結婚指輪が輝いていた。思考が一瞬で停止する。

目の前の二人は交際中ではなかっただろうか。先ほど書類整理をしていた彼女の左手の薬指には何も無かった。そこから導き出される結論に自分の全身の血が沸騰するような感覚を抱いた……が。

第三者である俺が抱いて良い感情ではないと気がつき――その光に気がつかなかったふりをした。

◆

その輝きを認めた瞬間、喉が凍りついた。数秒遅れて――結婚指輪の意味を。金曜日《あのひ》、カレの上司と私の上司に根回しされた理由を理解した。

私に別れを告げ、その翌日には、あるいは食事の帰りの足で婚姻届の提出をするつもりだったのだろう。授かり婚であれば尚更早めの手続きを求められる。それは元カノの求めなのか、元カノのご両親が求めたのかまでは私は知る由《よし》もないけれど。

私が知らない裏側でこのような段取りが組まれていたからこそ、あの場で私が『別れたくない』と言い出せない状況がご丁寧に仕立て上げられたというわけだ。

その結論に辿り着き、軽く息を吐く。乾いた笑いすらも——今は出てこない。

ぼうっと考え込みながらも、足は不思議と目的地へ向かって動いていた。エントランスを抜けて正面玄関を潜り、九月の眩しい太陽の下に出る。

「……一瀬さん」

不意に背後の小林くんから呼び止められた。背中には見なくてもわかる、彼の心配そうな視線がぐさりと突き刺さっている。

小林くんも気がついたはずだ。彼は年齢の割にひどく聡い。ある程度の事情を察したはず。いたたまれなくなり、わざと明るく声を張り上げた。

「そうだ。三ツ石商社の担当さんの名前、聞いてなかったね？」

その場でくるりと振り返り、必死に笑顔を貼り付けた。上手く笑えているかどうかもわからないけれど、同情とか憐れみとか、そういった感情はどうしても向けられたくなかった。それらの全てを跳ね除けるつもりで、力の限りにこりと口角を上げる。

視界に映った小林くんは、自分が傷つけられたかのような表情をしていた。まるで仔《こ》犬《いぬ》が飼い主を見失ったかのような。けれども彼は、一瞬で顔を綻《ほころ》ばせた。やっぱり小林くんは、聡い。

「ムラカミさんという方です」

小林くんの口から飛び出してきた聞き慣れない名前に思わず眉を顰《ひそ》めた。書類の不備があった三ツ石商社は、私たちが勤める極東商社通関部の大きな取引先のひとつ。入社三年目、この社名を聞かない日はないが、『ムラカミさん』とは一度も接触した覚えがない。

「う〜ん……私、その人と喋ったことないなぁ。さっきの書類見せて？」

私たちが所属する通関部は貿易に関わる業務を行っている。流通させたい国で流通させるための税金額《関税》を計算し、その地域を管轄する税関という行政機関に申告、その他付随する様々な業務を専門に行っている部署だ。煩雑《はんざつ》な手続きが必要となるため、輸出入の際は基本的には通関業務を専門に行っている企業へ通関依頼する場合が多く、今回の業務もそのひとつ。

私たちは海路貿易を担当している二課の所属だ。海路を経由した輸出入は船舶全体に一種類の荷物が積載されているのではなく、大型コンテナに詰められ船に混載されている形。もちろん、船やコンテナは船会社が所有しているため各種手続きには厳格な期日が定められている。

輸出の場合は限度日《カット日》を厳守しなければならない。このカット日が過ぎてしまえば如何《いか》なる理由があろうとも船舶へのコンテナの積み込みが不可となり、対象貨物は輸出できなくなるのだ。故に、今回のカットが九月二十六日《今日》のような場合は、不備があれば大至急確認を行わなければならない。

(……ん？　今日⁉)

ぱらぱらと書類を捲った先に記されていたのは、あろうことか今日の日付だった。

「小林くん！　これ、カット日今日だよ⁉」

「……えっ⁉」

我が目を疑うような事態に一気に青ざめた私たちは、慌ててその場から駆け出し、バタバタと三ツ石商社へ向かった。

やけに緩慢に開くエレベーターの扉。急いでいる時ほどゆっくりに感じるそれを半ば強引にすり抜ける。

「池野《いけの》さん！」

目的地の三ツ石商社の受付に着くと目の前に飛び込んでくるのは見知った顔。思わず走り込む足に急ブレーキをかけて彼女を呼んだ。本来ならばここで来客簿に記帳してから社内に通してもらうのだけれど、今日は運よく近くに彼女がいた。今は緊急事態、本当に申し訳ないが記帳は後回しだ。

「あら、一瀬さんじゃない！　どうしたの？」

柔和な表情を浮かべる女性は、同じ大学の先輩にあたる。四十代とは思えないほどの美貌。歳が離れているため学生時代に関わりがあった訳ではないが、彼女は私の憧れの女性なのだ。

通関業に係わる法改正などが行われると、関係企業は税関が主催する講習に招集される。私が入社して半年ほどの新人の頃、その講習に私一人で出席することとなり、重要な講習だから一言も聞き逃してくるなと私の教育係だった水野《みずの》課長代理に言い含められ、緊張に緊張を重ねた結果、税関の近くで迷子になってしまったのだ。

半泣きで地図が記載されてある書類を見直している場面を助け出してくれたのが、池野さんだった。他愛もない世間話をして緊張を解《ほぐ》してくれ、その際に同じ大学出身であることや勤め先が取引先同士であるとわかって以来、ずっと目をかけてくださっている。

「ちょうど五分前、担当のムラカミさんにお知らせしましたが、今日カットのこの書類に不備があるようで、思わず来てしまいました」

首筋を流れ落ちる汗もそのままに、乱れた息を必死に整えつつ目の前の彼女に手短かに状況説明をした。池野さんは「何かしら？」と怪訝《けげん》な表情を浮かべ、アーモンド色のミディアムヘアを傾ける。私が差し出した書類を受け取り視線を落とした瞬間、柔和な顔が瞬時に歪んだ。

「あんの腑抜《ふぬ》けが……」

「……え？」

腹の奥から絞り出したような声を上げた池野さんの姿に思わずたじろいだ。

「一瀬さん、ちょっと待っててね」

彼女は満面の笑みと表現するのが正しいような表情を浮かべていたけれど、それでも明らかに怒気《どき》を孕《はら》んでいた。くるりと踵《きびす》を返し、ヒールの音を大きく鳴らしながら勢いよく受付奥のフロアに走り込んでいく。

「今のが池野さん。私の大学の先輩。……怖くないからね？」

そう声をかけながら私の背後で明らかに硬直している小林くんを振り返る。本当はとても優しくて穏やかな人なのだけれど、今ので『怖い人』という印象を抱かせてしまっただろうか。

「……ご迷惑をかけないようにします……怒らせたら怖い人でしょうし」

案の定、小林くんは音量を落としたような声色で小さく続けた。思わず苦笑して肩を竦《すく》める。

もう九月下旬とは言えまだまだねっとりと暑い時期が続く。短い距離とはいえ、走ってきたこともあり、汗が滝のように滲《にじ》み出ていく。上がった呼吸を落ち着けつつ、後回しにしていた受付の来客簿に記帳をしようと受付に足を向けると、耳馴染みのない声がこの空間に響いた。

「小林！」

いかにも、体育会系です、と言うようなエネルギッシュな大声が響く。名前を呼ばれた小林くんが少しばかり呆れたような声を上げた。

「藤宮《ふじみや》……」

「ひっさしぶりだな！　元気してたか!?」

小林くんと同じくらいの背丈の彼。表現するならば大型犬。彼の臀部《でんぶ》に尻尾《しっぽ》が付いていれば、きっとぶんぶんと振り回していることだろう。

「小林くん。知り合い？」

先ほど交わされていた会話と彼らの間に流れる空気感。きっとそうなのだろうと感じるけれど、なんとなく答え合わせをしたくなって大型犬のような彼から後輩に視線を移す。小林くんは半ばげんなりしたような空気をすらりとした身体に纏《まと》わせながら、顔をこちらに向けた。

「……大学の同期です」

「まぁ」

まさか小林くんの大学同期が近くの会社に、それも取引先に就職しているとは。数奇なご縁に目を瞬かせる。

「小林、お前の先輩？　初めまして、三ツ石商社営業三課新人の藤宮と申します！」

目の前の彼は慣れたような手つきで名刺を差し出し、ニカッと笑う。きっと延々と名刺配りをさせられたのだろう、思わず見惚れてしまうような完璧な動作だった。

「初めまして、極東商社通関部の一瀬です。小林くんの同級生なのですね。彼の教育係をしています。これから関わりがあると思いますので、よろしくお願いしますね」

「はい、よろしくお願いします！　……しっかし、羨ましいなぁ〜小林。こんな美人さんが先輩だなんて！　俺の先輩も上司も、いっつも怖ぇ顔して……痛ぇっ」

「なに油売ってるの、藤宮」

いつの間にか奥のフロアから戻ってきた池野さんが自らより十数センチ高いはずの藤宮くんの背広の襟首を掴んでいる。彼女の顔は見慣れたはずの柔和な表情に見えているのに、般若《はんにゃ》の表情にも見えるのがなんとも不思議だ。

「ぎゃっ、池野部長！」

後方に引っ張られた藤宮くんは蛙が踏みつぶされたような悲鳴をあげた。そう、池野さんは営業統括部長なのだ。三ツ石商社の主事業である営業部の全てを取り纏《まと》めている。大学卒業後に数ヵ国を転々としたバイリンガルで、類稀なる営業の才能を発揮し貿易営業一本で統括部長にまで駆け上がった優秀な方。この食品流通業界に常に新たな風を吹き込んできたという実績を持つ、知る人ぞ知る人物でもある。

「藤宮。ムラカミ、見てない？」

　そんな彼女が満面の笑みを浮かべながらギリギリと藤宮くんの襟首を掴んでいる。これまでの彼女との付き合いで目にしたことがない苛烈な一面を目の当たりにし、思わず目を瞠《みは》る。

「せ、先輩だったらっ、例のプロジェクトの件で下請けに交渉に行ってから出社だそうですっ」

　藤宮くんが『降参』の声色をあげると彼女はぱっと手を離す。池野さんの華奢な身体から再び低い音程の声が響いた。

「……あの腑抜《ふぬ》け、私の可愛い後輩に苦労させて」

「あ、あのぅ……池野さん？」

　上ずった私の呼びかけの直後には、柔和な笑みがこちらに向けられた。コインの裏表が切り替わるかのような様子に思わず呆気に取られる。

「ごめんなさいねぇ。あとで担当者から電話させるわね？」

　不備があった箇所は池野さんの筆跡で訂正されていることが見て取れた。迅速な対応に謝意を述べながら頭を下げ、その書類を受け取る。

「ところで一瀬さん。彼はそちらの新人くんかしら？」

　ふいっと池野さんが私の背後を覗き込んだ。会話の流れを見守っていた小林くんが意を決したように口を開き、池野さんへ硬い声色で自己紹介をしていく。藤宮くんに比べると名刺交換の所作もぎこちないものだけれど、初回としては合格点だと思う。

「池野さん、アポも取らずに押しかけてすみませんでした。ご挨拶もできて良かったです。これで私たちは失礼しますね」

目的は果たせた。長居せず帰社しなければ。私はこの後に山崎部長との面談が控えている。この場を辞する挨拶を笑顔で口にしながらも、気分がずんと重くなっていく。

あの男だけが結婚指輪を嵌めていて――私が捨てられたことも、格好のゴシップネタになっているはずだ。低く垂れ込んでいく暗雲《それ》を振り払うように、心の中で頭を打ち振るってその考えを振り切る。

「いいのよ！　こちらの手違いなのですから、むしろ呼びつけても良かったのに」

池野さんが浮かべた悪戯《いたずら》っぽい微笑みに引っ張られ、不思議と私も笑顔が零れる。

どんな結果であれ、なるようになるしかない。今は自分にそう言い聞かせることしかできなかった。


「はい、極東商社通関部三木です」

三ツ石商社から戻り通関部のブースに足を踏み入れると、いつもの溌剌《はつらつ》とした声が響いていた。声の主は後輩の三木ちゃん。常に快活で職場の空気を明るくしてくれる存在だ。その奥に、キリッとした銀縁メガネをかけたもう一人の上司である水野課長代理の姿もあった。

「おはようございます」

一礼して挨拶を交わし、私と小林くんの行動予定表のマグネットを『外出』から『在席』に戻していく。私たちが外出する直前まで席に着いていたはずの田邉部長の姿が見当たらないが、目の前の行動予定表は『在席』のまま。お手洗いかなと内心首を捻りながら自分のデスクに戻った。

椅子に手をかけると、水野課長代理と視線がかち合った。耳にかかる程度に揃えられた黒髪は男性と思えないほど艶がよく、色っぽい。

「一瀬。田邉部長が第二研修ルームで待っていると言っていたぞ」

唐突に投げかけられた、予想外の言葉。一瞬、返答に詰まる。外出前に告げられた面談は三者面談である、と。数秒遅れて理解した。

「……ありがとうございます」

面談で根掘り葉掘り聴取されるのだろうか。そう思うだけで気が滅入る。

気がつけば、真横の三木ちゃんが受話器を持ったまま物憂《ものう》げな視線をこちらに向けていた。そんな彼女の表情は、明らかに気遣わしげなもの。

やはり、もう噂となっているのだ。私には結婚指輪がない。大半の人間はこの事実だけで、私たちがどういう結末を迎えたか瞬時に理解するだろう。重い溜息とともに僅《わず》かに肩を落とす。

それでも——負けたくない。

気力を振り絞り、表情を曇らせたままの三木ちゃんを安心させるように、精一杯の笑みを送り返し、『大丈夫よ』と声を出さずに口だけを動かした。

足早に向かった先の第二研修ルームは、すでに【使用中】に切り替わっていた。あの二人が先に入っているということ。緊張で跳ねる心臓を抑えながら扉の前で大きく息を吐く。

「おはようございます。通関部の一瀬です」

「入りなさい」

私を招き入れる山崎部長の優しい声色を聞き届けて、ゆっくりとドアを開いた。

「失礼します」

室内には二つの人影。大丈夫だ、と再び自分に言い聞かせて椅子に腰を下ろした。汗ばんだ両手を膝の上に乗せ、ぎゅっとハンカチを握り締める。

極東商社は今年から海外に新たな拠点を作っている。史上最速で課長代理となった優秀な人材を人事部から失わせた責として、私がそういった僻地へ飛ばされる可能性も否めない。

けれども、私は何一つ、一切、悪いことはしていないはず。だから、何を言われたって構わない。そんな感情を胸に抱いたまま、毅然とした態度を意識して背筋を伸ばし、目の前の二人をじっと見据えた。

「そう緊張しなさんな」

山崎部長は穏やかな声色で言葉を紡ぎ、緊張する私を宥めるように苦笑した。その心配りに小さく頭を下げる。けれどもこの状況で緊張しないほうがどうかしていると思う。

「今回の顛末は本人から聞いているよ。彼は人事部からの異動を願い出ている」

私と凌牙の醜聞がこの二人の耳に入っている。改めて知らされ、世界から消えたくなるほどの恥ずかしさと情けなさが込み上げる。何を言われても構わないと思っていたけれど、それとこれは別だ。思わずそっと目を伏せた。

「まぁ要するにだけども、今度、コーヒー豆を専門に扱う部門を立ち上げるという話が持ち上がっているのは知っているね。平山はそれに携わりたいのだそうだ。外向けのための良い理由ができた。そういうことだ。だから君はそんなに気にしなくて良い」

「……え」

何を言われているのか。一瞬、理解が及ばなかった。目を伏せたまま呆然と固まっていると、田邉部長が私をじっと見据える様子を視界の端に捉えた。

「真面目な一瀬のことだからね。恐らく平山が異動を願い出たのは自分のせいだ、と。

それで人事部が損失をしたと考えているのだろう？」

田邉部長のその言葉を引き継ぐように、山崎部長が淡々と言葉を続けていく。

「平山は確かに私が纏《まと》める人事部にとって重要な人物だ。でもね、一瀬さん。我々は平山だけに頼っていてはいけない。会社を大きくするために人事部の中でも人は育てなければならない。実はね、今年の新入社員を平山の下につけていたのだがこの社員も他人の本音を引き出すのが上手い。平たく言うと、彼を育てていくには平山が邪魔なんだ」

「……それは」

凌牙が……邪魔。その言葉の意味が噛み砕けず緩慢な動作で伏せた顔を上げ、山崎部長に視線を合わせた。そこに浮かぶのは苦々しいともいえる表情。

「平山は他人の適性を見抜くというのは知っているね。この社員を採用したのも平山だが、その下につけたのは私だ。平山にとって初めての教育。上手くいけば彼ももっと伸びると期待していたのだが……ここ数ヵ月、平山が新人の成長を妨害している」

仕事に対するプライドは誰よりも高い凌牙のことだ。私よりも年上のカレが、交際相手であった私よりも五歳年下の伸び盛りの人間に嫉妬していた。思わぬ事実を知らされて、かぁっと顔が熱を持つ。

「どうしようかと考えあぐねていたんだよ。我が強い平山を人事部から離れるよう、どう誘導するか。だから彼の申し出はちょうど良い機会だった」

凌牙は順調に昇進を重ねていた。故に仕事がとてもできる人なのだと認識していたけれど、まさか……こんな風に周囲に迷惑をかけていた、だなんて。

「そしてね、この会社は社内恋愛が多いからね。私も痴情のもつれはこれまでもうんと、要は山ほど見てきたんだ。平山は自己弁護に徹していたが、小手先の論理で取り繕えると私たち年配者を侮《あなど》ってもらっては困る。人の噂も七十五日とは本当によく言ったものだ」

小さく肩を竦《すく》めた山崎部長が穏やかに微笑んだ。その言葉と力強い声色は、私にいらぬ悪感情など持たなくて良いのだと、私を納得させるだけの力を持っていた。込み上げた羞恥心を一旦押し込め唇を引き結んだ。私のその表情を確認し安堵したかのように山崎部長の肩が僅《わず》かに下りていく。

「今まで一瀬さんと平山が社内での接触を過剰なくらい避けていたから、交際をしていたと言うのを知っているのは、まぁある程度の人数はいるかもしれないが、本社内の全員ではない。ただ……腫れ物扱いをされる可能性も少なからずある。一瀬さんが希望するのであれば、来週の人事異動に君の名前を加えよう」

唐突に選択肢を提示されて、思考が固まった。

私は——これから、どうしたいのだろう。

通関部での仕事は好きだ。けれども今回の件で異動辞令が出るならやむなしとして受け入れようと思っていた。

「優秀な君のことだ。どこに異動となってもすぐ馴染むだろう。本社外の食品開発部でも、子会社に出向という形だっていい」

山崎部長の真意が朧《おぼろ》げながら伝わってきた。本社内に身の置き場がなく、精神的に追い詰められ退職を選ばれる前に布石を打ちたい。自分で異動先を選んでいい、そう仰ってくださっているのはそういった思惑があるから、なのだろう。

私は突然の話に当惑したまま何も言葉を紡ぎ出すことができなかった。山崎部長の含意を読み取っても、私自身はどうしたいのか、さっぱりわからない。思いが定まらず、膝の上の両手に視線をそっと落とした。

「通関部に在籍したままが希望であれば、それでも良い。心のままに、正直に答えてほしい」

再度。山崎部長が私に向かって、優しく問いを投げかけた。

「……私は……通関部の仕事が、大好きです」

膝の上のハンカチをぎゅっと握り締め、震えそうになる喉を叱咤しゆっくりと顔を上げる。眼前に映る二人それぞれに視線を合わせながら、先ほどの問いに——心のままに声を紡ぎ出していく。

「私は一般職ですが、通関士である上司の補佐ができていることに誇りを持っています。

後輩の三木や新人の小林も、育ってきています」

三木ちゃんは昨年の新入社員。初めての後輩。同じ立場である一般職社員ということ、そしてお互いに波長が合ったことから、公私ともに昵懇《じっこん》の仲。彼女は水野課長代理や私のフォローがなくても十分なところまで成長し、今では通関部になくてはならない存在となっている。

そして、小林くん。彼は私と立場が違う総合職。彼は今、一般職である私の指導のもとに貿易の基礎を学んでいるけれど、いずれは営業も含めた総合的な業務に従事することとなる。私たちの上司である田邉部長や水野課長代理が取得している国家資格である通関士試験に挑んで、いつかは私の手を離れて独り立ちをする。……だから。

「正直に言うと、小林が通関士に合格して、独り立ちするのを見たいのです」

嘘偽りのない感情。自分が教育を受け持った後輩が成長し、独り立ちを見届けるまでは通関部に在籍していたい。

私の言葉を聞き届けた田邉部長が満足そうに微笑み「一瀬が嫌ではないなら」、と前置きした上で驚くべき内容が提示されていく。

「通関部の組織改革を考えていたんだよ。二課に農産チーム、畜産チーム、水産チーム、という具合に取扱品目ごとにチーム分けをしたいんだ。業務効率が上がると思わないかい？」

曰く、チーム制にするならばチームリーダーを立てることになる。そして業務の都合上、それは通関士が担《にな》うことになる。税関へ提出する書類は全て通関士の審査・署名が義務づけられているからだ。

今の通関部二課では、通関士として勤務しているのは田邉部長と水野課長代理の二人。小林くんも勉強しているが、受験は来年だ。例え来年合格したとしても経験の浅い彼をチームリーダーに据えるのは少々気が引ける。

そこまで説明されて、ピンと来るものがあった。

「私に、一般職から総合職に転換しないかということですか？」

通関部に所属する私が一般職から総合職に転換すれば、遅かれ早かれ通関士試験を受験することとなる。そして、私が通関士資格を得れば、その組織再編とともに私をチームリーダーに据えることが容易となる。

――ただただ捨てられた女で終わるわけにはいかない。

ポン、とその言葉が脳内に浮かぶ。見返してやりたいという強い気持ちが身体の奥底から湧き上がってくる。これが醜い感情であることも、不純な動機だということも理解している。

けれど、砕け散った心を修復させるにはもうこの手段しかない。自分を磨いて『捨てなければ良かった』と思わせてやりたい。

「ご期待に添えられるよう精進いたします」

私のその言葉に、山崎部長は私の覚悟を推し量《はか》るように念押しの表情を見せた。

「……じゃあ、総合職に転換ということで、良いんだね？」

一般職から総合職に転換する。たった十三文字の言葉。けれどその言葉が持つ意味は重い。残業が多くなりプライベートの時間が減ることはもちろん、責任ある仕事を任される反面、プレッシャーも高まる。業務内容も一変する。これまで担ってきた補佐業務だけではなく『営業』も引き受け、それらの成績が私の評価に直結していくのだ。人生の中でも大きな決断。

「はい。光栄なお話ですから。謹《つつし》んでお受けいたします」

職種転換を希望する場合、希望者が申し出てから上長や役員会での検討が始まる。そして適性が見込まれれば試験を受け、転換が叶う。適性試験までのそれらの手順を飛ばし、提案してくれているのだ。これほど光栄な話はない。

そののち、今後の業務内容についてや転換に必要な書類、そして試験の日程などの説明が進められていく。一息ついたころ、思い出したかのように山崎部長が声色を変えた。

「そうそう、一瀬さん。明日の懇談会は出席するかな？」

思わず「あ」と小さく声が漏れた。

多数の部所があるこの会社では一年に一度、全社員を集めての懇談会が開かれる。普段はほとんど接することができない取締役や執行部のメンバーと社員とが懇談する機会を設けるということらしい。近隣のホテル宴会場を貸し切りにして、男性社員も女性社員も正装し立食パーティーのような形式で行われる。

金曜日に起こった出来事の大きさから、一年に一度の大イベントが脳内から消え去っていた。苦笑いを零しながら小さく肩を竦《すく》める。

「……忘れておりました。でも、ここで欠席すれば結局は腫れ物扱いされる期間が延びるだけですから、出席します。ご心配をおかけして申し訳ありません」

腫れ物扱いはどうしたって受けるだろう。けれどここで逃げても一緒だ。予定通り出席を選ぶ方が合理的。私の返答に、田邉部長が笑いを噛み殺したような表情を浮かべていた。

「ふふ、一瀬のそういう潔いところも私は気に入っているんだよ。異動したいと言い出さなくて良かったとほっとしている」

上司の言葉に、虚をつかれた。私は自分を潔いなんて一度も思ったことはない。半ば呆気に取られていると、目の前の二人がゆっくりと席を立っていく。

「今はキツイだろうけれど、しっかり頼むよ。今日は特に休日を挟んで仕事が溜まっているだろうから」

「……はい」

二人に倣うように席を立つ。そのまま二人の背中を追って、第二研修ルームを退室した。

フロアに戻る道すがら、ぼんやりと思考を巡らせる。これまでの社会人生活の中で考えたこともなかったけれど、私は総合職に転換することとなった。実感がまったく湧かない。突如訪れた衝撃的な出来事を発端とした――人生の転換期。

凌牙との醜聞がきっかけになったとて、『適性がある』と見込まれていたからこそ、声をかけてもらえたのだ。私へ向けられている期待値の大きさとそれに伴う責任の大きさを噛み締めながら、ふわふわとした感覚のまま通関部のフロアに足を踏み入れる。

短く「戻りました」と声を発した途端、心配そうな視線を小林くんから向けられた。

三木ちゃんも私の姿を認めるなり泣きそうな顔をして席を立ち駆け寄ってくる。

「やっぱり異動の話だったんですか」

彼女のその様子に、思わず眉尻を下げた。

「違うわ。私、総合職に転換するの。その最終面談だったのよ」

途端、ぱぁぁっと三木ちゃんの目が輝いた。ブラックのアイライナーに彩られた勝気な瞳が瞬時に潤んでいく。

「もし先輩がいなくなったらと思うと、私、私……うわぁあん」

大きな瞳から小さな雫《しずく》を零《こぼ》した三木ちゃんが私の胸の中に飛び込んできた。幼子のように私の胸元に顔をうずめてくる。肩につく程度の明るいボブヘアが視線の先で揺れていた。

私に異動の可能性がある、というだけで、涙するほど気を揉んでくれていた。良い後輩を持ったなと改めて実感する。

この人と未来を歩いていくのだろう、と思っていた。その人から捨てられたことで、まるで私はこの世界から必要ないと言われているように思えていた。感情の全てが凍り付いてしまったように感じていたけれど。

他でもない、私のことで——私以外の人が、泣いてくれている。

不謹慎ながらも面映《おもは》ゆい気持ちが湧き上がり、口元と心がじんわりと綻んでいく。三木ちゃんの涙を落ち着かせたのちに感謝を伝え、自分のデスクに戻った。

斜め前に座る小林くんも安堵した表情を浮かべている。声に出さずに『ありがとう』と口を動かすと、彼は小さく頭を下げた。

◆

冷蔵庫から缶ビールを取り出した俺は、どっかりとソファに座り込んだ。プシュ、と缶を開ける甲高い音が響く。独特の苦味と炭酸が、軽快な音を立てて喉を滑り落ちていった。

「……美味い」

ビールが美味いと感じるようになったのはいつのころからだったか。大学時代、ゼミの先輩に飲まされた際は苦味しか感じられなかった。そもそもアルコールに強い部類でもない。だからこうして——夕食時に缶ビールを開ける、など。俺は滅多にする人間ではない。

それなのに。今日に限って晩酌したくなった理由、は。

「……いけ好かねぇヤツとは思っていたが」

あの男は、一瀬さんを捨てた直後に違う女と結婚した。優し気で甘い顔をして、長い間一瀬さんを裏切っていたのだろうか。彼女はそれをいつ知ったのか。まさかずいぶんと前から知っていて、気丈に振る舞う日々を過ごしていたのか。

思考にノイズが走る。感情がひどく乱されていく。湧き上がる苛つきから口を付けたビールの缶をガシャンと乱暴な音を立ててテーブルに置いた。

恐らく決定打となったのが先週で、だからこそ今朝は鬱《ふさ》いだような様子だったのだ。あの姿から察するに、彼女は未練があるのだろう。人としての尊厳を踏み躙《にじ》られてなお、あの男に想いを寄せている。……そんな一瀬さん自身にも、イライラする。

視界の端にちらつく歪《いびつ》な線がまるでデジタル信号の断片のように揺れ動き、ざぁっと音を立てて俺の感情を支配していく。

あのような男は、一瀬さんには相応《ふさわ》しくない。相応《ふさわ》しいのは……

……相応《ふさわ》しいのは？

ハッと我に返る。室内を照らす照明の眩さに思わず数度瞬きをした。

「……何をバカなことを」

自らを諌《いさ》める言葉を口にしながらも――脳裏には。エレベーターの中で盗み見た、一瀬さんの白いうなじと薄い耳朶《みみたぶ》がくっきりと思い出されていく。

三ツ石商社へと向かう道すがら、俺を振り返った時の無理をしているような表情。休憩時間に回ってきた異動者リストに平山凌牙の名前を見つけた時の寂しげな表情。その下に記載してあった、総合職への転換者リストに一瀬さん本人の名前を見つけた時の……恥じらうような、笑顔。面談から戻ってきた時の――綻んだような、柔らかな笑顔。

この半年で目にしてきた彼女のたくさんの表情が、浮かんでは消えていく。脳内で再生されていく映像を止めることもできず、気がつけば。

「……何で」

どくん、どくん、と。大きく脈打つ心臓。そして。

(何で……勃《た》ってンだ、俺)

いつの間にか――昂《たかぶ》っている、俺の欲望の塊。

久しぶりの晩酌だから、身体が昂《たかぶ》ったのだろう。そんな言い訳を自分で自分にしながらゆるゆると頭《かぶり》を振った。思考から彼女の姿を振り払う。

　こんなのは男の生理だとわかっている。単に擦ればいい。射精《だ》せば楽になる、ということも知っている。何もせずに欲を押し込めたところでかえって辛くなるだけだ。

　早く寝なければ明日の業務に差し障る。明日は終業後に役員懇談会が開かれ、俺はその実行委員の新入社員枠に選出されている。同期たちと準備に奔走しなければならない。こんなくだらないことで時間を取られて体力回復の機会を失うわけにはいかない。適当な素材でも探して……義務的に。そう、義務的にやって終わろう。

　そこまで考えてスマートフォンに手を伸ばした、その瞬間。スマートフォンが鈍く震え、着信を知らせた。一瀬さんだったら出たくない。今、彼女の声を聞いたら……無理だ。何が無理かなんて、考えるまでもない。

　彼女ではありませんようにと願い、ディスプレイを裏返してテーブルの上に置いていたそれを緩慢な動作で手に取った。そこに表示されていたのは――『藤宮』という文字。

　八つ当たり気味に舌打ちし、応答ボタンをタップしてスマートフォンを耳に当てた。

「どうした」

『小林ぃ！　合コンやろうぜ！』

「……はぁ？」

　意図がまったく掴めない第一声。思わず呆れたような声が自分の喉から飛び出ていく。

大学時代に得た親友。互いに就職して以降、慣れない社会人生活に忙殺されここ半年は連絡を取り合うこともなく、今朝、偶然の邂逅《かいこう》を経た。気の置けないその親友は相変わらず強引な態度で俺を振り回す。

『今日俺の先輩に会いに来てただろ？　実はさぁ、あの先輩、三ヵ月くらい前に結婚直前の彼女さんにフラれちゃってさぁ、すっげぇ落ち込んでたんだよ。それが先週くらいからやっと元気になってきたんだ』

「……んで？」

スマートフォンのスピーカーから流れてくる藤宮の声。『俺の先輩』、というのは業務上何度か電話で会話を交わしたムラカミという男のことだろう。ソファに沈み込んだまま額《ひたい》に手を当てた。

『こういうのってさぁ、本人が落ち着くまで周りもそっとしとくしかねぇじゃん？　んで、やっと先輩が落ち着いてきたからさぁ、合コンして、元カノのこと忘れて、ぱぁっとしてほしーンだよ、後輩としては』

「……はぁ」

なんとなく要領を得ない話に曖昧に相槌を打つ。失恋した先輩を励ますための会を開きたい、ということまでは理解した。

『で、合コンっつったって学生の時みたいにはできねぇんだよなぁ。ゼミみたいなツテがねぇし』

藤宮の困ったようなその一言に、パチンとパズルのピースが嵌まるような感覚に襲われた。額《ひたい》に当てた手を外すと同時に、自分の表情が険しくなるのを自覚する。学生のころはゼミやサークルの繋がりで男女ともに参加者を集めやすかった。けれど、社会人となった今は違う。

「お前、一瀬さんを呼べって言いたいわけ」

電話口の相手の真意を察し、己の声が低く響いた。冗談じゃない。彼女は今傷ついている。そんな場所に呼べるわけがないだろう。怒気《どき》を孕《はら》んだ俺の言葉に、藤宮がにわかに慌てだした。

『待て待て、お前、もしかしなくてもあの先輩狙ってンのか⁉』

「ちげぇよ‼」

投げかけられた疑問を間髪容れずに否定する。違う。そんな邪《よこしま》な感情は抱いていない。親身になってくれる人が傷ついている。それが心配なだけ。……情が、湧いただけ。

「職場の先輩を……男の先輩ならまだしも、女の先輩を合コンに引っ張り出せると思うか、お前」

はぁっと溜息を吐きながら再び額《ひたい》に手を当てた。俺はこの半年、一瀬さんとは社会人として最低限のコミュニケーションしか取ってこなかった。そんな俺が軽率に、ましてや出会いを目的としたいかがわしい誘いをかけられるわけもないだろう。

『なぁんだ、お前あの先輩狙いじゃないんだな？　じゃ、俺が仕事中にモーションかけてもいいわけだな』

「お前、いい加減に」

『ウソウソ、冗談だよ。本気にすンなって』

「お前の冗談は笑えないから好きじゃない」

『そりゃすまんかったわ』

唯一の親友は相変わらず俺を揶揄《からか》うのが好きらしい。電話の向こう側ではケラケラと藤宮が笑っていた。軽口を叩くような口調で先ほどの言葉が完全な冗談だと悟り息を吐く。乱された気持ちを整えようとガシガシと頭を掻いた。

「それで？　俺にどーしてほしいわけ」

俺は藤宮には恩義がある。できる範囲での協力は惜しまないつもりだ。こいつも俺の性格を把握しているからこそこうして連絡を取ったのだろう。

『女性を誘って来てほしいんだ。人数が合わなくて。お前のノルマ、一人でいいから』来てほしい。藤宮は俺に、参加者を集める協力だけでなく、俺自身もその合コンへの参加を求めているのだろう。『俺の参加』は俺の意向を無視してほぼ確定されたことなのだということまで、理解した。大学時代から変わらない悪友の態度に頭痛がする。

「……俺が参加するのは決定事項なのか」

『ったりめぇじゃん！　どーせ仕事仕事で彼女もいねぇんだろ』

久しぶりに顔を合わせたにも拘わらず、その辺りを見抜かれていたことに思わず苦笑した。

傷心中の一瀬さんはさすがに呼べないだろうが、三木さんなら誘えるかもしれない。

それならば俺の心も痛まない。

「……わかった」

『頼んだぜ！　あとで場所と時間の詳細送っておくわ！　じゃやな！』

その言葉を最後に、ぶつっ、と俺にとっては迷惑極まりない通話が途切れた。

面倒なことに巻き込まれた。ディスプレイを暗くし、肺がからっぽになるまで長い溜息を吐く。

そう。この感情は、恋や愛ではない。仕事で苦楽を共にする仲間への情でしかないのだ。

藤宮との電話を終えても昂《たかぶ》ったままの自身。血流が集中したそれを、ただただ弄《もてあそ》ぶ。

とにかく今は、明日のために義務的に終わらせて早く休まなければ。スマートフォンで適当な素材を見ようと視線を落とすと、真っ黒なディスプレイに、一瀬さんの顔がチラついた。

舌打ちとともに頭《かぶり》を振り一瀬さんを振り払う。けれど思考から追い出そうと躍起《やっき》になって頭《かぶり》を振るたび、俺の思惑とは裏腹にその輪郭が鮮明になっていく。

「くそ……何で……」

情なのだ。仲間の、情。

目を瞑《つむ》り、一度、いや二度思考から追い払った一瀬さんを思い浮かべた。組み敷き、首筋をなぞるとどんな反応をするのか。白いうなじに舌を這わせ、あの薄い耳朶《みみたぶ》を食《は》むと……どんな嬌声をあげるのか。

適当な素材の代わりに……彼女のそんな姿を、想像するだけなら。

男という生き物は、相手が好きでなくても勃つし、なんなら抱ける、そんな生き物なのだ。

愛や恋ではない。この感情は——決して。

第二章　揺れる心

キラキラと光を放つ豪華なシャンデリア。無数の電球から降り注ぐ光が、数百人が集い騒めく宴会場を煌々《こうこう》と照らしている。目の前に広がる光景はまさに非日常の空間のように思えた。着飾った男女が大宴会場に設置された無数のテーブルを行き来していく。

『役員懇談会』と銘打ってあるこの会は、もちろん普段交流のない役員の方々と会話ができる貴重な機会だ。けれども、同期たちと気兼ねなく交流できる機会でもある。通関部に割り当てられたテーブルにお酌に来られた方々と言葉を交わしつつ、時間を見つけては行き交う人々の合間を縫うように歩いた。

「あ、一瀬さん。総合職への転換おめでとう！」

「ありがとう迫田《さこだ》さん！　迫田さんもご結婚おめでとう。いつまで出社するの？」

卓上に経理部と記載してあるテーブルで同期の顔を見つけ、頬が綻んだ。彼女の左手には小ぶりながらも永遠の幸せを象徴する虹色の光が煌《きら》めいている。帰社するタイミングが偶然一緒になった折、『結婚に伴い退職する』という報告を受けたのは明日から夏季休暇……という時期だった。

「今週末までは出てくる予定なの。来週から有給消化。来月末付けで退職なんだ」

「そっか。また同期がいなくなっちゃうなぁ」

はにかんだような笑みを浮かべた彼女の表情に嬉しさと一抹の寂しさが込み上げる。

極東商社でも結婚後も働き続ける女性は増えてきた。けれど、各々の人生の選択において仕方のないことだとはいえ、戦友のような同期がぽつぽつと減っていくのはやはり寂しいものだ。小さく肩を落とすと、迫田さんが「相手が転勤族だからね」と、困ったように微笑んだ。

その後もいくつか言葉を交わした。心の底から幸せそうな彼女の笑顔に、込み上げてくる何かを堪え切れず――私は逃げるように、会場から一番遠いお手洗いに駆け込んだ。

「ここまで来たら……うちの会社の人も、いないかな」

人気《ひとけ》のないお手洗いに足を踏み入れ、口の中で小さく呟いた。そっと洗面台の鏡の前に立ち、能面のような自分の表情をぼうっと眺めてみる。

凌牙に捨てられなければ。私も……左手の薬指に幸せの輝きを灯していたのだろうか。

凌牙に捨てられなければ。私も、迫田さんのような微笑みを浮かべられたのだろうか。

洗面台を離れ、お手洗いに繋がる廊下の壁に、背中から身体の重心の全てを預けた。

(気持ちの整理……ついたと思ったのにな……全然、だめだな……)

昨夜も。凌牙のことや、突如降って湧いた総合職への転換について、数多《あまた》の感情がないまぜになったまま時間を過ごした。あの日からじわじわと込み上げてくる『これは現実なのだ』という感覚を噛み締めながらもたくさん涙して、気持ちの整理をつけたはずだった。

それなのに――こんなにも。私の中の感情の揺れは、こんなにも、自分自身で制御できないほどに大きい。

なんとも情けなくなって大きな溜息を吐いた直後、比較的近い場所から楽しげに響く大きな笑い声が耳に届いた。驚いて息を飲むとひゅっと喉が鳴ってしまい、急いで両手で口を塞ぐ。

こんな遠くまで……いったい、誰が来たのだろう。

自分の行動を棚に上げ、それでも思わずインテリアとして置いてある黒く大きなコレクションボードの脇にそっと隠れた。けれど、疚《やま》しいことがあるわけでもない。私が隠れる必要はなかったのではないかと思い直し、顔を上げようとした……その、瞬間。

「だってあいつ……不感症だったんだぜ⁉」

ひときわ大きな声で。大好きだったカレの声が響いた。

「まじか……一瀬さん、マグロやったんか⁉」

「違うんだよ！　まじで不感症なんだって。ＡＶ一緒に観てもぜんっぜん濡れねぇし」

「それ結構重症じゃね？」

「何やったってイかねぇし。その点、嫁は最っ高なんだ、まじで」

「へぇぇ」

「ずっとよがって泣き叫んでくれるんだよ」

「そそるねぇ」

「……お前、俺の嫁には冗談でも会わせねぇよ？」

「はいはい始まったーわぁってるって！」

「でも奥さん妊娠したんならしばらくお預けじゃね？」

「そうなんだよなぁ。そこなんだよ、目下の悩み事は」

「いっそ一瀬さんに媚薬かなんか盛ってセフレにしたらいいんじゃね？」

「お前天才か⁉　あいつ、まだ俺に気ぃあるみたいだし、そうやってヤリ捨ててやれば総合職に転換してまで頑張る気概もなくなって……俺の前から完全に消えてくれるかもなぁ」

「ぎゃはは、元カノにそりゃないぜ～‼」

キーン、と。甲高い音で、耳鳴りがしている。遠のく意識を前に、必死に歯を食い縛った。

（今のは……）

凌牙と、凌牙の同期たち、だ。彼らは私の存在に気がつかず、どちらかへと行ったらしい。会場に戻ったのか。もう、三人の声はこちらに聞こえてこない。ピンと張り詰めるような静寂が、私の周囲に訪れている。

聞いてしまった……聞こえてしまった、大好きだった人の、あの日、自らが被害者のように項垂れていたカレの——紛れもない、本心。

不意に言葉の一つ一つが脳内で言語化され、私の思考を激しく乱していく。

気持ち悪い。吐きそう。胃液が込み上げてくる。せり上がってきた胃酸の風味を感じて、唾液が溢れる。壁に寄りかかっていてもふらつく身体を支えられず、ズルズルとその場に蹲《うずくま》った。

（そっか……いつも痛かったの、って……）

私が不感症だったから――なのか。

凌牙は、私の身体の欠陥を知っていて……知っていた上で、私には何も言わなかったのだ。


ギィ、と玄関の扉が開く蝶番《ちょうつがい》の音がした。時計は日付が変わる寸前を指している。玄関まで迎え出ようとソファから立ち上がった瞬間、リビングの扉が勢いよく開いた。長身の影を視界に捉え、パパッと顔を綻ばせる。

「遅くまでお疲れさ……きゃぁ!?」

突然のことに踏ん張ることもできず、小さな悲鳴を上げて倒れ込んだ先は凌牙の家のリビングのソファ。私の言葉を最後まで聞き届ける素振りすらみせず、荒々しく押し倒されたと理解すると同時に不快な痛みが走って顔が歪んだ。

そして、これが夢であると不意に悟った。別れを告げられる少し前の、ある夜の記憶。

（どうして……今頃こんな夢を）

身体を起こそうとした時にはすでに遅く、凌牙がソファの縁に手をついて私の逃げ道を全て塞いだあとだった。

夢なのだとそうわかっていても、大好きだった人の顔が目の前にある。心臓がどくんと大きく鼓動を刻む。込み上げてくる恐怖感に、真意を問いかける声が掠れた。

「何……どうしたの」

「いや、仕事が立て込んでて、シたいだけ」

私を貫くように見つめる眼光は、凶暴な野獣のよう。薄ら笑うその表情に僅《わず》かな震えが走る。身体を捩り閉ざされた逃げ道を探すけれど、それよりも早く、凌牙がするりと私の両脚の間に片脚を割り込ませた。首元に深く口付けられる。アルコールの香りがする強い吐息が肌のうえを撫でる。

「やっ……ちょっ、私、明日早出なんだって、ゃ……っ」

抵抗の声を上げるけれど、それらの全ては凌牙の耳に届いていないらしい。いや、届いてはいるのだろうけれど、聞き入れる気はないのだろう。

「脚を開け」

鋭い言葉が私に突き刺さる。その言葉の強さに全身が戦慄《わなな》いた。逆らえば、痛くされる。逆らわなくても——痛くされる。

「何その顔。もう四年も付き合ってて勿体ぶる必要ないだろ」

凌牙はお構いなしに私の寝間着を剥ぎ取っていく。冷房の冷たい風と凌牙の冷たいてのひらに、ざわりと肌が粟立った。

「っ、ねぇ、待って、ほんとに明日早出なんだって……」

凌牙は反応すらみせず、無言のまま。無表情に、遠慮なしに私の胸を鷲掴《わしづか》みにする。どんなに制止の声を上げても、凌牙の動きは止まらない。荒々しく押さえつけてくるカレは……あれほど好きだと思っていた人のはずなのに、まったく違う人のよう。逃げるように身体を揺らしても、手首を押さえつけられる力が強くなるだけ。痛みに呻き声を上げても凌牙は眉ひとつ動かさない。

いつからだろう。こんな風に荒く抱かれるようになったのは。

ぼんやりと考えていると、本当に何の前触れもなく。秘部に熱いものが突き立てられた。

「いッ……‼」

まるで破瓜《はか》のような痛み。その激痛に耐えかねて冷たい汗が噴き出てくる。解《ほぐ》されてもいない秘部で、抽送《ちゅうそう》が始まる。

痛い。痛い。痛い。痛い。

痛い……‼

力の限り奥歯を食い縛る。悲鳴をあげぬよう、ソファの縁を掴んだ。痛いと叫べば、俺が悪いのかと詰《なじ》られ、もっと荒々しく抱かれるのだ。お前が不感症なのが悪いんだ、という目をして。

……ただ、それを。口には出さないだけで。

何もかもが痛い。痛くてたまらない。心も、身体も。

歯を食いしばって激痛を堪《こら》えている間にも、凌牙は自分勝手に、奥へ奥へと強引に秘部を往復する。そして……凌牙が独りだけで射精《は》し果《て》てたのを見届けて——意識を手放した。

気が付けば、聴き慣れた目覚ましの音が頭上で鳴っていた。その音に合わせて揺れ動く視界。ゆっくりと瞬きをすると、目尻から熱い雫《しずく》がこめかみを滑り落ちていった。目の中の水分が零れ落ちて視界がクリアになる。見慣れた天井に、見慣れた風景。嗅ぎ慣れた自宅の匂い。

私は凌牙の家にいなかっただろうか。遅い時刻に帰宅した凌牙に強引に抱かれて……

（あ……）

そうして、夢《それ》は夢だった、と思い出した。

いつからだろう、前戯をしてくれなくなったのは。

いつからだろう、ムードって大事だよねと笑ってくれなくなったのは。

いつからだろう、唇に、触れてくれなくなったのは。

いつからだろう、キスを、してくれなくなったのは。

いつからだろう、凌牙が、私を不感症だと感じたのは。

いつからだろう、私の目を見て話してくれなくなったのは。

いつからだろう、切った髪に気づいてくれなくなったのは。

いつからだろう、家事をしに行っても、ありがとうと言われなくなったのは。

いつからだろう……好きだと言ってくれなくなったのは。


いつから……だったのだろう。


鼻の奥がツンと痛んだ。胸の奥が、ヒリヒリする。ぎゅうと寝間着ごと胸元を握り締めた。

「……ふっ……ううぅ……」

哀しみが枕を濡らす。身体にかかっていた夏用の薄い掛け布団を、力の限り抱き締める。

前兆はあったのだ。見ない振りをしていただけで。気づいていない振りをしていただけで。

挨拶に行こうか、という言葉一つで舞い上がって。現実を、真実を、事実を、認めたくなかっただけで。

凌牙が——一瀬知香《わたし》を見てくれなくなったという……変えられないものを。

私は、認めたくなかったのだ。

扉が開くや否《いな》やエレベーターを滑り降りた。手を伸ばし、社員証をタイムカードの機械に翳《かざ》す。そこに表示された時刻は——八時五十分。朝礼には間に合わなくともギリギリ遅刻は免れる時間。慌ただしく制服に着替え、フロアに走り込んだ。

「おはようございます！　昨夜はお疲れさまでした」

「おはよう、一瀬。昨日はご苦労さま」

通関部のブースに駆け込みながら頭を下げると、田邉部長が手に持ったバインダーをヒラヒラと揺らして応えている。

「おはようございます、先輩！　昨夜はいつの間にか帰られていたからびっくりしちゃいましたよぅ」

足早にデスクに着くと右隣の三木ちゃんがプクッと頬を膨らませ、椅子をくるりと動かして身体ごと私に視線を向けた。彼女のその言葉に一瞬、ぎくりと身体が強張《こわば》った。

昨夜の懇談会は、盗み聞き《あんなこと》をしてあの場に座り込んでしまって以降、正直記憶がない。どうやって帰宅したのか。ホテルから自宅までのタクシーの領収証が財布に入っていたから、ホテル付近で自らタクシーを捕まえて帰宅したのだとは思う。しっかりとメイクも落としていたし、シャワーも浴びて洗濯機も回していた。無意識とは怖いものだな、と。今朝はそう独りごちながら、あんな夢を見て泣き腫らした瞼《まぶた》を冷やしつつ出勤準備をしたのだ。

昨晩の出来事。醜聞に近い内容にまっすぐ返答する気には到底なれるはずもない。困ったような表情を意識して顔に貼り付け、ぱっと思いついた即席の出まかせを口にする。

「……ごめんね、三木ちゃん。あのね、実はワインと日本酒をちゃんぽんして具合悪くなっちゃったのよ。新人でもないのにお酒で具合悪くしたなんて、恥ずかしいじゃない。だから、一人で帰ったの」

それがさも本当のことなのだ、というような表情で三木ちゃんに話しかけていると、目の前に座る水野課長代理が不満げな面持ちで私を咎《とが》めた。

「具合が悪くなったのなら、何故誰かに言付《ことづ》けて帰らなかったんだ。途中で意識を失ったらどうするつもりだったんだ？　一人で帰って自宅に辿り着く前に倒れたら？」

「そうだよ、一瀬。ちゃんぽんは一歩間違えたら急性アルコール中毒になりやすいんだ。社会人としてその辺りはきちんとしなさい」

真横の田邉部長からもきつめの言葉が飛んでくる。普段から穏やかなはずの彼からの叱責とも言える言葉にぐっと唇を噛んだ。

本当は違います、と。そう反論したかったけれど、年に一度の大きな社内行事中に誰にも何も伝えずに途中で抜け出した言い訳は、今の私には他に思いつかなかった。

「……はい、すみません。以後気をつけます」

口から出まかせであろうと、上司たちに心配をかけた。ここはきちんと謝罪しておくに越したことはない。鬱々とする気持ちを切り替え、深々と頭を下げる。一旦この出来事を頭の片隅に追いやり、デスクの上に積みあがった書類と向き合うことにした。

あっという間に昼休みに入る。今日は三木ちゃんと一緒に一階のカフェに昼食を取りに来た。

「あっ、せんぱーい！　席、ここでーす！」

ここは他社の社員さんにも人気のカフェのため、お昼時は非常に混む。「先に席を取ってくるので私の注文もお願いします！」とテラス席に向かって駆けていった三木ちゃんがぶんぶんと手を振っている。そんなに主張しなくてもわかるのに、と苦笑しながらゆっくりと席に着く。

「やっと今月の新作が食べれられるぅ！　今日は二十八日でしょ？　あと二日しかないから焦ってたんですよぅ。付いてきてくださってありがとうございます、先輩！」

彼女は勝気な瞳を期待に潤ませ、今月の新作サンドイッチにぱくりと口をつけた。

三木ちゃんは優しい。風の噂が駆け巡った日から、凌牙の『り』の字も口にしない。かと言って、腫れ物を扱うような態度でもない。今まで通りの態度を向けてくれている。

それが、今の私にとってどれだけありがたいことか。

正直、ブース内の遠巻きにするような視線はたびたび感じている。通関部が設置されている階の大きなフロアは一メートル程度のパーテーションで仕切っているだけの空間に、通関部、畜産販売部、広報部が入っている。しかも二課はフロア出入口のすぐ目の前だ。他のブースの人たちがフロアを出入りするたび、好奇の視線を向けられている。居心地はよろしくないが、気にしたら負けと考えて、普段通りに振る舞っているつもりだ。だから私は——彼女の。腫れ物に触るような態度ではない、いつもと変わらない接し方に。ひどく救われているのだ。

「……あれ、三木さん、一瀬さん」

不意にテラスの左から聞こえる聞き馴染みのある声が響く。そちらに視線を滑らせると、お昼前にこの近くにある税関へ外出していた小林くんの姿があった。

「小林くんも今から昼休み？」

「いえ、僕は税関に行く途中で取らせていただきました。今は……三木さんを探していて」

三木ちゃんを探していた、という彼の真意が掴めず数度目を瞬かせると、私の目の前に座る三木ちゃんが面倒だといわんばかりの雰囲気で声を上げた。

「あぁ。そう言えば、朝から話があるって言ってたわね。小林、なに？　今話して」

私は今朝遅刻気味だったから、彼らの間でそんな会話が交わされていたとは知る由《よし》もない。私用であれば私は席を外したほうがいいのではと僅《わず》かに腰を浮かす。

「……えぇと、できればここじゃないところがいいんですが」

「せっかくの昼休み、愛しの先輩の目の前を死守したいから今じゃないと聞かない」

困惑したような表情の小林くんに向け、三木ちゃんが不機嫌そうに眉を動かしていく。彼女は宿している瞳の通り、いつも強気な姿勢を崩さない。上長や取引先にはきちんと礼儀正しい態度をするけれど、彼女の同期や後輩の小林くんに対してはこうして常に突き放すような態度だ。

要求を突っぱねられた小林くんは心底困ったように眉尻を下げた。

「こらこら、三木ちゃん。小林くんが困ってるでしょ」

この場を漂う雰囲気にいたたまれなくなり、後輩二人を交互に見遣《みや》りながら三木ちゃんを窘《たしな》めると、彼女はプクッと頬を膨らましながら「はぁい」と不満そうに声をあげた。

「それで、小林。要件はなに？」

三木ちゃんが顎《あご》をくいっと動かし、小林くんにこの場で話し出すように促している。対する小林くんは観念したように息を吐いた。

「……実は、大学の同期が三ツ石商社に勤めていまして。コンパを企画することになったそうです。それで、女性の参加者を一人連れてきてほしいと言われて」

三木ちゃんがぴしりと固まった。

「……やっぱりだめですよね、三木さん」

彼女は小林くんの歓迎会の時に『恋人募集中』と口にしていた。それ故に、小林くんは今回三木ちゃんに白羽の矢を立てたのだと察するものの、小林くんは固まったような彼女の様子に答えを見出したのか、がっくりと肩を落とした。けれども次の瞬間。三木ちゃんがガタンと音を立てて勢いよく席から立ち上がった。

「それ!!　女性は一人だけなの!?」

「え？」

彼女は爛々《らんらん》とした目で小林くんの肩を揺さぶっていく。面食らったような小林くんの様子にも構わず、そのまま畳み掛けるように言葉を投げかけていった。

「だから!!　私と一瀬先輩の二人参加はできないのかって、聞いてるの!!」

◆

個室の扉がカラカラと軽快な音を立てた。

「お待たせしました、お飲み物をお持ちしました」

「おおお、キタキタ！」

幹事である藤宮くんが給仕に来た男性の手からグラスを受け取り順番にテーブルに並べていく。

「じゃ……せ～の、カンパーイ!!」

女性側の幹事である華江《はなえ》さんの音頭を皮切りに、個室に十二人の声が少しずつ響いていく。前菜のサラダを取り分けて口をつけると、「美味しいですね、先輩！」という三木ちゃんの声が響く。その言葉に笑みを浮かべて同意しながらそっと男性陣を見渡した。

主観で言えば、眼鏡が似合うインテリ系、笑顔が眩い爽やか系、ワイルドな見た目の肉食系、肌艶が美しく中性的なカワイイ系、そして高身長マッチョと正統派イケメン。系統は違うものの、全員整った容姿と言って間違いなかった。

『アタリですよ、今日のメンバー!!』

三木ちゃんがスマートフォンを机の下に隠しながらそんな文章を打ち込んで私に見せてくる。私は合コンなんて人生で初めてだ。アタリと言われてもよくわからない。思わず苦笑いが零れた。

「お二人とも、なんだか仲良いですね。職場が一緒なんですか？」

私の目の前に座っている肉食系ワイルド男子が、チャラついた軽そうな見た目に反してくしゃりと爽やかに笑った。

「はい、そうなんです。とっても頼りになる後輩ちゃんなんですよ」

三木ちゃんに煽られて参加すると意気込んだのは私。けれど改めて考えてみると、凌牙《元カレ》のことを乗り越えられていないままで出会いを求めるような場所に来ている。集まっている男性陣にも不誠実な気がするのだ。わいわいと楽し気な会話が交わされていくけれど、私は身の置き場がないように感じている。

とにかく今日は、この合コンに食い気味だった三木ちゃんを推して帰ろう。こんなのはお粗末な現実逃避でしかないのだ。目の前の肉食系ワイルド男子に営業スマイルを向けながら、そんな決意を新たにした。

この場の空気感も柔らかく綻び、ほどよく酔いも回ってきたところで自己紹介が始まった。女性側の幹事さんから、男性側の幹事さんへ……と、交互に自己紹介が始まる。

「堅苦しくならないように下の名前で自己紹介ね！」

大きく声を張り上げた華江さんが先陣を切って自己紹介を始めた。彼女の声に引き続いて、藤宮くん、三木ちゃん、小林くん……と続いていき、ふと参加しているメンバーの視線がこちらに向けられた。私に自己紹介の順番が回ってきたのだ。そっと口角を引き上げ、取引先の人に向けるような外向けの笑顔を貼り付ける。

「知香といいます。もうすぐ二十五歳です。趣味は読書と映画鑑賞です。よろしくお願いします」

私の容姿はよく言ってもそこそこ。丸顔で平均身長の平均体重。平凡といえば平凡。特筆した何かがあるわけでもない。

改めて考えると、社内でもイケメンと評される凌牙と何故付き合っていられたのかがさっぱりわからないレベルだ。客観的に見ても、明らかに私たちは釣り合っていなかった。

（……今はだめ）

明るいはずのこの場に相応《ふさわ》しくない思考。心の中で頭を振って、空気が抜けた風船のように萎んだ自分自身を叱咤する。改めて顔に貼り付けた営業スマイルとともにぺこりと小さく頭を下げた。顔を上げると同時に、最後の自己紹介者、私の目の前に座る肉食系ワイルド男子に視線を向ける。

「智といいます。ええと、このメンバーだと僕が一番年上ですかね。今年三十歳になりました。こんな見た目だけどお酒飲めないんですよ、実は」

「えええーっ！　信じられない！　お酒強そうなのに！」

華江さんがその言葉に即座に反応した。大きな目が溢《こぼ》れ落ちそうなくらい見開かれており、心底驚いている様子が伝わってくる。智さんは「よく言われます」と目の前のウーロン茶をカラカラと揺らして肩を竦《すく》めた。細く整えられた眉が困ったように下げられる。

「今日はタクシーを使わせないでいいように、ハンドルキーパーのつもりで来てますから。みんなジャンジャン飲んでね。全員を送れるわけではないけど、方向が一緒であれば責任持って送るから。あぁ、でも……最後に送る女の子は……色々と覚悟してほしいな」

智さんは最後におどけたようにウインクを飛ばしながら自己紹介を締めた。

肉食系の見た目に反してお酒が飲めないということは予想外だったけれど、最後の言葉は、なんと言うか、予想通りだった。私の第一印象通り性格も肉食なのだろう。偏見かもしれないが、緊張する素振りすら見せずに淀みなく自己紹介をしていたことから恋愛に関しても経験豊富のように感じるし、きっとこういう場では、後腐れのない関係がお好みなのだと思う。

目の前の彼の様子からそう結論付け、心の中であまり関わらないようにしようと独りごちる。そして、楽しそうな笑顔を浮かべたままの智さんから自らを守るように視線を逸らした。

食事もお酒も進み、室内を見渡してみると周りは思い思いに席を交代し、この場を楽しんでいるようだった。どうやら各々がお目当ての相手を見つけたようだ。ほぅ、と長く細い溜息を誰にも見られないようにゆっくりと吐き出し、ちらりと目の前に視線を向ける。

私の溜息と困惑の理由。周りの参加者は順繰りに席を交代しているのに、あのチャラそうな自己紹介をした智さんだけが私の前から一度も動いてくれないのだ。

私はこの人にロックオンされたのだろうか。その割には当たり障りのない会話が延々と続いている。

もし目の前の彼の目的がそうであるなら、もう少し踏み込んだ会話になるはず。こういった合コンと呼ばれる飲み会には初めて参加したけれども、下心を感じられないほど鈍感な人間ではない。

自己紹介の場で自分が一番年上だと宣言した智さん。みんながそれぞれお目当ての相手を見つけたから、その邪魔をしないように、私の前から動かないだけだ。

私はとりたてて秀でたところもない平均的な女。いや、不感症ということを加味すれば平均以下だろう。

ますます落ちていく思考に引き摺られぬよう、氷の溶けた梅酒のグラスに手を伸ばし、残り少なくなったそれを一気に呷《あお》った。

「梅酒、お好きなんですか？」

智さんが人懐っこそうな笑みを浮かべて、さりげなくテーブルにドリンクメニューを広げている。自然すぎる動作。やはりこういう場に何度となく参加しているのだろうと察した。「ありがとうございます」と小声で返し、警戒心を隠すようににこりと顔に営業スマイルを貼り付けた。

「梅酒以外はあまり好きじゃないんです」

「そうなんですね、では、」

「ムラカミせんぱぁい、もうそろそろお開きにしますぅ？」

私に何かを提案しようとした智さんの声を遮る大きな声が響いた。いつの間にか藤宮くんが智さんの横に座って智さんの肩を勢いよく組んでいる。先ほどの自己紹介で身体を鍛えることが趣味と言っていた藤宮くんに勢いよく突進された形の智さんだけれど、なんということはない、という表情をして左手首の腕時計を確認していた。そうして、丁寧だった口調が砕けたようなそれに瞬時に切り替わる。

「そうだな、もうラストオーダーくらいだろ？」

「そぉですねぇ～もうそろそろだと思いひますよぉ」

智さんの問いに藤宮くんが返答するけれど、明らかに呂律《ろれつ》が回っていない。よく見れば彼は耳も顔も首筋も真っ赤になっている。

「……藤宮、飲みすぎ。水持ってねぇの？」

「おれは酔ってないれすぅ」

呂律《ろれつ》が回っていない彼から飛び出てきた主張。智さんの眉が不機嫌そうに顰《ひそ》められる。彼が考えていることが少しだけ伝わってきた。『酔っていない』と主張する人間ほど『酔っている』のだ。私の口からも困ったような吐息が零《こぼ》れていく。

「お前、それぜってぇ酔ってんじゃん」

呆れたような声色で藤宮くんを咎《とが》めている、智さんの少しだけ乱暴な伝法口調。不意に、どくんっと心臓が跳ねた。私に向けてくれていた口調と違う、気を許したような雰囲気と話し方。

（……あれ？）

藤宮くんは、三ツ石商社に勤めている。そしてたった今、目の前の智さんを『ムラカミ先輩』と呼んだ。

今週の初めに書類の不備の件で三ツ石商社を訪ねた時、池野さんはムラカミを知らないかと藤宮くんに尋ねていた。……もしかしなくても。

「あの……智さん。こんな場でお仕事のことを聞いて申し訳ないのですが。オーシャンブルートレード社とお取引ありませんか？」

おずおずと問いかけた私の声に。智さんがこちらに視線を向けて、大きく目を見開いていく。私が全てを理解するには――それで十分だった。

「いやー、書類の不備の件は本当に申し訳なかった！」

運転席から、がばりと音を立てて勢いよく頭が下げられる。その動作に合わせて智さんの黒髪が揺れ動くのを横目に、私はおろおろと「頭を上げてください」と声をかけた。

一次会もお開きとなり、智さんは即座に「俺、コイツを送るから」と藤宮くんの腕を自らの肩に掛けた。先ほどは元気そうにこちらに飛び込んで来た藤宮くんだったけれど、お開きとなるころには酔いが回ったのか顔を真っ青にしぐったりとしていた。そんな藤宮くんの様子が心配だった私は二次会には参加せず、何かできることがないかと智さんに付いていくことにした。

お会計の時、智さんが三木ちゃんに二次会の幹事をしてほしいと話しかけていた。というのも、男性側の幹事である藤宮くんは酔い潰れ、女性側の幹事である華江さんはいつの間にか男性陣の内の一人とどちらかへ消えてしまったのだ。

三木ちゃんは二次会の件を快く引き受けてくれ、すぐにその場を纏《まと》めはじめた。会社でも会議の際に司会などの纏《まと》め役を難なくやり遂げる自慢の後輩。頼りになるなぁと彼女の横顔をそっと眺めた。

けれど、そんな彼女は、去り際に真剣な目をして「気をつけて」と……私の耳元で小さく囁いた。これから酔い潰れた人の介抱をするというのに、いったい何に気をつけろ、と。頭上に疑問符を浮かべながら二次会組の背中を見送った。

藤宮くんはというと、智さんに後部座席に押し込まれて「横になってろ」と鋭く言いつけられていた。チャラそうな見た目に反して実は面倒見の良いタイプなのかもしれないと考えていると、智さんからやんわりと助手席に促され、そっと乗り込んだ。

藤宮くんの実家までの道中は妙な沈黙が続いた。しばらくすると、後部座席の彼が「気持ち悪いから停めてほしい」と口にした。智さんがハザードを上げながら停車すると、彼はおもむろに車外へ出て、近くの公園で蹲《うずくま》って草むらで嘔吐《おうと》してしまった。

慌てたように運転席から飛び出した智さんの様子に、思わず助手席のドアを開け、おろおろとスマートフォンの地図アプリを起動して近くのコンビニを探し出した。水やポリ袋、ティッシュペーパーなどを購入して、先ほどの公園に戻っていく。

「女性をこんな時間に一人で歩かせて買い物に行かせるなんて。コイツのせいで、本当に申し訳ない」

智さんは眉を顰《ひそ》めて険しい表情をしながらも、ゆっくりと。優しく藤宮くんの背中をさすり続けている。その声にその場に腰を下ろしながらゆるゆると首を横に振った。こんな泥酔した状態の人間を素知らぬ顔で放置できるほどの人でなしではない。

静かな公園の片隅に、藤宮くんの荒い呼吸が響いていく。ほどなく、「実はね」と。

智さんは手を止めず、苦笑したように空いた手で頬を掻きながら言葉を紡いでいく。

「僕ね、結婚直前の彼女にフラれたんですよ。それで、落ち込んでる僕を励まそうとこの会を計画してくれたのが藤宮なんです」

思いがけない事実に、思わずひゅっと息を飲む。

智さんも――私と同じ、だったのか。

「だから、コイツには感謝してるんですよ。最後はこんな形になっちゃいましたけどね」

困ったような表情を一転させて、ふっと楽しげな目線を藤宮くんに向けている智さん。

それだけで、藤宮くんとの信頼関係がどれほどのものかを察した。同じ会社に勤める先輩後輩の枠を超えた……彼らはきっと、兄弟のような関係性なのだろう。

「すみません。僕の失恋話なんてあなたには重たいお話でしたね。あなたを困らせるつもりはなかったのですが」

智さんは落ち着き始めた藤宮くんの左腕を自らの肩に抱えて立ち上がり、言葉を紡ぎ出せない私に助け舟を出してくれる。その動作に合わせるように、私もスカートの裾を叩《はた》きながら立ち上がった。

「……いえ、言いたくないことでしたでしょうに、ありがとうございました」

自らの醜聞など、初対面の人間に言いたくもなかっただろう。けれど、後輩である藤宮くんの名誉のためにと説明してくれた。ここでも軽そうな見た目に反した智さんの優しい内面に触れる。

立ち上がった拍子に、智さんを見上げた。彼は、凌牙と同じくらいの身長。背伸びをしたとしても――私はきっとその唇には届かないだろう。

（……えと……）

今、私は何を考えたのだろう。帰り際に呷ったお酒のせいだろうか。突拍子もなく浮かんだ何かに、かっと羞恥心が込み上げて頬が熱を持った。思わず目の前の智さんから視線を外す。

「いえいえ。だから藤宮を悪くは思わないでくださいね。本当はコイツは優しいやつなんです」

そう言って智さんは会話を切り上げて、藤宮くんを支えながら車に戻った。

それからは早かった。藤宮くんの自宅前に着いて、藤宮くんは同居のご両親に引き取られていった。

そうして——車に乗り込むなり。智さんが『その話』を持ち出したのである。

「まさかあの時の担当があなただったなんて。申し訳なさすぎます」

智さんは水分が足りずに縮んでしまったお花のように運転席で縮こまっている。

「とんでもないです。解決したのだからもういいのですよ」

気の毒なほど小さくしょげた智さんに向けてあたふたとそう口にした瞬間、脳裏に数日前の池野さんの言葉が蘇《よみがえ》る。

彼女はあの日、『あの腑抜《ふぬ》け』と言っていた。結婚直前の彼女さんに振られて、智さんは公私問わずに落ち込んでいたのだろう。その瞬間は諸々の背景が見えずに言葉の意味がよくわからなかったけれど、今はもう補足がなくても理解できる。そういった面で同じ立場であるとわかってしまえば、不思議なことにひどく親近感が湧いた。

「本当に気にしないでください。訂正処理も私の仕事のうちですから」

「……本当に申し訳ない」

私のその声に、再びしゅんと縮こまる智さん。先ほどのお店で見た人懐っこそうな笑みはどこへやら。助手席からしょんぼりとした智さんの表情を、そっと盗み見る。

彼女さんに振られて、私と同じように傷ついているのなら。

「……その。でしたら、ムラカミさんのお話を色々と聞かせてくださいな」

きっと私なら、まったく知らない人に自分の話《こと》を聞いてもらえたら、傷つけられた心が……少しだけでも癒されるに違いない。

けれど、智さん、とはもう呼べなかった。

取引先の人だからだろうか、あまり踏み込みすぎず一線を引きたいと思ってしまったのだ。もしかしたら、いつかこの人も。私の醜聞を耳にするかもしれない。その時、この人からどのような視線を向けられるのか。捨てられた女という目で見られてしまうのだろうか。

想像するだけで——耐えがたかった。

それを悟られないようにふわりと笑みを浮かべて、運転中の智さんを促した。

それから智さんは、車内でたくさんの話をしてくれた。

藤宮くんを初めて取引先に挨拶に連れて行ったときのこと。

仕事で海外に行った時にパスポートを落としてしまい散々な目にあったこと。

入社直後、今の藤宮くんと同じくらいの時分に大きな失敗をしてしまって、上司である池野さんに尻拭いをしてもらったこと。彼女の般若《はんにゃ》のような笑顔は今でも恐ろしいと感じているということ。

それから——苗字の『ムラカミ』は邨上《むらかみ》と書くこと。『邨』という漢字はとても小さな集落の意味を持つ、ということ。

「幕末の松下村塾はご存知ですよね？　あれも本来は木へんに寸の『村』ではなく、僕の苗字の郗が正式な表記なんですよ」

「へぇ～！　そうなんですか！」

見た目だけの肉食系だと思っていた。苗字に関連した知識だけではなく、経済のことや、気象の知識、時事問題などの話題も尽きない。

（……そっか。智さんは……営業さん、だものね）

彼は三ツ石商社に勤めている藤宮くんの先輩なのだから、智さん本人が営業職というのも当然のこと。営業職に必要なのは商品の知識だけでなく、商談を進めるための世間話……要は、あらゆる方面への豊富な知識と話術で相手の信頼を勝ち取ること、だ。

きっと智さんは見た目が肉食系《見た目》だから、仕事上の取引先からは軽そうな営業に見えるのだろう。持って生まれた顔は変えられない。相手の信頼を勝ち取るには、第一印象を裏切るだけのモノを持たねばならない。業績を上げるために、きっと血の滲むような相当な努力をしてきた人なのだろう。

酔い潰れた藤宮くんを進んで介抱するような、面倒見の良い態度からも察することができる。きっとこの人は、チャラそうな見た目とは裏腹に『真面目で優しい人』なのだ。心の中で、関わりたくないと思ってしまったことをそっと謝った。

不意に、ふっと話題が途切れた。それでも心地よい沈黙が流れ始めた時、ふと三木ちゃんの、別れ際の「気をつけて」という囁きが脳内に思い浮かんだ。

（気をつけてって……何に気をつけてなんだろう……）

酔い潰れた藤宮くんを介抱することに対しての『気をつけて』なのだろうか。智さんが的確に介抱してくださっていたから、むしろ私は役に立ったのだろうかと疑問が残る。その上、智さん宅の反対方向に車を走らせてもらって、無駄な労力まで使わせてしまっている。

助手席の窓から光が沈まない街が後ろに飛んでいく様子を眺め、なんとも言えない沈黙の中、三木ちゃんの言葉の真意を推し量ろうとただただ物思いに耽っていると、不意に。数時間前の、智さんの自己紹介の際の一言が、脳裏を掠めた。

『あぁ、でも……最後に送る女の子は……色々と覚悟してほしいな』

最後に送る女の子。それは――今の私のことではないのだろうか。一瞬で血の気が引いた。

（こ、れ……って、もしかしなくても……）

合コン帰り、男の人の車の中にいる私。これは俗に言う、お持ち帰りというものでは。自分が置かれている状況に気がついてしまったら、もうそれを意識せざるを得なかった。

横目でちらりと運転席の智さんを見遣《みや》ると、彼はまっすぐに進行方向を向いたままだ。その横顔は柔らかいけれど、口元だけがふっと歪んでいるようにも思えた。混乱から徐々に身体が強張《こわば》っていく。

（わたし……）

私はどうしたら。パニックになりかかった時。車が、ゆっくりと停車した。

ゆるゆると窓の外を見上げると、そこは——見慣れた場所《自宅》の前、だった。

「さ、着きましたよ」

サイドブレーキが噛み合う独特の音が響いた。そうして状況を把握した私は、勘違いをしていたということに気がつき、今度は猛烈な羞恥心に襲われた。

そうだった。藤宮くんの家を出る際に、自宅の場所を聞かれていたのだ。私の自宅の近くに智さんの取引先があって、何度も通ったことがあるから道案内はいらないよ、と言われたのだった。

「あっ……ありがとうございました！」

シートベルトを外して足元の荷物を纏《まと》めながら、慌てて降りる準備をする。智さんは私が荷物を纏《まと》めやすいようにパチンとルームランプを灯してくれていた。小さな気配りをしてくれている彼に、身勝手な勘違いから濡《ぬ》れ衣《ぎぬ》を着せてしまっていたことに大きな罪悪感が押し寄せてくる。

「もし良かったら、あなたの連絡先を教えていただきたいのですが」

「えっ？」

唐突に投げかけられた言葉に、どきりと心臓が跳ねた。

私の連絡先を、尋ねる。その言葉の真意が掴めず、ぎこちない動きで運転席の智さんに視線を合わせた。まっすぐに私を見つめている、彼。

私と。これから先も交流を持ちたい、と。そう思ってくれているのだろうか。

一度落ち着いた心臓が再び跳ね出すころ、ふうわりと柔らかく智さんが微笑んだ。

「藤宮はきっと、あなたに介抱されたことを覚えていると思います。どうせヤツのことです、元気になったらあなたにお礼を言いたいと言い出すと思います。だから僕と連絡先を交換していたら、藤宮と連絡を取る仲介ができるでしょう？」

最後の疑問符までを聞き届けて、胸の中に膨らんだ期待がぷしゅんと音を立てて萎んでいく。

（……そう、だよね）

私は、何を期待していたのだろう。こんな都合よく、恋が始まるわけがないのに。暗い場所に落ちていきそうになる自分を跳ね除けるように「確かにそうですね」と必死に笑顔を貼り付けた。そうして、ルームランプのオレンジ色の明かりの下で智さんと連絡先を交換し、車を降りる。

「本当に、こんな遠くまで送っていただいてありがとうございました」

「いいんですよ。こちらこそ、後輩がご迷惑をおかけしました」

「とんでもないです。楽しい時間をありがとうございました」

もう、これで智さんとは終わり。あとは藤宮くんと連絡を取って。……それだけだ。仕事上はやり取りをするかもしれないけれども、プライベートで連絡を取ることなんて、もうないだろう。

「じゃ、遅いからしっかり身体を温めてくださいね。おやすみなさい」

智さんがその言葉とともにパチンと音を立ててルームランプを消した。ギアを操作してドライブに入ったのを確認すると、智さんの視線が前に移された。

（……楽しかったなぁ……）

ぽつりとそんなことを考えていた時。

「……知香さん！」

唐突に名前を呼ばれて、びくりと。身体ごと心臓が大きく跳ねた。

ゆっくりと瞬きをしながら顔を上げると。智さんのさらりとした黒髪が、ふわりと揺れ動いた。

「……またね！　おやすみなさい」

へにゃっと。人懐っこそうな笑みを残し。

智さんが、走り去った。

遠くなる車が、夜に紛れて見えなくなるころ。思わず、ずるずると……その場にへたり込む。

「……どうして」

智さんは、私のことを。あの場でも、車内でも。

ずっと、私のことを『あなた』と……呼んでいた。それなのに。

それなのに――最後だけ。

私の名前を呼んでくれた。

そして『またね』と。

再会を願う言葉を、残していった。

「……ずるい」

まだ、ドキドキしている。

この心臓がおさまるまでは……

もう少し、この優しい余韻に浸っていても許されるだろうか。

◆

騒めく社員食堂の中で、私は椅子に腰かけたままスマートフォンをチェックしていた。

とうとう十月に入った。……無事に試験に合格し、私は今日から総合職に転換した。

午前中は怒涛《どとう》のようだった。ただでさえ忙しい月曜日。月が変わったため月次処理も重なり、そして総合職への転換に必要な手続きも並行して行った。きっとこの調子でいけば午後もとてつもなく忙しいだろう。

食べ終わった食器をぼんやり見つめていると、手に持ったスマートフォンが振動した。視線を落とすと、ディスプレイにはメッセージアプリの通知が表示されている。差出人は、智さんだった。

画面上に思わぬ人の名前が表示されたことに驚き、一瞬息が止まった。土曜日の合コンをねぎらう言葉から始まる文面に一呼吸置いた後、メッセージアプリを立ち上げるか少しばかり逡巡《しゅんじゅん》する。今、見てしまったら……このメッセージに既読が付いてしまう。

（……送信してすぐに既読がついたら）

引かれないだろうか。けれど……内容は気になる。次の……お誘い、とかだろうか。

そんなことを考えて、いやいやと頭《かぶり》を振る。用件なんて、藤宮くんが連絡取りたいと言っているから私の連絡先を教えていいか、に決まっているだろう。

期待しているのは私だけだ。別れ際だけは『あなた』ではなく『知香』と。名前を呼んでくれたから。

余計なことは考えず早く返信しよう。落ち込んだ気持ちを振り払うように、そっとスマートフォンを持ち上げる、けれど、ただただ混乱しながらそのことだけを考えていたから、周囲の騒めきなどまったく耳に入って来ておらず。

目の前に人がいて——その人が、私の手元からスマートフォンを引き抜いたことに気がつくのが遅れた。

「『土曜日はお疲れさまでした』か。次の男を見つけるのが早いな」

大好きだったカレの声が響いた。

のろのろと緩慢な動作で顔を上げると。凌牙《声の主》が、まるでゴミを見るかのような冷たい目で私を見下ろしていた。大好きだった人から紡ぎ出される冷たい言葉。勢いよく投げつけられた、悪意の塊。貫くようなそれに思わず身を竦《すく》める。

こんな場所で堂々と接触してきて。今更、何のつもりだろう。

凌牙が所属する人事部はこのオフィスビルの一つ上階。そこには総務部、人事部、経理部、システム部等、管理部門と言われる部門が揃っている。そちらの階にも社員食堂が設置してあり、付き合っていた時は会社ではほとんど接触がなかった。いや、互いに接触を避けていた、というのが正しい。

「……返してください」

何のつもりかはわからないが、早くスマートフォンを返してもらいたい。思ったよりも冷たい声が出て、自分でも驚いた。

口答えされるとは思っていなかったのか、驚いたように凌牙の顔が歪んでいく。

「お前、何をした」

「……は？」

何のことかわからない。何を、とは。脈絡なく投げかけられた問いに、脳内がひどく混乱している。ぽかんと口を開いたまま呆然と目の前の人物の表情を眺めていると、突如空気がビリビリと震えた。

「ふざけるな！　お前が先週山崎部長と話していたのは知っている。その時にお前が山崎部長にあることないこと吹き込んだのだろう……!!」

怒声とともに勢いよく身体が宙に浮いた。私の態度に怒髪天を衝く形相となった凌牙が、私の制服の胸倉を掴んでいる。スキッパーブラウスの糸が千切れる音がした。大きな声に、周りがビクリと私たちに注目する。

大好きだった人と同じ顔なのに、まるで別人のような顔が目の前にある。怒りと絶望の入り交じった瞳の光が、私をまっすぐに捕らえていた。

「ブラジルへ出向だと。この俺が課長代理ではなく平社員としてだそうだ。懲戒処分となっていたぞ。お前の仕業だろう」

低く響く声が、私の眼前で放たれていく。

そんな話は聞いていない。新事業に携わるという話は聞いていたが、役職を追われ海外にという話は、私は知らない。

何もかもが理解できない。爛々《らんらん》と光る瞳に貫かれたまま、身動《みじろ》ぎすらできず——私はただただ、呆然と浅く呼吸を続ける。

「お前があの日、山崎部長に色々と吹き込んだのだろう。見当違いの腹いせもいいところだな」

眼前の凌牙は、甘い顔立ちを歪めながらふんっと鼻で嗤った。敵意を剥き出しにした瞳に思わず後退る。

「図星か。狡《こす》いことをする。いい気味と思っているか？」

「ちが……私は、何も……！」

懸命に否定の言葉を発した。そのたびに喉がひゅうひゅうと音を立てる。

私が凌牙に捨てられた復讐のために、山崎部長にあることないこと吹き込んだ。だから、海外に飛ばされることになった。凌牙はそう考えているのだ。全ては私の告げ口のせいだと。

私は何もしていない。あの面談の場での会話を思い返してみるけれど、私からは凌牙のこと《こと》は一言も話していないはず。なぜ彼が役職を追われるような、こんな処罰のような人事となったのか。さっぱり理解ができない。

けれどとにかく、私は何も知らないし、何もしていないことを主張しなければ。社員食堂《こんな場所》で大きな騒ぎを起こすわけにはいかない。

覚悟を決めるようにぎゅっと唇を結んだ、次の瞬間。ふわり、と小林くんの香水の香りが鼻を掠め、視界が黒くなった。

目の前に小林くんの背中がある。凌牙よりも少し背の低い小林くんが、じっと凌牙を見返している。凌牙が私と小林くんを交互に見遣《みや》って、再び鼻で嗤っていく。

「はっ、騎士《ナイト》サマの登場かよ。お前手が早すぎだろ。俺と別れてすぐの癖に、何人の男誑《たぶら》かしたんだ？」

嘲《あざけ》るように嗤われ、かっと身体の奥から熱が込み上げる。私は誰も誑《たぶら》かしてなんかいないのに。そして、凌牙の件も——何もしていないのに。

「いくら男漁りをしても、お前みたいな女を幸せにしてくれる男なんて、そうそういないぞ？」

お前みたいな女。それが何を意味しているのか、盗み聞きの場にいなければわからなかっただろう。けれど、今の私にはわかる。頭の中でぐわりと大きな音がして、羞恥と絶望が私を襲う。

消えてしまいたい。この場所から。この世界から。このまま、誰にも顧みられることなく。

不意に滲む視界。何ひとつ言い返せない自分が惨めで、ひどく情けなかった。ぐっと唇を噛み締め、小林くんの背中から目を逸らした、刹那。

「謝ってください」

凛とした声が響いた。強い意思を持った声に、弾《はじ》かれたように顔を上げる。小林くんの背中越しでもわかる。後輩である彼が――凌牙を、睨みつけていた。

「……何だ、お前」

「一瀬さんを侮辱したこと、謝ってください」

静かに、でも確かに低い声で、私の盾となってくれている小林くんが凌牙とまっすぐに対峙していた。

身体の真横に落としていた手を、ぎゅっと握り締める。

……私は、小林くんに助けられてばかりだ。先週、私が触れるなと言ったら、触れずにいてくれた。だから私は……小林くんの心配りに報いるためにも、強くありたい。

「小林くん、退《ど》いて。これは私の問題だから」

私の声に、小林くんが小さく身動《みじろ》ぎをした。そうして、背後の私をゆるゆると振り返る。

「大丈夫よ。ありがとう。……ごめんね」

にこりと笑みを向けると、目の前の彼は瞳を揺らしながら何かを言いたそうに唇を震わせ、噤《つぐ》んだ。そうして、私の前からゆっくりと身体を引いていく。

小林くんが割って入ってくれたことで、凌牙は必然的に私の首元から手を離していた。胸元を掴まれて苦しくて呼吸が浅くなっていたから、彼が間に入ってくれたことは素直にありがたかった。

乱れた襟元を軽く正しながら、凌牙の瞳を正面から見つめる。

「……平山さん。私は、何もしてません。あの日は、山崎部長、田邉部長のもと、総合職への転換に必要な最終面談をしていただけです。プライベートのことは、私からはお話ししておりません」

大好きだった人。けれど……大嫌いな人。そんな人から殺意の篭った瞳に貫かれている。先ほど首元を掴まれた時の恐怖が蘇って思わず身体が竦《すく》んだ。

それでも――私は。

「そして、私は誰かに幸せにしてもらおうなんて、思っていません。自分の幸せは、自分で掴みます。その上で……相手も、幸せにします」

「この期に及んで、お前は……!!」

私の反撃に近い言葉に激高した凌牙が、憤怒の表情を浮かべた。強く握り締められた左の拳が勢いよく振り上げられる。

殴られる。そう思ったら身体ごと氷漬けにされたようだった。指一本、動かせない。拳が向かってくるのがスローモーションのようだった。銀の光が煌《きら》めいて、私に振り下ろされていく。

衝撃に耐えるため、目を瞑《つむ》り力の限り奥歯を噛み締めた。……けれど。

(……?)

いつまでも衝撃が来ず、恐る恐る目を開く。

明るくなった視界に映る、思わぬ光景。私を再び庇うようにして立つ小林くんと、凌牙を羽交い締めにしている、凌牙の同期の……笹山《ささやま》さんが、そこにいた。

「……え……？」

殴られるという恐怖感から視界を遮断してしまったため、どうして目の前にこんな光景が広がっているのか、まったくわからなかった。混乱している私を前に、笹山さんが衝撃的な言葉を淡々とした声色で紡いでいく。

「平山。オレら、役員懇談会の二次会でやりすぎただろう。それを、大口株主の九十銀《くじゅうぎん》行《こう》の頭取に見られていたらしい。それを会長が重く見たんだと」

「……な……」

「さっきまで上司に説教されてた。俺も主任から平に逆戻りだ。一緒にいた厚木《あつぎ》も同様に」

目の前で交わされる会話の意味が理解できるまで、しばらくの時間を要した。

凌牙に下された処罰のような人事《それ》は、先日の懇談会の後に彼らが何らかの不祥事を引き起こしたことに起因していたのだ、と……理解が及ぶころ。

ガタリと大きな音を立てて、凌牙の身体が崩れ落ちた。

「聞いた？　平山さんの件」

「聞いた聞いた。なんでも、懇談会の後に居酒屋に行って店員さんにひどく当たったんだって」

「その店員さんに土下座させたって聞いたわよ」

「えぇー!?」

「飲んだら気が大きくなるタイプ?」

「あんなあま〜い顔して、性根は最悪だったたってことなのねぇ」

「急に結婚したのもデキ婚なんでしょ? DVしてそうよね」

「確かに〜」

休憩室のコーヒーメーカーの前で、女性たちがヒソヒソと会話を交わしている。こういったゴシップは瞬時に駆け巡るものだ。……悪いものは、特に。

午後の業務に向けてコーヒーが欲しかったけれど、あの場面に突撃するような根性はさすがに持ち合わせていない。私はそのゴシップの当事者に近い人間だったのだから。

その場からくるりと踵を返し、女性社員用の更衣室に滑り込んで自分のロッカーを開いた。化粧直しをしようと鞄の中のメイクポーチに手を伸ばし、ふと。智さんからのメッセージを確認していないことに思い当たった。

伸ばした手を引っ込め、制服のポケットからスマートフォンを取り出してメッセージアプリを立ち上げる。

『土曜日はお疲れさまでした。二日酔いにはならなかったですか？　心配しています。ところで、今度の土曜日はお暇ですか。この前話していた経済学の本で、知香さんが興味を持たれていた本をお貸ししたいのです』

最後の一文まで目を通して、ほぅと小さく溜息を吐く。

（……藤宮くんの……ことだと思ってたのに）

僅《わず》かに滲んだ視界と震える指先で、メッセージアプリに返信をした。

返信を終え、スマートフォンの電源ボタンを押し、黒いディスプレイを見つめる。凌牙の絶望し崩れ落ちた姿が脳裏を掠めた。

逡巡《しゅんじゅん》はたった一瞬のことだった。もう一度、メッセージアプリを起動する。

「……バイバイ、凌牙」

近くにいる人たちに聞こえないように。口の中で、小さく別れの言葉を呟いた。そうして、そっと。別れを告げられてからも消せていなかった、大嫌いな人《凌牙》の連絡先を消去した。

明日から土日で休日に入る。今日は少し残業して書類を片付けよう、とぼんやり考えていると、焦りを滲ませた大声が二課のブースに響いた。

「先輩〜！　亜細亜通商貿易社《あじあつうしょうぼうえきしゃ》の為替手形、期限今日までなの忘れてましたぁぁ!!」

「えええ!?」

バタバタと大きな音を立てて、三木ちゃんが私のデスクまで駆けてくる。彼女の報告で慌ただしく脳内のスケジュールを組み直す。

銀行の窓口営業は十五時まで。ちらりと腕時計に視線を落とすと、針は十四時四十五分を指していた。最寄りの銀行までダッシュすれば十五時までにギリギリ間に合うだろう。

「三木ちゃんは通関システムへの入力の準備をしていて！　私銀行に走ってくるから!!」

そう言うや否や、私はレターケースの中から今日が期限の為替手形を乱暴に手に取り、エレベーターホールに向かって走り出していた。

「……ほんとに、ギリギリだった」

銀行に駆け込んだのが十四時五十八分。シャッターが閉まる寸前に窓口に滑り込み、手早く処理をして頂けた。これで業務が滞ることもない。

(終わりよければ全て良し、だもの。三木ちゃんには今度スイーツでも奢って貰おうかな)

全速力で走って乱れた身嗜みを整えつつ、深呼吸して呼吸を落ち着けオフィスビルへ戻るためにゆっくりと歩みを進めていく。

「知香さん！」

唐突に、聞き慣れない、けれども落ちついた男の人の声で、背後から呼び止められた。

私を名前で呼ぶ男の人は――今は、あの人しか心当たりがない。少しだけ早くなった鼓動を押さえつけながらそっと背後を振り返ると、脳裏に思い浮かべていた人物と視線が絡み合った。

「さ……郁上さん」

「やっぱり、知香さんだった！　制服だから一瞬わかりませんでしたよ」

智さん、と呼ぼうとして、思わず一拍置いた。驚いたような表情を浮かべた智さんが軽快な革靴の音とともにこちらに歩み寄ってくる。合コンの場《あの》では襟付きの白いポロシャツにジーパンというカジュアルな装いだったけれど、今は仕事中と言うこともあってパリッとしたスーツを身に纏《まと》っていた。

切れ長の一重が太陽の光を浴びている。左手を額《ひたい》に当てて目を庇った智さんの腕は少しだけ日焼けしており、白いワイシャツが映えている。

「偶然ですね、外回りですか？」

「はい。急用で銀行に行っていて」

私の返答に智さんが納得したように頷いて、ふうわりと柔らかく微笑んだ。

「あぁ、だからこの交差点に。税関とは逆方向だから夢でも見ているのかと驚きましたよ」

極東商社が入るオフィスビルと三ツ石商社が入るオフィスビルは近い場所にある。必然的に同じ方向に向かうことになり、隣合って歩いた。お互いに歩調が自然とスローペースになる。

月曜日に届いたお誘いのメッセージ以降、数通ずつだけれども、毎日メッセージのやり取りをしている。今日の仕事はどうだったとか、朝の通勤電車の中で見た心温まる風景のこととか。

そんなやり取りをしていても、本当に聞きたいことは聞けないままだ。

好きな女性はどんなタイプなのだとか。

……私のことは好ましく思ってくれているのか、とか。

「そういえば。僕、きちんとしたご挨拶はしていませんでしたね？」

「え？」

唐突に投げかけられた問いにぽかんとしていると、智さんはゴソゴソとワイシャツの胸ポケットから名刺ケースを取り出した。流れるような動作で私の目の前に白い名刺が差し出されていく。

「改めて。三ツ石商社営業三課の郁上です。今は水産加工品の調達、量販店への卸しをしています。要はバイヤーですね」

「あっ……ありがとうございます」

スっと出された名刺を受け取って視線を落とし、じっと眺めた。受け取った名刺には、『係長　郁上 智』と記載されていた。受け取った名刺を前に笑みを浮かべ、「頂戴いたします」と小さく会釈をした。

彼と顔を合わせるのは先週の合コンの日以来だ。けれども、毎日やり取りしていたからか久しぶり、という感覚は感じない。

「せっかくご挨拶頂いたのにすみません、急いで出てきたので私は名刺を持ち合わせてなくて」

まさかそんな時に、こんな風に取引先の方と鉢合わせるなど夢にも思わないだろう。ぺこりと頭を下げながら手に持った名刺を前に小さく詫びる。すると、目の前の智さんからは苦笑したように「いいんですよ」という声が返ってきた。

立ち止まっていた足を動かしながら、他愛のない会話を交わしていく。智さんは営業が終わって自社オフィスに帰るところで、これから売上伝票を書かなければならないらしい。心地よい会話を紡ぎながら、ゆったりと言葉を交わす。

このままずっと……オフィスビルに着かないでほしい。そう願いながらも、現実は甘くない。無情にもあっという間にオフィスビル前の交差点に辿り着いてしまった。

「じゃ、僕はここで」

智さんが手に持ったビジネスバッグを抱え直して、小さく頭を下げた。その言葉に、私もぺこりと会釈を返す。

「はい。お会いできて、嬉しかったです」

「僕もですよ。では、また……明日」

ふっと。智さんの口角が上がり、彼はそのままさっと交差点を曲がっていった。

（また……明日……）

その言葉に、自然と頬が緩む。今週の始めに智さんから届いたあのメッセージ。その後のやり取りで交わした約束の日は、明日なのだ。何を着ていこう、どのアクセサリーをつけていこう。柄にもなく浮き立つ気持ちを抑えつけるけれど、頬がにやけるのを止められはしなかった。

「一瀬さん」

「……あら？　小林くん？」

背後から後輩の声が響き、現実に引き戻される。明日へと意識が向きすぎて、お昼すぎから税関に行っていた小林くんが同じ交差点まで帰ってきていたことにまったく気が付いていなかったようだ。

「小林くんもおかえり」

「……ただいまです」

彼の返答の前に僅《わず》かな空白があって、思わず首を傾げた。小林くんは何か言いたげな顔をして私をじっと見つめている。……妙な沈黙が、私たちを包んでいた。

何か顔に付いているだとか、汗でメイクが滲んでいるだとか……そういったことを指摘したいけれど、自分は後輩でしかも異性だから指摘し辛いと思っているのかもしれない。

そんな顔を智さんに見せてしまったのだろうかと恥ずかしく考えながら小林くんの何か言いたげな表情を見つめていると、彼から思いもよらない言葉が紡がれていく。

「……あの人と、デートなんですか？」

「えっ？」

予想もしていない問いかけ。『あの人』とは、きっと智さんのことだろう。

デート。今まであえてデートと意識してこなかった。意識したら、当日、智さんと目を合わせられなくなりそうだったから。小林くんの言葉に、一瞬で顔が熱くなるのを感じた。

「で、デート、ってほどじゃないの、興味を持った本を貸してくれるって、それだけ」

「……そうなんですか」

よくわからないけれど、何だかいたたまれない。思わず身振り手振りを添えて弁明をしていく。

「大体、郡上さんも私と同じで、お付き合いしてる人がこの前までいたそうなの。だから、小林くんが考えているようなことじゃないと思うわ？」

必死に言葉を紡ぎながら、時を追うごとにかぁっと身体が熱くなっていく。私は何をムキになっているのだろう。デートではない、ということを伝えたいだけなのに。恥ずかしげもなく反論する私を小林くんのまっすぐな瞳が貫いていく。

「……とっ、とにかく、そういうことだから！　私たちも帰りましょ？」

込み上げてきた恥ずかしさを振り払うように、信号が青になったのを確認して勢いよく横断歩道に足を踏み出した。

第三章　傷を持った者同士

自分に揺るぎない自信を持ち、自分にも他人にも理想が高く、どんな時でもストイックに物事に取り組む彼女が好きだった。彼女と積み重ねた日々は刺激に満ちていて、満足していた。互いを高めていけるこの関係が心地良かった。

それが今――

興味のないものには無関心を。

一見、冷たく見えるが、そのほうが効率的だし、まどろっこしくなくて楽だ。

無駄なことにエネルギーは使えない。使いたくもない。

だから……こんなことに、なったんだ。

「智。やっぱり私、このままじゃ結婚できない。収入が安定した人じゃないと嫌なの」

絢子《あやこ》の父親に証人になってもらい、婚姻届を書こう、と約束した日。彼女の実家の応接室で、衝撃的な一言を絢子が発した。

「私、言ったよね。安定した生活がしたいって。商社マンじゃなくて、公務員になってほしいって」

頭がぼうっとする。日本語のはずなのに、脳が、日本語を理解することを拒否している。

「智は、公務員なんて、って言ったよね。私も智も、もう三十歳だよ。公務員試験、受けられなくなっちゃうよ。今の智は、私を幸せにはしてくれない」

その後の記憶は朧《おぼろ》げだ。

曰く。営業マンは客を口説くもの。お前も陰で他の女も口説いているのだろう。結婚して娘が浮気に苦しむのは真っ平御免だ。それよりは安定した公務員の男性に嫁がせたい。

母親の言葉を母親の後ろから聞いていた絢子は、俺の目を見てはくれなかった。もちろん擁護もしてくれなかった。

何が間違っていたのだろう。何をすべきだったのだろう。

この男なら絢子を幸せにしてくれる。彼女の両親に認められるようにと血の滲むような努力をした。たくさんの事柄を勉強した。政治の話、社会現象、経済の話、雑学……

ありとあらゆる知識を得た。

そして新しいプロジェクトを立ち上げることが決まった時。プロジェクトリーダーを任せられる運びとなり絢子にプロポーズをした。

彼女は喜んで受け入れてくれた。嬉しかった。絢子と一緒に、未来を歩いていくんだ。絢子を幸せにしてやるんだ。そう、思っていたのに。

いつしか、絢子は俺と会うたびに不安な顔をするようになった。単なるマリッジブルーだと思っていた。

絢子の言っていたこと。公務員になってほしいということ。新しいプロジェクトに没頭していた俺には、その願いを受け入れることは難しかった。一から創造して売上を作り、会社の歯車になりたい。俺という歯車が欠けたら会社が立ち行かなくなる、そんな次元のところまで、俺は行きたい。

だから、興味のない《絢子の願い》ことには無関心だったのだ。それが間違っているということに気がついたときには——もう遅かった。

「郁上先輩、こっちです！」

指定された集合場所の近くで、後輩の藤宮がぶんぶんと手を振って俺を呼んでいた。

婚約者《絢子》を失い落ち込んでいたのを見かねて藤宮がセッティングしてくれたコンパ。話を聞いても、当日になっても、気が乗らなかった。

営業マンとして高みへ行きたい、そして絢子を幸せにする。その一心で全てに心血を注いできた。その努力の全てを否定され、砕かれた。俺という全てが無意味だと突き付けられたも同然で、惨めで、情けなかった。

何が間違っていたのだろうか、と、考え込むあまり、酒に逃げた時もあった。仕事が終われば毎夜のように歓楽街へ飲みに出た。けれど心が満たされることなんて、一度も無かった。

自分に自信を失くしたこんな精神状態で、自分を売り込むようなコンパに出る心持ちにはなれなかった。

「あぁ、わーってるって」

けれども、藤宮も厚意でやってくれているのだ。俺のことを兄のように慕ってくれている後輩が、とはわかっているが、いかんせんまったく気が乗らない。細く長い溜息を吐き、集合場所に集まっているメンバーと軽く会話を交わしていく。

「先輩のために可愛い子揃えてますから！　いい夜過ごして、ぱーっとしましょうよ！」

「あー、はいはい。俺はお前らみたいに可愛い子だけをヤリ捨てはしねぇ主義だから」

「ひでぇ！　俺らそんなことやったことないっスよ」

「どっちか言ったら邨上先輩のほうがそういう顔《ツラ》してますよねぇ」

自分のこの見た目が肉食系《チャラそう》という第一印象を他人に与えるということは自覚している。それをビジネスの場でも相手をこちらのペースに引き込む材料として活用して来たことは認めるが、俺のそのやり口をプライベートに持ち込まれるのは面白くない。

「お前ら……俺を励ましたいのか貶《けな》したいのか、ハッキリしろよ」

「励ましたいに決まってるじゃないですか」

俺と後輩の間で交わされた会話のオチに、一同に爆笑が沸き起こる。こういう軽口を叩いてくれる後輩がいてくれて本当に良かったと心の底から感じた。

自尊心を粉々に砕かれ、これまでの人生全てを否定され、ボロボロだった俺を救いあげてくれたのはコイツらだ。コイツらがいてくれなかったら、俺は——最悪の選択をしていたかもしれない。

込み上げてくる感情を表に出さぬよう、ぐっと伸びをして場を盛り上げる一言を発した。

「っしゃーやるぞぉ」

「おおっ、本気の郁上先輩が見れる！」

俺の目論見通り。続けて交わされた会話に、再びどっと笑い声が響いた。

そして——店の前に着くと、一人の女に目を奪われた。

儚《はかな》げで、今にも壊れてしまいそうな。特別に美人というわけでも、飛び抜けて可愛いというわけでもない。

鈴が転がるような声で、けれども寂しげに。くすくす笑っている。目が離せなかった。

この後のことを考えるより早く、後輩たちに目配せした。「彼女の前に行くから、邪魔をするな」……と。

彼女の目の前を陣取り席移動することもなく、一次会を終えた。そこで藤宮が酔い潰れたことは想定外だったが、彼女の目の前で徐々に青ざめていく藤宮すらも利用しようと即決し、会話で彼女の行動を誘導した。彼女が自ら進んで藤宮の介抱に付いてくるように。

「僕ね、結婚直前の彼女に振られたんですよ。それで、落ち込んでる僕を励まそうとこの会を計画してくれたのが藤宮なんです」

ズルい手段だとはわかっている。目の前の男は傷ついている、それを見せれば。きっと、この女は。

俺の一言に、彼女は目を見開いてひゅっと息を飲んだ。そして確信した。同じだと。ならば、もう少しだけ。ほんの少しだけ、揺さぶれば。

気づかれないように、種を撒く。水は勝手に撒かれる。彼女の中で。あとは……花が咲き、実るのを待つだけだ。

——恋心という、甘くて苦い果実が実るのを。

「幕末の松下村塾はご存知ですよね？　あれも本来は木偏に寸の『村』ではなく、僕の苗字の邨が正式な表記なんですよ」

「へぇ～！　そうなんですか！」

今こそ、努力して勝ち取ったチカラを活用するべきだ。その答えがすぐ導き出されたのは、本能だろうか。いかにも遊び人という顔から放たれる、知識の深さ。いわゆる、ギャップというもの。ビジネスでも、そしてどの女にも、良く効く手法。

あと……ほんの少しの揺さぶりで。この女は、俺に——堕《お》ちる。

「……知香さん！　……またね！」

そう、俺たちは同じだから。傷の舐め合いだから。

この女は、きっと、俺を満たしてくれる。

俺は、もう迷わない。

この選択が、間違っていたとしても。

俺は、俺を満たしてくれるものに全力でエネルギーを注ぎたい。そう決めた。

興味のないものには無関心を。

——満たしてくれるものには、寵愛を。

◆

「えええ～!?　あの人とデートしたのに何もなかったんですか!?」

お昼時特有の喧騒が広がるカフェの中で、三木ちゃんが不意を打たれたような大声を上げていた。ぱっちりした目をぱちくりとさせて、そして次の瞬間には思案の表情を浮かべている。

「そ、そうなのよ……」

そうなのだ。あの——智さんとの約束の日。雰囲気の良いレストランでお昼を取り、公園を散策し、人気のカフェでお茶をする。書店で買い物をし、智さんの行きつけというところでディナー。智さんが車で迎えに来てくれ、車で送ってくれた。

特筆して何かがあったわけではなく。ただ、食事をし、買い物をし、隣合って歩いただけ。私も処女ではない。デートではない、と小林くんにそう言い張ったけれども。相応に人生経験を持った男女が二人でどこかに出かけるということは、そういうことも起こり得ると思っていた。ディナーの後、まっすぐに私を自宅まで送り届けてくれた智さんの行動に、いわば肩透かしを食らったのだ。

だから……智さんの真意がわからず途方に暮れた私は、休み明けの今日、三木ちゃんに洗いざらい話《本音》すことにした。

凌牙の『私は不感症』を知った今、正直、そういった関係へと一歩を踏み出すのが怖い。決定的な言葉が智さんから出てしまえば、なんと返答すればいいのか。その答えが出ないままあの土曜日《約束の日》を迎えてしまった。

故に、ただ食事をし、買い物をし、共に歩いただけということに安堵したし不安にもなった。全ての自信を失った私は、最近身の回りで起こることの全てをネガティブに受け取ってしまっている。

決定的な言葉が出てこないと言うことは――やはり私には、女性としての魅力が欠けているのだろうか。

三木ちゃんの思案する表情を眺めながらあの日の出来事を自分の中で反芻《はんすう》して、智さんの真意を推し量ろうと思考を巡らせていく。すると、三木ちゃんが納得いかない、というような表情で驚きの一言を紡いでいった。

「うぅ～ん。あの人、絶対先輩狙いだと思ってたんですよねぇ」

彼女から飛び出て来た、思わぬ一言。ぱちぱちと目を瞬かせて三木ちゃんに視線を合わせると、彼女はこてんと首を傾げて、きょとん、とした表情を私に向けていた。

「あの人は最初から先輩しか見てなかったですよぅ？」

「……え、えぇ？」

あの日の客観的な光景を突き付けられ、困惑したような声が自分の喉から転がっていく。

「あの人。お会計の時、先輩に声をかけようとした小林に牽制の視線を送ってましたし。あぁ〜先輩この遊び人にロックオンされちゃってる！　って思ってましたもん」

衝撃的とも言える事態に、理解が追いつかない。三木ちゃんが色をなくしている私を見遣《みや》り、私が今更あの日のことを理解したのだと察したのか、じとっとした視線をこちらに向けて来ている。

「先輩。鈍感すぎますよ。だからあの時気をつけてって言ったのに」

「ご、ごめん」

彼女のじと目にたじろぎつつ必死に思考回路を回転させる。だから「気をつけて」だったのか。

「あの夜のこともずっと聞きたかったんですけど、先週私も先輩もずっと忙しかったですし？　でもまさか、先輩から恋愛相談されると思ってませんでしたよぅ？」

三木ちゃんは何かを企んでいるように、悪戯《いたずら》っぽく笑う。カッと頬が熱を持つのを自覚した。

智さんのそんな目線。知らなかった。気付かなかった。私が気付けなかったのか、智さんが意図的に気付かせなかったのか。智さんが小林くんにも向けた視線。それも……私が見逃していた、のだろうか。

考えれば考えるほど深みに嵌まっていく。混乱したまま、テーブルの上のトレイをじっと見つめ続けていると、三木ちゃんは飲みかけのアイスカフェオレを啜《すす》りながら私に視線を向けてくる。

「……それで？　自宅に送ってもらったあとは連絡取ってるんですか？」

「うん。……当たり障りのないやり取りだけど」

智さんの意図が読めない。三木ちゃんの話を信じるならば、私は追いかけられている側。だから智さんのほうから何かしらのアクションがあるはずなのに、あの日も当たり障りのない会話だけを交わしていた。それが嫌というわけではない。メッセージアプリでの当たり障りのないやりとりをすることが不快というわけでもない。

「うぅ～ん。はっきりしませんねぇ。私はそういう駆け引きが嫌いだから、アプローチがわかりにくい男はブロックしちゃうんですよねぇ」

三木ちゃんが仏頂面のまま、やはり納得がいかないというように腕と脚を組んだ。不機嫌そうなその表情でも、様になる、とはこのことだろう。三木ちゃんは本当に美人だ。

「ひとまず、先輩が嫌じゃなければ、連絡を取り続けてもいいんじゃないですか？　今後の人脈としてキープしておいてもいいし？　ぜんっぜん進展しなければ私が新たに合コンセッティングしますから！」

にこりと笑みを浮かべた三木ちゃんのその言葉に私は「様子見……ってことね」と、自分を納得させた。腕時計に視線を落とすと、お昼休みも終わり際。その場を切り上げて三木ちゃんと他愛のない会話を続けながら、二人で一緒にオフィスへ戻った。

『自分の人生は自分で舵を取るもの。どこに行くか、何をするか。それを決めるのは、ほかでもない「あなた自身」なのです』

智さんとのデートの時に立ち寄った書店で偶然手にした世界の名言集。時間を見つけてはパラパラと読み進めている。

（……そっか）

自分で……人生の舵を取る。……当たり前だけれど、当たり前ではないこと。

私はどこに行きたいのだろう。どこへ歩いて行きたいのだろう。本を閉じぼんやり部屋を見渡す。

この白い壁に、何を描こう。私はずっとずっと、凌牙と過ごしていくことだけを考えていた。だから私自身が何をしたいのか、どこに行きたいのかなんて、久しく考えたこともなかった。

肺の中の空気を抜き去るように吐息を吐き出し、瞼《まぶた》を下ろした。黒くなった視界に一週間前に凌牙と対峙した時の光景が浮かぶ。

凌牙は……先週末に。ブラジルに向けて日本を発ったという噂を聞いた。

『いい気味だと思っているか』

そうは思っていない。……気の毒に、とは思っている。新婚だというのに海外赴任となり奥様は妊娠中。二人とも不安でいっぱいだろう。

あれだけ恨んだのに。大嫌いな人なのに。……私の知らないところで、幸せになってほしい。そう願っている。

私の――知らない、ところで。

ゆっくりと、瞼《まぶた》を開いた。

あの時、私が凌牙の目をまっすぐに見て口にした想い《言葉》。

『私は、誰かに幸せにしてもらおうなんて、思っていません。自分の幸せは、自分で掴みます』

偽りではない。私は自分の幸せは自分で掴む。誰かに幸せにしてもらうつもりはない。

そして、願わくば。

智さんも、幸せにしてあげたい。

薄情だろうか。先々週まで凌牙という存在がいたのに。今は。

「智さんで、私をいっぱいにしてほしい」

そして、私で智さんをいっぱいにしたい。ただただ、そう思っている。

智さんの意図がどこにあるのかはわからない。

だけど、きっとこれは――傷の舐め合い。同じ傷を持った者同士の。

だから心地よいのだ。

私は……きっと、知っている。傷を持った者同士は、同じモノを求めている。

◆

「知香さん」

綻んだような声色で私の名前が紡がれて、心が温かい何かで包まれていく。もたれかかっていた電柱から身体を起こし、肩にかけた鞄の紐をぎゅっと握った。

『お借りしていた本をお返ししたいので、お時間をいただけませんか？』と切り出したのは数週間前。けれども互いに都合が合わず、とうとう十月も最後の日となってしまった。

「なかなか予定が合わなくて申し訳ない」

「いえ、とんでもない！　私のほうが申し訳ないくらいです」

智さんが提案してくださった日程とことごとく合わせられなかったのは私のほう。だというのに、早々に智さんに深々と頭を下げられ大慌てで身体の前で手を横に振った。

都合が合わなかった理由は、国家資格である通関士試験の勉強を始めたから。有資格者の水野課長代理が夏頃から来年受験予定の小林くんのために休日に不定期で座学講座を開いており、私もそれに便乗した形なのだ。

今日はハロウィン。街はコスプレする人たちで溢れ、道路は例年混雑する。そしてお互いに仕事終わりの時間。今日は電車で移動ですねとごく自然な流れで待ち合わせ場所と移動手段が決まった。

目の前の智さんは、今日も営業職らしくスーツだった。パリッとしたワイシャツに、赤地のネクタイが映えていて、しっかりと背広を羽織っていた。冬は、もうすぐそこまで迫っている。

「今日は冷えましたし、もつ鍋が食べたいのですが……知香さんはいかがですか？」

「もつ鍋！　いいですね！　最近寒くなってきましたから、鍋を食べたいなと思っていたのです」

メッセージアプリでのやり取りでは、仕事が終わったあとにこの場所で待ち合わせ、ということしか決めていなかった。夕食を、という会話の流れになったものの、あの店が美味しいらしい、とか……私はあまりそういうお店を知らない。どこに行きたい、という希望もない。前回のデートの時も、智さんにほぼお任せだった。今回も智さんの提案に即座に乗っかることにした。

「今は水産品のバイヤーですが、入社当時は畜産品を担当していたんです。その時からの取引先のお店で構いませんか。あぁ、得意先だからというわけではなく、僕個人としてもお勧めなので」

私よりも背が高い智さんが、歩く歩幅を私に合わせてくれている。そのことにもじんわりと胸の奥に灯る熱を感じ、自然と口元が綻んだ。

「もちろん。邨上さんお勧めのお店は本当に美味しいから。楽しみです」

それでも。隣り合って歩く彼のことを、『智さん』とはどうしても呼べていない。彼があの時の取引先の人だとわかって以降、ずっと『邨上さん』と呼んでしまっている。

他愛のない会話を交わしつつ、智さんに導かれるようにもつ鍋専門店に足を踏み入れた。ここは博多で修業を積んだ料理人さんのお店らしい。醤油ベースで鷹の爪とニンニクの香りがもつの臭みを上手く消している。

「美味しいですね……もつ鍋って、もつの臭いが気になってしまいますが、これだと全然気にならない！」

「そうでしょ？　ここはね、マスキングの技術がとても上手なんです。えーっと、簡単に言うと、臭みを他の食材で消すことをマスキングと言うんです。もちろんモツ自体の質も良いし、そして下処理もしっかりしている。だから僕はこのお店を贔屓《ひいき》にしていて」

出会った夜の車内で交わした会話の通り、智さんは博学だ。そのうえ料理に精通しているということは前回のデートでも察することができた。けれども、あまりにも料理に対しても詳しすぎる気がする。思わず目を瞬かせながらふっと浮かんだ疑問をぶつけた。

「邨上さんは料理されるんですか？」

「そうですね、ほとんど自炊です」

返ってきた返答に意表を突かれた。一人暮らしとは聞いていたけれど、ほとんど自炊だなんて。ウーロン茶を片手に苦笑する智さんの髪がさらりと揺れ動く。

「僕、営業でしょ？　だからね、商品の売り込みをするなら、その強みと弱みを知らなければいけない。取り扱っている商品の賞味期限切れに近いものなんかを買い取って、自分で調理していたんですよ。元々料理が好きだということもありますが」

その言葉から、この人は本当に勉強熱心な人なのだ、と察する。私も負けぬように通関士の勉強を頑張らないと、と考えつつ、私も智さんと同じようにウーロン茶に口を付けた。

「……知香さん、今日は飲まないんですか？」

彼は不思議そうに目を瞬かせ、私が手に持っているグラスに視線を向けていた。その言葉に苦笑しつつ小さく肩を竦《すく》める。

「明日からまた忙しくなるので、差し障りのないように……今日は我慢してます」

「そっかぁ……残念。ほんのり酔った知香さんを見て癒されたかったのに」

「……っ!?」

自分でも、一瞬で顔が赤くなるのがわかった。どくん、どくん、と、心臓が大きく鼓動を刻んでいるのが伝わってくる。

「ふふふ」

ふぅわりと意味深に笑う目の前の智さんの顔を見ていられず、思わず顔を伏せた。そして今日の本題を忘れていたことに気がつき、脇に置いていた鞄から本を取り出してそっとテーブルに差し出していく。

「あの、これ、お借りしてた……へ、本です」

動揺のあまり噛んでしまった。更に恥ずかしくなって、視線を逸らす。

「あぁ、いえいえ。面白かったですか？」

「はい、とっても！　外国為替市場の仕組みの章は今の仕事に直結しているのでとてもためになりました」

「そうでしたか。それは良かったです」

話題逸らしが成功し、ほっと胸を撫で下ろす。熱を持った頬が緩やかに冷えていくのを感じながら、再び当たり障りのない会話を交わしていく。先ほどの言葉の真意は……今は、考えたくなかった。

「美味しかったですねぇ」

「えぇ、本当に！　郁上さん、連れて来てくださってありがとうございました」

街の喧騒の中を縫うように二人で駅に向かって歩いていく。ハロウィンだからか、周りはコスプレしている人ばかりだ。本物の傷跡のようなリアルなホラーメイクをしている人とすれ違うたびに、驚きで身体が跳ねていく。

「知香さん。ほら、迷子にならないで」

その言葉とともに、ぐっと手を掴まれた。どきりと心臓が跳ねる。

この前のデートの時は、こんなことは一切なかった。隣り合って歩くだけで、こんな風に——手を繋いだりなんてしなかった。脳内は大パニックを起こしているけれど、智さんの大きく熱い手は心地よく感じた。その手に引かれて、ずいずいと駅まで進む。人避けのように先導してくれている智さんの表情は、もちろん私からは見えない。

……けれど、繋いだ手から鼓動が共鳴しているのを感じる。言葉にならない感情で、胸が張り裂けそうだった。

駅に着き、改札を通り過ぎると同時にするりと手が離される。温かかったてのひらが冬の空気に触れて冷えていく感覚に僅《わず》かばかりの寂しさを感じたけれど、私たちの自宅はこの駅を起点に反対方面。このホームを挟んだ別々の電車に乗るのだ。今日はもう、ここでお別れ。

「あの……郁上さん。楽しい時間をありがとうございました。今日はここで」

ぺこりと頭を下げながら謝意を述べると、智さんは眉尻を下げて困ったような表情を見せた。その表情の意図が飲み込めず、きょとんと彼を見上げる。

「ちゃんと送らないと、明日、僕が池野から雷喰らうので。ご自宅まで送らせてください」

その言葉とともに「ね？」と小さく首を傾げられると、拒否権はないように思えた。

特にあの日、池野さんの柔和で般若《はんにゃ》な笑顔を見てしまったから。思わず零れた苦笑いとともに承諾の返答を口にする。

同じ方向の電車に乗り込み穏やかに会話を交わしていると、あっという間に私の自宅の最寄り駅に着いた。通勤時とは異なり倍速で過ぎ去っていった優しい時間に、心の中で思わず悪態をつきそうになる。

「反対方向なのにすみません」

「いえいえ、とんでもないです」

自宅マンションの前で名残り惜しさを噛み締めながら再び頭を下げた。外はもう真っ暗だ。夜も更《ふ》けてきている。男性とはいえ、ここから反対方向に帰ってもらうなんて申し訳なく感じる。

「郁上さん。気をつけて帰ってくださいね」

「……知香さん。僕、男だから大丈夫ですよ？」

「それでも！　です。暗いから何があるかわからないし」

このご時世、『通り魔』なんていうのもある。心配になって思わず口の先を尖らせると、智さんがくすりと笑った。

「じゃあ、僕はこれで」

「はい。本当にありがとうございました」

互いに会釈をすると、智さんが踵《きびす》を返す。夜の闇に智さんの黒髪が溶けていく。今夜も楽しかった、という感情とともに遠くなる背中を眺めていると、不意に愉しげな声が宵闇《よいやみ》に響いた。

「……あ。大事なこと忘れてました」

ふわりと揺れた黒髪。彼がくるりとこちらを振り返った。

「知香さん。トリックオアトリート！」

唐突に紡がれた言葉に面を食らう。質《たち》の悪い悪戯《いたずら》を思いついた子どものような、そんな笑みを浮かべた智さんがゆっくりとこちらへ近づいてくる。

「……お菓子くれないと悪戯《いたずら》しますよ？」

「えええっ、お菓子……!?」

持ってない。そんなもの。だって、今は仕事帰りだ。スカートのポケットを叩いたりしてお菓子になり得るものを探すけれど、見当たるわけもない。

先ほど手を繋がれた時よりも大きくパニックになっている私に、揶揄《からか》うような声が耳に届いた。

「ふふふ。じゃ、悪戯《いたずら》しちゃいますね？」

「えっ……えぇ!?」

そしてゆっくりと、智さんが私の左耳に小さく口付けた。

「またね、知香さん」

低い声で、あの夜と同じように。再会を願う言葉を囁いた智さんは――今度こそ。夜の帳《とばり》の中に、消えていった。

◆

イライラする。本当にイライラする。

それもこれも邨上と言う男のせいだ。

遊び人のような顔をして。また、俺の目の前で一瀬さんを弄《もてあそ》ぶのか。

「思った通り、ひっでぇ顔《ツラ》してんなぁ」

首元のネクタイを崩しながら、藤宮が意味深に笑みを浮かべたまま近付いてくる。

「っせぇ」

強い苛立ちから思わず藤宮に殺気立った視線を向けた。その瞬間、藤宮は戯《おど》けたように肩を竦《すく》める。

「余計なお世話だ」

今夜は藤宮《悪友》に呼び出された。用なんて、すぐにわかった。藤宮に向かって言葉を投げつけつつ、己の思いを吐き捨てた。気付いてしまった自分の想いを、捨て去るかのように。

「お前、やっぱあの先輩のこと好きだったんだな」

「……だから、ちげーっつってんだよ」

思っていたより覇気のない声になったことに、自分でも腹が立つ。

愛や恋ではない。この感情は、決して。……そう、思っていた。

「彼女にとって……俺は、ただの後輩だ」

自分に言い聞かせるように言葉を放てば、目的地に向かって歩く速度が自然と落ちた。

あの夜。郡上の前に座った一瀬さんは、どこか楽しそうで……嬉しそうで。

席に座る時、会計の時。それぞれあの男から、ぐっと牽制の視線を受けた。それでもその時は、この感情の正体を自覚していなかった。

自覚したのは、その一週間後。また明日、と二人が言葉を交わしている姿を見た時だ。

一瀬さんと言葉を交わしたあと、郡上は俺を見遣《みや》った。そして。

『俺の勝ちだ』

俺にしか、わからないように。一瀬さんに気づかれないように。首を傾げながら、あの切れ長の目を細く歪ませて、ニヤリと——口を動かしたのだ。

「恨んでるか。郡上先輩のこと」

注文した生ビールが届いた。声に出さずに、乾杯、とグラスを合わせる。

そう問われれば、恨んでいる。一瀬さんは郡上に惹かれている。郡上も一瀬さんと同じ傷を負っている。

一瀬さんの心に芽生えているそれは、きっと恋や愛ではない。傷の舐め合いにすぎない。そんな関係は――いつか破綻する。

「……俺は、もう一瀬さんが傷つくところを見たくねぇんだ」

情けないことに、溜息とともに紡ぎ出した声が震えていた。自分はこんなにも意気地なしだっただろうか。今の自分の発言は負け犬の遠吠えにすぎない。それもわかってはいるが、今は――自分の中に渦巻く黒い感情を持て余すことしかできず、ゆっくりと視線を落とす。

「……確かに、郁上先輩とお前の先輩の今の関係は、恋や愛じゃねぇとは思う」

俺と同じ認識をしていた親友。けれど、「だが」と続けられた言葉が、まっすぐに、鋭く俺を貫いていく。

「あの二人が上手くいくも破綻するも、お前が介入すべきことじゃねぇ」

「……わかってんだよ、んなこと」

あの二人のことは、あの二人が選択し、築いていくことだ。そこに俺が介入する余地はない。

「その調子じゃ、自分の気持ちに気づいたのは最近だな？」

顔を上げれば、悪友は揶揄《からか》うような笑みを浮かべていた。けれどもその声色とは裏腹に、まっすぐな瞳で俺を見つめている。

「っせーな……悪《わり》ぃかよ」

ビールを呷《あお》りグラスを乱暴にテーブルに置いた。ガシャン、と大きな音がする。邨上に対する八つ当たりのようにお通しで出された枝豆を皮ごと齧《かじ》った。

「あの二人が出会うまでにお前にはいくらでも時間があった。お前が抱いていた感情の正体に気づく機会も」

「……」

「気付かないふりをしていたのは、お前の落ち度だ」

俺の心を鋭く抉《えぐ》る藤宮の言葉。正論すぎて返す言葉すら見つからない。ただただその言葉を自らの身体に取り込むように、口の中の枝豆を飲み下す。

「先輩を恨む感情も妬む感情も、俺にもお前にもどうしようもできねぇ。小林が自分で乗り越えていくしかねぇんだ。ただ、お前の中で彼女が大切な存在であることだけは否定するなよ？」

平山に捨《あ》てられた噂が流れた日、彼女を想って自分を慰めた日。藤宮が指摘した通り、気がつけたはずなのだ。平山の指の銀の光に気がつかなかった振りをしたように、自分の気持ちに気がつかなかったふりをした。

沈黙が落ちる中、藤宮は再び店員を呼び止めた。ビールの追加注文をする横顔をぼんやりと眺める。

こいつは、俺が潰れるかもしれないと思っていたのだろう。だって、これが……俺の、初恋だから。

恋なんていらない、そんなものは必要ない。そう思って日々を過ごした大学時代。九十銀行頭取の甥。いいところの生まれ。御曹司《おんぞうし》。

明言せずともあっという間にその噂は広がった。その肩書きに惹かれた女に言い寄られ、一夜限りの関係を持った回数は数しれず。爛《ただ》れた関係を持つうちに、俺は思ったのだ。巷でよく言う、恋だとか、愛だとかはこうして偽物の愛と快楽に溺れるだけ。そんなものはいらない。『俺』という存在を見てくれる人は、この世界にはいない。

それを覆《くつがえ》してきたのが――彼女だった。それだけだ。

「……藤宮。お前に感謝はしねーから」

そっぽを向いたまま、言葉を投げつける。俺が大学時代に流されて一夜限りの関係を多数持っていたことを知っている藤宮は、俺の初恋が破れたことを見抜いていた。だから呼び出されたのだ。

今日は……郡上と、彼女が。仕事帰りにデートをしているから。あんなに弾《はず》んでいた彼女の姿は、初めて見た。胸が張り裂けそうだった。

俺ではない男のために着飾って、俺ではない男と時間をともにする。『俺』を見てくれていたのに、俺を見てくれていない。苦しくて、呼吸すらままならなくなりそうだった。

「はいはい。強がりはいいから。それで？　お前はどうするつもりだ」

その言葉とともに、探るような目線を向けられた。

藤宮からしてみれば、郁上は大事な、大切な存在なのだろう。どう転ぶかはわからない。破綻するのか、実るのか。

人生の全てを否定され、傷つきボロボロだった存在を、救い上げられるかもしれない。そんな女性《ひと》が現れたのに、その可能性を潰しにくるやもしれない存在が現れた。

二人が納得して破綻を選ぶなら、それはそれだ。だが、破綻の要因が『小林《お前》』なら――藤宮《俺》は小林《お前》を赦さない。目の前の悪友は、そう言いたいのだろう。

「俺は好きでい続けると決めた」

二人が破綻を選ぶなら。一瀬さんが傷付くのは、できれば見たくない。そんなことがあれば、俺は郁上を赦さない。けれど……万が一その時がきたら、俺を見てほしい。

もし、二人が実るのなら。その先のキツい場面を、目を逸らさずに見なくてはいけない。歯噛みしながら、血反吐《ちへど》を吐きながら、それでも……目を逸らしてはいけないのだ。

今は彼女を諦めるなんてできない。やっと気づけた自分の気持ちを捨てることはしたくない。

嫉妬の焔《ほむら》に焼かれても。今はこの気持ちを――捨てたくは、ない。

「相変わらず馬鹿だなぁ、お前は」

大げさに肩を竦《すく》め、呆れたように。けれども、優しく。藤宮は笑った。

――相手が俺でなくても。彼女が幸せになってくれれば、それでいい。

だから俺は好きでい続けると決めた。

彼女が幸せを掴む、その日まで。

◆

「せ、先輩……その髪……!?」

出社したばかりの三木ちゃんが私の姿を認め、悲鳴のような声を上げて硬直していた。

勝気な目が大きく見開かれ、そこには明らかな動揺の色が見てとれる。

「……えへへ。似合う?」

彼女の驚いた表情に照れた笑みを返し、短くした自分の髪にそっと触れる。

ハロウィンの夜。帰りの電車内で好きな俳優さんの話題となった際に、智さんが上げた名前は丸顔ショートカットの女優さんばかりだった。

きっと智さんの好みはそれだ。ショートカットにしてみよう、と自然と思えた。母親似の丸顔はずっとコンプレックスだったけれど、丸顔が智さんの好みだと理解した時、遺伝に心から感謝した。自分でも変わり身が早いと苦笑したほどだ。

あの夜は別れ際に耳元で囁かれ、とても驚かされた。だから今度は——私が智さんを驚かせてもいいはず。

「似合いすぎてて……!!」

言葉にならない、というようにブースの出入口で身悶えしている後輩の様子を眺めつつ、「ほら、仕事は待ってくれないわよ」と、苦笑しながら彼女を席に着くように促した。

「もうそれ、どっちが告白するかの耐久戦じゃないですか!!」

お昼休み。「何がどうなったのか、詳しく話を聞かせてください!」と、三木ちゃんにズルズルと引きずられ、オフィスビルから少し離れたカフェに連れてこられた。

「耳元で!? またねって!?」

目の前の彼女は顔を赤らめ、「キャー!!」と頬に手を添え自分のことのように舞い上がっていった。自分でも、想像もしていなかった展開に浮かれていることはわかっている。これで伸ばしてきたロングヘアを切り落とすことに躊躇《ためら》いはなかった。これで智さんが振り向いてくれるのならば安すぎるほどの出費だ。

智さんが私を好ましく思ってくれているのはハロウィンの夜に認識した。私は、智さんの好みに近づけるように行動した。これで——次に彼と顔を合わせたとき。私の気持ちは言葉にせずとも伝わるはずだ。

どちらから想いを言い出してもおかしくない雰囲気になってきたと思う。それ故に三木ちゃんの『耐久戦』という言葉に、深く納得した。

「初めはね。意識しちゃだめだ、って……思ってたの」

女として中途半端だから。傷を負った者同士だから。

いつか破綻するのではないかと、そう考えていた。

「だけど、郁上さんと話していて、落ち着くし……何より、自分に自信を持てるようになったの」

何も言わず、何も聞かず。同じ時間を共にし、ただただ話を聞いてくれる、話を聞かせてくれるだけの時間に――どれほど救われているか。

人間としても、女としても、世界から否定された気持ちだった。消えてしまいたかった。けれど智さんと一緒に過ごす時間だけは、この世界に存在してもいいのだ、と。そう思えた。

「今、だけは……郁上さんと同じ時間を過ごしていきたくて。その気持ちに気付いちゃったら、もう止められなくなっちゃったの」

この感情はホンモノなのか、それとも幻なのか。わからないことだらけだ。けれど、もう自分の気持ちに気がつかないふりはしたくなかった。

苦笑しつつ「まるで初恋みたいね」と目の前を見遣《みや》ると、驚きで呼吸ができなくなった。ブラックのアイライナーに囲まれた勝気な目に大粒の涙が浮かんで……ポロポロと。真珠のように艶やかに反射する雫《しずく》が、三木ちゃんの頬を滑り落ちていく。

なぜ彼女が泣いているのかが理解できず、茫然と赤く染まった彼女の目を見つめ続ける。

「……先輩が、救われて、良かった……です」

「……うん」

ずびずびと音を立てて鼻を啜りながら私を見つめる彼女。その視線に含まれる感情は、数多《あまた》の感情が絡み合っているようで……後輩なのに、後輩ではない、なんとも言えない視線。

「悔しかったんですよ、私。先輩が傷付けられて」

「……うん」

昨年、彼女が入社した時から、彼女はずっと私を慕ってくれていた。いつの頃からか、先輩後輩の枠だけでない絆のようなものも生まれていた。私が置かれた状況に自分のことのように心を痛めてくれていたということも、何となく察してはいた。だからこそ小林くんからの合コンのお誘いがあった時に『私』も参加できないのか、と交渉してくれたということも。

「でも……先輩は平気そうに、だけど平気じゃなさそうに笑ってて」

パンケーキを切りわけていたカトラリーをテーブルに置き後輩の話にじっと聞き入った。三木ちゃんは紙ナプキンで鼻を噛んでいる。

私の態度はそんなに丸わかりだっただろうか。可哀想だ、とか、そんな風に思われたくなくてあれからずっと社内では平気だというように振る舞ってきた。けれども結局、いろんな人に気を遣ってもらっているのだということを改めて実感する。

「だから……あの合コン、先輩が本当に幸せになってくれたらいいと思って、無理やり先輩も連れ出しちゃって。……先輩とあの人が、こうなったこと。素直に、嬉しいです」

目を真っ赤にして笑う三木ちゃんは――同性の私から見ても、とても可愛らしく思えた。

「先輩先輩！　もうお昼休み終わっちゃう!!」

二人で感傷に浸っていると、いつの間にか時計の針が一周する直前になっていた。三木ちゃんの一言で慌てて伝票を掴み会計を済ませ、勢いよく店の扉を押し開く。

こんな時に限って、入り組んだ路地の奥にあるカフェに足を延ばしていた。オフィスビルに向かって全速力で走っていく。足がもつれる。でも、走り続けなければ間に合わない。

ふわり、と冷たい風が頬を滑る。もう十一月。吐く息も日を追うごとに白くなってきた。

この数ヵ月で、たくさんの出来事が起こった。とても濃い数ヵ月になったと思う。きっとこの先の人生の中でも、こんなにも濃密な時間は過ごせないだろう。

そんな風に物思いに耽《ふけ》りながら全速力で走り続けた。細い路地を抜ける最後の角を曲がると、前方を確認していなかったからか、どすんと誰かにぶつかってしまった。

「すっ、すみません！」

ぶつかった人の胸元。しなやかさもあり硬い感覚もある。男の人にぶつかってしまったのだ、と察すると同時に、その人が思いっきりよろけたように見えた。「大丈夫ですか⁉」と、乱れた呼吸のまま声を上げようとした瞬間。

切れ長の目が驚きに彩られ、赤いネクタイが映える白いワイシャツと、深いネイビーのジャケットが目に入った。

「……知香さん？」

「……邨上さん」

こんな偶然、あるのだろうか。髪を切った翌日に、まるで少女漫画のように『その人』に遭遇するなんて。

けれども彼の反応を待っている時間的余裕はない。急がなければ昼休みが終わってしまう。まったく知らない人にぶつかってしまったのならば平身低頭謝るべきだろうが、幸運なことに目の前の彼は顔見知り。不真面目だけれど後日きちんと謝罪しようと結論づけ、弾《はじ》かれたようにその場から走り出した。

「郁上さん、ごめんなさい！　急いでいたので！　また今度！」

彼の返答も聞き届けず彼の真横をすり抜けて、オフィスビルへの道を急いだ。

私の少し斜め後ろを走る三木ちゃんが、心から嬉しそうな声色で「作戦成功ですね！」と言葉を紡いだ。それに釣られてチラリと後ろの彼女を振り返り「そうだね」と笑みを返していく。

その瞬間。私の視界の端に映りこんだ智さんは――左手を薄い唇に当てながら、いかにも「やられた」という表情を浮かべていた。健康的に焼けた肌が、徐々に赤く染まっていく。

走っているから、という理由とは、別の意味で。

胸の鼓動が速くなることに――気が付かないふりなんて、できなかった。

◆

やられた。そう思った時にはもう遅かった。左右に揺れながら遠のく短い黒髪を見つめながら、胸の奥がじわりと熱くなっていく。
やはり彼女は――俺を満たしてくれる存在のようだ。顔がにやけるのを止められやしない。

種は俺の思い通りに芽吹いた。今、馨《かぐわ》しい花々が咲き誇っているころだろう。

ハロウィンの夜。追い込みのように更に種を撒いた。些細《ささい》な会話を装い、好きな芸能人の話を振る。出会った夜に蒔いた種が芽吹いているのならば、これに反応してくれるはず。それがこうもすぐに芽吹くとは思っていなかったが。

てのひらで、ころころと。弄《もてあそ》ぶ。けれども、気が付かれないように。

いつ、ぐしゃぐしゃにしてあげようか。

どのタイミングで、とろとろに溶かしてあげようか。

俺以外、目に入らないように。

どのタイミングで……俺に蕩《とろ》けさせようか。

そう考えるだけで、背筋がぞくりと震える。

くつくつと、喉を鳴らす。スラックスのポケットからスマートフォンを取り出し、メッセージアプリを立ち上げた。

『先ほどは、驚きました。良かったら今週末にでもお会いできませんか』

これで俺が彼女の思う通りに反応した、と示せるだろう。

俺のてのひらの上で転がされているとも知らずに。

もう、逃れられない陥穽《かんせい》に嵌まっているとも知らずに。

このまま俺に——甘く、深く、壊されてしまうとも知らずに。

くつくつと、喉を鳴らす。

さぁ。仕上げといこう。


「おや」

外回りから帰社し伝票の整理を終え、新プロジェクトの確認と手直しを行っているといつの間にか二十一時を越えていた。そろそろ帰路に着くか、と、エレベーターに乗り込みオフィスビルを出る。最寄り駅に繋がる階段までゆっくり歩みを進めると、……不意に。見知った顔が視界に映り込んだ。

「……あなたを待っていました」

「ふぅん」

少し低い位置にある一重の目が、俺をまっすぐに貫いた。

「こんな時間に、僕に何のご用でしょうかねぇ」

「……宣戦布告を」

惚《とぼ》けたように言葉を放てば、目の前の男は綺麗な顔立ちに似つかわしくない強い光を宿した瞳で睨みつけてくる。

（……まさかそう来るとは）

十分すぎるほどの牽制を入れていたのに。

十分すぎるほど、己の敗北を思い知らせてやったのに。

(自分の気持ちにすら気付けていなかったような、青二才が)

あの夜。視線でずっと、彼女を追っていた。だがこいつの言動を見る限り、この男は自分の気持ちには勘づいていないようだった。あまりにも幼すぎて内心失笑したほどだった。

ふんと鼻を鳴らし、嘲《あざけ》るような視線を向けた。

「戦わずして負けたお前が？　俺に？」

「……っ、あんたの本性はどっちだ」

敬語を使う『僕』と、この口調の『俺』。どちらが俺の本性か？　……と。そう聞いているのだろう。

「さぁなぁ。お前が暴いてみせれば？」

「……」

俺の試すような一言に、小林が唇を強く噛んだ。その様子に悦に入った俺は滔々《とうとう》と語ってやった。

「お前も見ただろう？　彼女の今日の髪型」

「……」

今日、偶然外回りの帰り道に鉢合わせた彼女は、腰まであった髪をばっさり切り落とし軽やかなショートヘアになっていた。新しい髪型は彼女の魅力を最大限に引き出している。心からそう思った。

恐らく、いや、確実に。以前の髪型は前の男の趣味だったのだろう。彼女の魅力すら引き出せない、自分の好みを押し付けるだけの、自分勝手な男。

小林が拳をぎりぎりと握る音が耳に届く。

「彼女を、一度でも泣かせてみろ」

その時は──俺が奪い取ってやる。その瞳が、俺に向かって雄弁に物語っていた。

奪い取る？　冗談じゃない。自分の気持ちにすら勘づけていなかった、同じ土俵の上にすらいないこいつに──舐められている。そう感じて、込み上げてくる己の欲望に任せ小林を挑発した。

「泣かせる気はねぇよ？　いずれ、啼《な》いてもらうつもりはあるけどな」

勝ち誇ったように口の端を歪めてやれば、強い衝撃とともに勢いよく胸ぐらを掴まれる。驚いて一瞬息が詰まった。態度だけは勇ましい意気地なしと侮《あなど》っていた、が。

（……）

嫉妬の焔《ほむら》を宿した瞳に貫かれていく。滾《たぎ》るような激しい感情を秘めた、黒い瞳。

「……彼女を」

くぐもった声で小林が吼《ほ》えた。すると、小林は緩やかに力を抜き、俺に縋《すが》るように俯いた。

「彼女を……満たして、やってくれ」

囁くような、小さな何かに怯えているかのように震える小林の様子を眺め、細く長い溜息を吐きだした。

「……俺は。俺を満たしてくれるものは裏切らない主義だ」

彼の腕を軽く叩き、「離せ」という己の意思を伝えると、緩慢な動作で小林が離れていく。

俺は俺を満たしてくれる存在を裏切るつもりはない。彼女と出会ったあの瞬間に、そう決めた。

乱れた襟元を正しながら小林に向き直る。行き交う車のヘッドライトが、小林の怒りと絶望と……僅《わず》かな希望が入り混じった泣き顔を煌々《こうこう》と照らしていた。その様子を眺め小さく笑みを浮かべた。

目の前の小林は、まるで初恋の女を追いかけているように思えた。

小林は強い光を宿したまま、低い声で言葉を続けていく。

「本当に、少しでも泣かせてみろ。その時は俺が、本気で奪い取る」

その声は確かに震えていた。

啼《な》かせるつもりはある。甘く、深く、どろどろに、……彼女を壊して。

だが——泣かせるつもりは毛頭ない。

万が一、小林に奪われるようなことがあれば。

「その時は……俺が、また奪い返してやる」

ふっと、いつかの時に見せた目をしてみせる。

俺が浮かべた表情に、小林が——悔しそうに、笑った。

◆

ふわふわ、ひらひらと純白の花びらが落ちていく。今シーズン初めての雪が舞う中、白く彩られた吐息が朝の冷気とともに煌《きら》めいていた。

髪を切った翌日に智さんと遭遇し、数週間経っても、彼とは相変わらず一進一退の関係。あの日の午後に週末のお誘いが届き、内心ガッツポーズをしてしまった。三木ちゃんの言う『作戦』の成功だと。

けれども、その週末のお誘いでは——にこりとした笑顔で、たった一言。

「やっぱり似合いますね」

彼はその一言を口にして、まったく別の話題に切り替えていった。

女性が一大決心をして髪を切ったというのに。もっとあの時みたいな動揺を見せてくれても良かったと思うのだけど、と内心むくれていたのは、きっと伝わってはいないはず、だ。

小学生以来のショートカット。これまでとは反対に子どもっぽく見えてしまうだろうかと心配していたけれど、意外にも大人びた雰囲気も、反対にフレッシュな雰囲気もクールな雰囲気も作れるようになった。ロングヘアだったときはどんなアレンジをしても、丸顔の影響で『柔らかい雰囲気』の域を出なかったのに。

メイク道具もこれまでのブラウン一色からグレーやくすみカラーを取り入れたアイシャドウなども揃え洋服も思い切って一新した。

平均で平凡な私。それが、自分でも見違えるように……キラキラし始めている、そんな気がしている。

（……さむ、い）

肺に入り込む空気の冷たさにふるりと身体を震わせる。無意識のうちに首元のマフラーを握り締めると、少しずつ近づいてくる車の音が耳に届く。視線をそちらに向けると、待ち人の車が視界に映り、思わずパッと手を挙げた。自分の顔が盛大に綻ぶのを自覚する。

「寒いのにお待たせしました」

「いえいえ。いつも迎えに来ていただいてすみません」

助手席のドアを開けながら「よろしくお願いします」と口にして智さんの隣に滑り込んだ。

ちょうど一月ぶりのデート。師走に入り、この街もうクリスマスムードに包まれている。どのお店でも赤や緑、金色といった鮮やかな装飾が目立つ時期になってきた。

いつものように他愛のない会話を交わしながら目的地へ向かう。今日は彼と映画を観る約束をしていた。しかも観る映画は男女の恋愛物。彼を意識しないわけがない。

あらすじは、主人公二人の誕生日がキーワードになる。同じ日に産まれた正反対の彼ら。他人と接することが苦手な彼女と社交的な彼。二人は奇しくも誕生日に巡り合う。そして不確かな未来に不安を抱えながらも互いに寄り添い、淡く切ない日々を過ごす。やがてある事件が起き、彼らは誕生日《出会った日》に離別の道を選ぶ。そうして十年の時を経て、彼らは二人の誕生日に再び巡り合う。

映画で描かれていたのはここまで。彼らがどんな選択肢を選んだのか、その解釈は観客それぞれに委ねられるラストだった。日常を切り取るようなカメラワークに、俳優の仕草や表情による繊細な心理描写が相まって、じんわりと余韻が残る物語だったように思える。

「郁上さん、彼らはどうなったと思いますか？」

映画館が入っている商業施設の近くのレストランで昼食を取っているときに、彼がどのような解釈をしたのかふと気になり尋ねてみた。智さん曰く、このお店は包みハンバーグが絶品とのこと。迷わず包みハンバーグセットを注文した。アルミホイルを破ると、ほわほわと肉汁と温野菜の香りが漂っていく。

「うーん、僕はあの二人はくっついてもまた別れたと思いますよ。彼のほうがずいぶんと優柔不断でしたし」

ハンバーグを切り分けていく彼の一つひとつの動作が洗練されており、ほぅ、と見惚れてしまった。そんな私を置き去りに、「第一ね」と智さんが続けていく。

「大事な時に一歩を踏み出せない、保留にする癖がある男が、あの女の子を幸せにはできないと思うから」

放たれた言葉に一瞬の違和感を抱き、思わず食事を進める手が止まった。

「知香さんはどう思いました？」

目の前の智さんは、私の顔を覗き込むように尋ねてきている。

喩《たと》えようのない違和感の正体はさっぱりわからなかったけれど、身体の奥底から込み上げてくる言葉を堪えることはできなかった。

「……私は、あの二人は上手くいったと思います」

十年という月日が流れ、彼らが抱く価値観は変わったはず。人生の荒波に揉まれ、相手に幸せにしてもらうだけが『人生』ではないと……彼らはそう考えたのではないだろうか。

「私は、二人とも十年の時を経て、それぞれに人生を歩んで……きっと自分だけでなく相手も幸せにしたいと思ったと思います」

「……」

「私は、自分の幸せは自分で掴むものだと思っています。誰かに幸せにしてもらうなんて、そんな受け身な考えは……苦手です」

智さんは目を瞠《みは》り、カトラリーを持ったまま固まっている。それでも、私は零れ落ちていく想いを止められなかった。いや。止めたくなかった。

「だって、自分の人生ですよ。一度きりの、誰のためでもない自分のための人生。幸せにしてもらうのではなく、幸せを掴まなくちゃいけない。彼らはそれに気づいた。だからあの後、二人は上手くいったと思います」

誰かに幸せにしてもらうのではなく、自分で幸せを掴みたい。私は、凌牙との一件でそれを学んだ。あの裏切りは、哀しかった。この身が引き裂かれそうなくらい、苦しかった。けれどもこれを学べたことはとても大きかったと思う。

「……参ったな」

数ヵ月前の出来事に思考を飛ばしていると、気がつけば目の前の智さんは長い指で頬を掻きながら思いっきり苦笑いを浮かべていた。

（どうしよう……）

感情のままに語りすぎた、気がする。たかが映画に感情を揺さぶられすぎだと引かれてしまっただろうか。

「……あの。郁上さんって、お誕生日いつなんですか？」

居心地が悪くなり視線が泳ぐ。なんとか話を逸らそうと違う話題を探して頭を回転させ、今までそんな初歩的なことも聞いていなかった自分に少し呆れつつ、今回の映画のテーマでもあった『誕生日』について切り出した。

「六月二十五日です。知香さんは？」

「私は十二月二十五日。クリスマスなんです。幼い頃はクリスマスケーキと誕生日ケーキが一緒だったから、別々に食べられる同級生が羨ましくて母に泣いて当たり散らしたこともあるらしいんですよね」

何とも言えないいたたまれなさから一気に言葉を紡いだものの、食い意地の張ったエピソードだったかもしれない、と口にした言葉を少し後悔した。

「ふふ、可愛らしいエピソードですね」

智さんは私の不安を払拭するかのように、優雅な動作で温野菜を頬張りながらくすりと笑ってくれた。その表情にほっと胸を撫で下ろすと、カチャリとカトラリーを置いた智さんが小さく首を傾げた。

「クリスマスかぁ。知香さんの誕生日を忘れて怒られることもなさそうだ。……覚えやすくていいね？」

柔らかく微笑みながら紡がれた言葉にかぁっと頬が熱を持った。誕生日を忘れて怒られる……なんて、恋人同士の会話のようで。

「そうでしょうか」

今の私たちは、『友人』なのだ。素知らぬ顔をしながら止まっていた食事を進めようと視線を落とし、胸の中に浮かんだ熱っぽさを振り払う。

「知香さん。いい機会です。勝負をしましょう」

唐突に切り出された、意図が掴めない言葉たち。ふいと顔をあげると、視界に映るのは意味深に細められた智さんの目。

「……勝負？」

彼の提案の真意を測りかね、数度瞬きをしつつ智さんの表情を見つめる。

「そう、勝負。どちらが先に『言い出すか』」

「っ!?」

瞬時に身体の奥から熱くなる。何を、とは聞けなかった。

――それを聞くと負けですよ。

目の前で意地悪に微笑む智さんは、そう言外に訴えてくるような表情を浮かべている。

「お互いに何を仕掛けてもいい。会話の流れを誘導してもいい。……期限は知香さんの誕生日まで」

「……勝負、ということは、『決定的な言葉を言い出したほうが負け』ということですよね」

テーブルの上のおしぼりをそっと握って互いの勝利条件を確認していく。冷えたそれを握るてのひらが、燃えるように熱い。全身が心臓になったように跳ねている。智さんの声に、言葉に、クラクラする。今の私はきっと、耳まで赤いだろう。

「そう。負けた側は……そうですね、クリスマスディナーの後に、勝ったほうの願いを叶える。それでどうでしょう」

「……クリスマスまでに勝負がつかなかったら？」

「その時はその時です」

ふっと口の端をつり上げた智さんが、不敵に微笑んだ。

その微笑みに既に陥落しそうな私は、あと三週間をどうやって乗り切るか。頭をフル回転させて必死に考え出したのだった。

クリスマスまであと二日。今日は二十三日、金曜日。

智さんから『勝負』を持ち出された日のデート。後半は本当に危なかった。あまりにも自然な流れで致命的な一言を引き出されるところだった。

ランチの後。智さんはいつもの優しげな雰囲気に戻った。仕事に関する会話を交わし、池野さんや藤宮くんの話題が出て。先ほどの雰囲気はどこへやら、というような当たり障りのない会話が続く、本当に普通の雰囲気に。

だから普通にお茶をして、油断していたのだ。智さんに連れられて入った、ほんのりと暗いムードのあるお店でディナー。個室の頭上にキラキラとシャンデリアが輝き、アンティーク調のインテリアが並ぶ。料理はフレンチで、食後のコーヒーに口をつけながらの出来事だった。小首を傾げ、さらりと髪を揺らした智さんは何でもないように口を開いた。

「今日の映画。見るまでは僕のこと意識してましたよね？」

思わず「そうですね」と、致命的な一言を零してしまうような自然すぎる流れが作り出されていたように思う。

『僕のことを意識している』。この質問に同意してしまえば、それはもう『あなたを好き』と言っているに等しい、はず。突然の流れに動揺しながらも「いえ？」とはぐらかすので精一杯だった。

「あーあ。知香さん、すぐに陥落すると思ってたのに。意外と手強かった」

くすり、と心底面白そうに。あの意地悪な笑みを貼り付けて私を見遣《みや》り、いつものように自宅まで送り届けてくれたのだった。

それから互いに年末に向けて仕事が忙しくなり、会うことはできていない。けれど、メッセージアプリでのやり取りにも何か仕掛けられているのではないかと思うと、迂闊に返事ができなくなってしまった。受け取ったメッセージに目を通し、飲み込んで噛み砕いて……裏に何もなさそうなことを確認してから返信する。

そんなやり取りがまどろっこしく感じるようになってしまった。きっと――勝負は私の負け。今はそれでもいいかな、と思う。『好き』と言って楽になりたくなった、というのが正しいのかもしれない。

私が負けたら、智さんの願いを叶える。智さんが負けたら、私の願いを叶える。

智さんが私にどんなお願いをするつもりなのかはまったく想像ができない。けれど……もう、楽になりたい。というか、やり取りするたびに心臓が持たない。

思い立ったが吉日、それ以外は凶日。そう考え、仕事を終えてからすぐに三ツ石商社の近くにあるカフェのテラス席で智さんを出待ちすることにした。

仕事終わりの智さんに――好きです、と伝える。たったそれだけなのに、人生で一番緊張している気がする。

ほうと息を吐くと、目の前が白く彩られた。耳朶《みみたぶ》は真冬の風に晒されて冷えているのに、なんだか熱くも感じる。てのひらがどくどくと脈を打っている。

急《せ》いていく自分を落ち着かせるように、テイクアウトしたホットコーヒーに口付けた瞬間。ざわり、と三ツ石商社が入居しているビルの入口が蠢《うごめ》いた。エレベーターから数人が降りてきたのだろう。見知った顔が視界に映り、思わず口元が綻んでいく。

（……どんな顔するだろう。びっくり、してくれるかなぁ）

郁上さん、と私が声を上げる、その一瞬早く。「智！」と……彼の名前を呼ぶ、甘く、澄んだ声がした。

「あ……やこ……」

彼は切れ長の目を見開きながら、声の主を呆然と見つめている。彼の顔に浮かぶ表情はまるで「夢でも見ているのか」と。彼女に問いかけるような……そんな表情に思えた。

「智。私が間違っていた。やっぱり私、あなたの側にいたいの」

見目もひどく麗しいその声の主の瞼《まぶた》が瞬くたびに、透明な水滴がはらはらと落ちていく。智さんは、信じられない、というような表情をしていた。

けれど、一瞬だけ。ほんの一瞬だけ、嬉しそうな表情を浮かべたのを。

私は見逃さなかった。

（……そっか）

あの人が結婚直前までお付き合いしていた元カノ。そして、よりを戻したい、と……という彼女は訴えている。智さんの表情から察するに、その申し出は満更でもない……ということ、なのだろう。

あの人と同じだ。智さんもこうして他の女性の存在を突きつけ、私を捨てるのだ。胸元を鋭利な刃物で突き刺されたような気がした。

所詮、私は遊びの存在だったのか。寂しいから、と手慰みのように扱える存在だったのか。

（違う……）

そもそも、前提が違ったのだ。だって、私たちは『友人』関係に過ぎないのだから。

あやこ、と呼ばれた女性が彼の胸の中に飛び込んでいく。その様子がスローモーションのように映る。

心の奥に潜む何かが、パキンと甲高い音を立てた気がした。息が吸えない。呼吸がままならない。

もう、ここにはいたくない。いられない。……もう、見たくない。

智さんの——嬉《そ》し《ん》そ《な》うな顔。

私がその場から踵を返す瞬間、智さんと視線が絡まった気がした。

ポケットに入れたスマートフォンが智さんからの着信を知らせている。けれど、着信に応答することなんてできなかった。どうせ引導を渡されるだけだ。

決定的な言葉は、聞きたくなかった。彼が言いたいこともわかっているから。もうこれ以上、私に現実を突きつけないでほしかった。

とぼとぼと、いつもの交差点を歩く。纏《まと》わりつく風の冷たさと込み上げてくる惨めな感情から、背中が丸くなる。……このまま電話に出なければ自然消滅を狙えるだろうか。メッセージアプリも、未読にしていれば、いつかは。

本当に、濃い数ヵ月だった。凌牙から傷付けられ涙し、動けなくなった。智さんに出会い、また立ち上がれる勇気をもらえた。

でも――智さんはあの人に必要とされている。

私はどうなのだろう。

凌牙はもう結婚してしまった。側にいてほしいと懇願してくれる存在は、私には――

「……ふっ……ぅ、ぅ」

涙なんて、流し尽くしたと思っていたのに。……私は、この世界から必要とされていない。

鼻の奥が痺《しび》れるほど、熱い涙が出てくる。もう、歩けない。

ここがオフィスから近いことなんて、関係なかった。誰かに見られてまたひどい噂になっても、もう、どうでもよかった。最初の涙が溢れてしまうと、あとはもう止められなかった。

「い……ちのせさん？」

鼻腔《びこう》をくすぐる、小林くんの香水の香り。そして——私はいつの間にか。小林くんに抱き締められていた。ぴとりとくっついた小林くんの胸元から、心地よい鼓動が聞こえてくる。

「……え？」

「俺は。あいつが一瀬さんを泣かせたら、奪い取ると決めていたんです」

紡がれた言葉の意味が飲み込めず、零れていく涙が止まる。けれど、小林くんに。強く、それでいて優しく抱き留められて……彼の顔を見たいのに、見たくなくて。

「俺を……見てください」

小林くんの声が、低く、甘く、私の耳元で響いた。

◆

やられた。そう思った時にはもう遅かった。左右に揺れながら遠のくショートカットを呆然と眺めていると、胸の奥に生まれた熾火のような何かが疼《うず》いた気がした。

俺の胸に飛び込んできた女を見遣《みや》る。うるうると、瞳を潤ませて。上目遣いで。

あぁ——本当に、気持ち悪い。

胸の中の女の身体を勢いよく引き剥がして、もう後ろ姿さえ見えなくなった彼女を追いかけた。

つんのめるように走りながら、スマートフォンを手に取った。耳元で延々と呼び出し音が響く。

「出てくれ……頼む……」

何度かけても彼女は電話に出てくれない。違うんだ、と、本心を伝えたかった。あの場面を見てしまった彼女にしてみれば、それはただの言い訳にすぎないかもしれない。

それでも……俺の本心は違う。

この辺りは路地が交差していて、彼女がどの路地に入ったのか見当もつかなかった。

もう勝負なんて関係ない。想いの丈をぶつけよう。

走る、走る。足がもつれる。けれど、走らなければ。力の限り。想いの限り。

女性という生き物は、男性に幸せにしてもらいたくて、着飾り、囀《さえず》り、啼《な》くのだと。

そう信じていた。だからあの時の彼女の言葉に、頭を金槌《かなづち》で打たれたような衝撃を受けた。

「十年の時を経て、それぞれに人生を歩んで……きっと自分だけじゃなく相手も幸せにしたい、と思ったと思います」

……そう言い切った彼女に、俺は堕ちた。

「だって、自分の人生ですよ。一度きりの、誰のためでもない、自分のための人生。幸せにしてもらうのではなく、幸せを掴まなきゃいけない」

あぁ、この人は。何者にも媚びず。美しく、儚く、強い。まるで。泥水の中で凛と一輪咲き誇る、蓮の花のようだ。

初めは、傷の舐め合いだと思っていた。だからこそ傷の入った大地の隙間に、種を撒き、芽吹かせ、花を咲かせた。同じものを求めているなら互いに傷つくこともないから。だから……彼女を、その美しい花々の蔦《つた》で絡めとりたい。そう思っていたのに。

「……参ったな」

彼女を捕らえたくて撒き散らした蔦《つた》に。俺のほうが——絡めとられているじゃないか。苦笑する俺に不安そうな表情をして、別の話題にすり替えてきた彼女が愛おしかった。勝負を持ちかけたのは、想像以上に俺が悔しかったからだ。

絡めとられたのなら……離れられないように。俺から逃れられないように……俺も、絡めとってやる。

……けれど、そうも言っていられなくなった。

あの場面は本当に不味かった。二人して会社《あそこ》の前にいるとは思っていなかった。挽回するためには、意地もプライドも何もかもを捨てて彼女にこの想いを伝えなければならない。

その時だった。あの男が、知香を抱きしめているのが見えた。そして、そいつが、俺の姿を認めた瞬間に。俺があの時、その男に見せた、嘲《あざけ》りの表情で。

『俺の勝ちだ』

……と。あどけない顔立ちを歪ませて、口を動かした。

その表情に、唇を噛んだ。追いかけたいのに、身体が動かない。そいつから彼女を今すぐにでも引き剥がしたいのに。

やられた。……そう思った時には、もう、遅かった。

少しずつ気温が下がっていく。季節外れの紫陽花《あじさい》色の闇の中に、二人が消えていく。

俺は、金縛りにあったかのように。その場から一歩も動けなかった。

「さとしっ……智、何で逃げるの⁉」

背後から、金切り声が聞こえた。のろのろと、声が響いた方向を振り返る。

少し釣りぎみの、強く、勝気な目。すっと通った鼻筋。笑うとえくぼができる。長い髪をふわふわと巻いて。まるで現代に降り立ったギリシャ神話の女神のようだ。

自慢の彼女だった。美しくて、強くて。守ってやりたい、幸せにしてやりたい。わがままを言われても、鬱陶《うっとう》しく感じるより頼られていると感じた。

だから、努力した。絢子に釣り合う、彼女に相応《ふさわ》しい男になりたかった。

でも、今は……今、は。何も感じない。

「……何の用だ」

努めて、冷静に。冷酷に。この場での生殺与奪権は、俺にある。そう、主張した。

「驚かせたくて。私も……あの日のこと、ちゃんと反省したから」

いつも強気だった彼女が、萎《しお》れたように顔を曇《くも》らせる。

「智の気持ち、考えていなかった。マリッジブルーだったの。これから本当に、幸せになれるのか、不安だった」

俯き気味に、彼女が話し出す。細く華奢な指が、身体の前で組まれる。

「智なりに私を幸せにしようと頑張ってくれていたのに。私、それに気付けなかった」

彼女が顔を上げる。日が落ちた風景でもすぐにわかる。その瞳には、確かな自信が宿っていた。俺が……また彼女を選ぶという、自信。

「公務員になってなんて……二度と言わない。智についていく。私を、幸せにしてくれるでしょう?」

——何を言っているのだ、コイツは。

結局は、他力本願じゃないか。二人で一緒に幸せになりたいなんて、少しも考えていない。

これから先、ずっと二人で共に……歩んでいくのに。俺だけに、幸せになるための努力を続けさせる気なのか。

ふっと、声が漏れる。

あぁ——やはり俺は、知香に骨の髄まで絡めとられている。

「……御免被《ごめんこうむ》るね」

考えていたよりも、冷たい声が出た。滔々《とうとう》と「幸せ」について語っていた目の前の彼女が凍り付くのを確認し、俺は悦に入った。

「俺は。ずっと考えていた」

ずっとずっと、考えていた。もしこのような時が来たら、彼女に何を求めるのか。俺の全てを否定し、粉々にした彼女に。

「お前らは、俺の全てを否定したんだ。それ相応の『態度』が必要だろう？」

嗜虐《しぎゃく》心が、まるで蛇のように頭を擡《もた》げた。凍り付く目の前の彼女に、冷酷に言葉を投げつける。

「……どうして…？　さっき、嬉しそうにしてくれたじゃない……」

目の前の彼女はブルブルと、まるで人喰い熊にでも遭遇したような怯えた表情を浮かべていた。その勝気な目に涙をいっぱいに溜めながら。それでも、俺の心は動かなかった。むしろ、呆れ果ててしまった。

「嬉しそうにしていた？　お前、俺とどれだけの時間一緒にいたんだ」

歪んだ復讐心だとわかっている。だが、それすらも彼女は感じ取ることができなかったのだ。彼女のためにと積み上げてきた俺の全てを砕いてなお、「ごめんなさい」という謝罪の一言すら口にせず、全てをなかったことにしようとするその態度に、心底失望した。

「お前は結局、俺の外面《そとづら》しか見ていなかったんだな」

そう吐き捨てて、俺は踵を返した。

この女があとはどうなろうと……知ったことではない。

奪われたら、奪い返してやる。

待っていろ。そこで。

知香に咲き誇っている花々は……お前に、枯らすことはできないのだから。

◆

コチコチと。沈んだ私の心をよそに、軽快な音を立てて、壁掛け時計が時を刻む。ふと気がつけば、夕焼けの光が窓に差し込んでいた。

私は今日一日、自宅でぼんやりと昨日の出来事を思い出していた。

昨日、偶然目にしてしまった景色。本当に……とびっきり美人な元カノだった。まるで、おとぎ話に出てくる王子様とお姫様のよう。隣同士に並んでいることがしっくりくるような、本当に『お似合い』という言葉がぴったりの二人だったように思う。

あれから何度も智さんから着信があった。だけど、応答することなんてできなかった。

着信拒否にも、できなかった。メッセージアプリにもたくさんメッセージが届いている。けれど……目を通す気分にはなれなかった。

スマートフォンがまた震えている。のろのろとテーブルの上のそれを裏返して、緩慢な動作で画面を確認する。ディスプレイには案の定……『郁上智』と、表示されていた。

……ここまでして。ここまで、私を追い詰めて。

私をズタズタにして、切り捨てたいのだろうか。

（……）

不意に、昨晩の小林くんの言葉が脳裏をよぎる。

私のことを――好きだ、と。そう言ってくれた。

ずっと前から好きだった、と。ただ、私が幸せであればいいと。だから、私が幸せを掴むその日まで、好きでいるつもりだと。

でも、それが叶わないなら――俺を選んでほしい、と。

あどけない綺麗な顔を苦痛に歪ませながら、俺を選んで、と、懇願する小林くんの姿に混乱した。小林くんが傷付いたわけではないのに、どうして小林くんが傷ついたような瞳をしているのだろうか。彼は私が凌牙と別れた直後もあんな顔をしていた気がする。

昨日はいろんなことがありすぎて、何が起きているのかまったく飲み込めなくて、どうにもならなかった。

小林くんはきっと私の混乱を悟ったのだと思う。返事は、週明けの出勤の時に聞かせてほしい……ゆっくり考えてほしい、と。月曜日の朝、会社の最寄り駅で待っていますから、と。そう言って、小林くんは夜の闇に消えていった。

スマートフォンの振動が止んだ。定期的に入る着信画面を眺めるたび、智さんとの思い出が、全部全部、てのひらから零れ落ちていくような気がした。

出会った夜、藤宮くんの背中をさすりながら、寂しそうに笑っていた顔。

車をバックで停める時、腕を助手席にかける仕草。

苦笑し、頭を掻《か》く時の腕の逞《たくま》しさ。

さりげなく車道側を歩いてくれたりするところ。

手を繋いだ時に鼓動が共鳴していた記憶。

覗き込むように、私の顔を見てくる表情。

とても楽しそうに……だけど、とても意地悪に笑う顔。

ぎゅっと、自らを抱きしめる。智さんとの全ての想い出が、私の胸を苛《さいな》む。

スマートフォンが、また音を立てた。電池がなくなります——と、知らせてくれた。定期的に着信があり、メッセージアプリもずっと通知が鳴っている。電池の減りが早くなるのも当然だ。

そう考えると、智さんとは、遅かれ早かれ向き合わなければならないのか。

いつまでも逃げていても、私は前に進めない。

智さんは、きっと勝手に前に進んでいくだろう。

（……私、は？）

智さんだけ、前に進ませるなんて、嫌だ。どうしてだろうか、素直にそう思った。

「会いに行こう」

あのお姫様のような元カノには敵わないだろうけれど。それでも私を選ばなかったことを後悔させてやろう。私は、守られるお姫様であるより、王子様に救い上げてもらうシンデレラであるより――冒険者とともに歩む仲間でいい。

会いに行こう。会って、サヨナラを言って。そして……そのあと、小林くんのことを考えよう。

そう決めたら早かった。スマートフォンを充電して、洗面台に立つ。鏡に映り込む私は、やっぱりひどい顔をしていた。冷水で顔を洗う。

リビングに戻り、クローゼットの扉を開ける。髪を切って、今までの洋服が似合わなくなったから、洋服もコスメも全て一新した。

ラベンダーカラーのニットワンピースを手に取る。サイドにオフホワイトのプリーツが入っていて、智さんの前ではまだ着たことがないワンピースだ。くるぶしまでの編み上げブーツを合わせる。ブラウンが全体の引き締めをしており、バランスも良く見えた。

身支度を整え、玄関の大きな姿見鏡の前に立つ。そこに現れた私。……我ながら、すごくいい女だと思う。

智さんに会うのは、これっきり。そう、決めた。だから最後に、惜しいことをしたと思い知ってもらおう。

少しだけでも、少しでいいから。その場から動けなくなってしまえ。

知らず知らずのうちに、ふふ、と、笑みが零れた。最後にもう一度姿鏡をチェックして、ライトモカのコートを羽織って家を出た。

智さんの自宅近くの駅まで出てきた。けれど私は、よく考えれば彼の自宅の場所は知らない。

どうしようかと考えあぐねて、ほぅと息を吐く。真っ白な吐息がもれて年末が近いことを実感する。そのまま駅のロータリーをぐるり、と歩いた。空を見上げれば、はらはらと雪が舞っている。

（いいや。智さんに電話しよう）

電話に出てくれなかったら、二十一時までここで待つ。それで会えなかったら……帰ろう。そう心に決め、鞄から電池残量の少ないスマートフォンを取り出した。少しばかり充電したけれど、そこまで増えなかった。

（替え時かなぁ。明日にでも、替えに行くかな……）

そんなことをぼんやりと考え込みながら、スマートフォンを耳に当てた。

……長い呼出音が鳴る。永遠にも近い時間だった。呼出音はやがて、留守番電話に切り替わった。

「知香、です」

どうしよう、何を伝えよう。跳ねる鼓動を抑えて、さっきまで考えていた言葉を吹き込んだ。

「今……ご自宅の近くの駅まで来ています。最後にお会いして……終わりにしたい、です」

緊張から、ぎゅうと強く胸元を握り締めた。留守番電話をプツリ、と切り左耳からスマートフォンを下ろした。ロータリーをもう一周歩き、大きな木の下で立ち止まる。ここで待とうと決めて、クリスマスカラーに煌《きら》めく駅の電飾をぼうっと眺めた。

……どれくらいの時間、彼を待っただろうか。

唐突に、後ろから衝撃があった。

強く、でも、温かく。ぎゅうと、強く抱きしめられていた。

「……もう、二度と、会えないかと、思った」

乱れた呼吸と、掠れた声が耳朶《みみたぶ》を打つ。激しい鼓動が背中越しに伝わってくる。ひたり、と、水滴が私に落ちてきた。シャンプーの良い香りが私の鼻腔《びこう》をくすぐっていく。

「知香……嫌なら俺を振り払って」

いつもとは違う口調。初めて耳にする……余裕がなさそうな、切羽詰まった声色。

初めて、呼び捨てにされた。

初めて、『僕』ではなく『俺』と言った。

今までは──智さんに余裕があったから、だろうか。

「……嫌なわけ、ないじゃないですか」

「知香、待って。それ以上は、言うな……」

私を抱きしめる腕の力が強くなる。そうして、「お願いだから」と、枯れた声で囁かれた。

(言うな……って、どういうこと？)

元カノ以外からはそういう言葉を聞きたくない、と。彼はそう言いたいのだろうか。

余りの態度に思わず腹が立った。

振り払って、最後の言葉を突きつけて……

「好きだ、知香」

そう、その最後の言葉を、「好きでした」という、サヨナラの言葉を突きつけてやろう。

「……え？」

「俺の負けだ。好きなんだ。知香のこと」

鼓膜に溶け込んだのは、滾《たぎ》る思いを吐露せずにはいられなかったかのような言葉だった。

それは確かな日本語の音を形作っているのに。なぜか少しも理解ができなかった。

彼の濡れた髪から、また、ぽたりと。滴が落ちた。

智さんが噛みつくように私の唇を塞《ふさ》いだ。それと同時に、玄関の扉の鍵を乱暴にガチャリと閉める音がした。

「知香……」

智さんが掠れた声で私を呼んだ。まっすぐ貫く瞳に劣情が滲む。

息を止めてその光景に魅入っていると、彼が再び私の唇を蹂躙《じゅうりん》した。

「……んぅっ……んんんっ……」

ぴちゃぴちゃと淫らな音がする。熱い舌が淫靡に蠢《うごめ》いて、私の前歯をなぞり、這い、私の舌を捕らえた。息ができない。頭がぼぅっとする。

ここ、玄関だ。しかも智さんの髪はまだ濡れそぼっている。きっとお風呂に入っていて、上がった時に私の留守番電話を聞いてそのまま飛び出してきたのだろうと察せられた。

このままだと智さんが風邪を引いてしまう。智さんの胸に両手をあてて押し返そうとした。

私の抵抗にも構わず、智さんはそのまま私の左耳に唇を這わせた。ぞわり、と。人生で初めて感じる、何かが背筋を這い上がってくる感覚。

「……っうぁ……む、らかみさん、まって……」

弱々しく吐息を零した私の反応に智さんが甘く笑った。

「耳、弱いの？」

「……ち、ちがっ……」

そう、私は、伝えなきゃいけない。伝えなきゃ——フェアじゃない。私の、私の身体の現実を。

「私……不感症、なんです」

身体の奥から絞り出すような私の声に、ぴたりと。智さんが固まった。

智さんに手を引かれて案内された広いリビング。天板が硝子《ガラス》になったローテーブルに、ダークブラウンのソファと、ネイビーのカーテン。見渡すとダークブラウンの家具で揃えられていて、智さんの一見ワイルドな見た目と反した几帳面さを感じた。

「……なるほど」

智さんが用意してくれたホットココアを飲みながら、私は凌牙とのことを正直に話した。

セックスで感じたことがなく、そもそも『濡れる』という経験がない。

そして、褒められたものではないが、ある時に立ち聞きをしてしまって――自分が不感症だと知ったことを。

真横に座った智さんが長い脚を組んだまま唇に手を当てて、何かを考え込んでいる。

先ほどまで濡れそぼっていた髪はさっとドライヤーをかけてきたらしい。それでもまだ少し湿っていて、いつものさらりとした髪が今はところどころ束になっている。

髪から覗く細く切れ長の目が明確な怒気《どき》を孕《はら》み、歪んでいた。

「あのね、知香さん」

智さんが私を向いた。そのまっすぐな瞳に貫かれて、思わず私も居住まいを正した。

「……はい」

「不感症っていうの、嘘だから」

「……え？」

だって。私は凌牙が言っていたように、濡れたことも、気持ちよさを感じたことも……絶頂を迎えたこともない。不感症《それ》が嘘というのはどういうことなのだろうか。混乱したままの私に、智さんが諭すように声を発していく。

「確かに、不感症っていう病気はありますよ。だけど、知香さんは絶対違う」

誠実さを宿したまっすぐな瞳に貫かれる。じり、と智さんが私に近寄ってきた。

「だってさっき、キスされて、耳元で囁かれて。……感じてたでしょ」

あの、背筋を這い上がってくるような感覚。あれが、感じる、ということなのだろうか。

「身体に触られるとくすぐったいだけで、そういう興奮を感じない。そういう体質の人は医学的に『冷感症』として実証されているね。だけど……知香さんは、絶対違うよ」

彼の角張った指が、私の頬の輪郭をゆっくりとなぞる。ビクリ、と自分の意思とは関係なく、身体が震えた。

「ほら、知香さん。目がとろんとしてきた」

智さんが、自分の額《ひたい》を私の額《ひたい》にくっつける。私、今、そんな目をしているのだろうか。切れ長の目が目の前にあって、鼓動が自然と速くなる。

「室温も大切なんだ。寒かったり触れる手が冷たかったりすると女性は血流が悪くなって、感じることが難しくなる。そいつが自分の欲望ばかりを優先して、知香さんを置き去りにしただけ。不感症なんて、嘘だ。結局はその男がヘッタクソなだけで、自分の責任を知香さんに押し付けただけ」

苛立ちを隠すこともなく、吐き捨てるような声音で智さんが私をまっすぐに見つめていた。精悍な顔を歪ませ、嫌悪感をあらわにした表情がなんだか面白くて、くすりと笑みが零れた。

実際に笑うと、盗み聞きをしてしまったあの日から鬱々と心に抱えていた滓《かす》のような塊が、少しだけ小さくなった気がした。込み上げる安堵感から肩の力が抜けていく。

私の表情につられて、智さんもふわりと笑みを浮かべてくれる。互いに笑いを堪えきれず、ひとしきりくすくすと笑ったあと。

「ねぇ、郁上さん？　郁上さんが負けたのだから、私、お願い事していいですか？」

「もちろん」

彼の答えに、期待に高鳴る胸を抑えることなんて、できるはずもなかった。

ぎゅっと智さんのスエットの袖を握り締める。

「……キス、してください」

ぎしり、とスプリングが軋《きし》む音がする。智さんの唇が瞼《まぶた》に押し当てられる。温かな感触が、確かな安堵感を連れてくる。

智さんはもう片方の瞼《まぶた》にもキスを落とした。こめかみを辿り、私という存在を確かめるかのように頬へ伝い下りていく。

優しく甘やかに降るキスの雨。くすぐったさよりも、嬉しさが勝った。智さんからのキスは、とても心地よいものだった。

するりとおとがいを捕らえられ、啄《ついば》むように唇を奪われた。反対の手で後頭部を固定されている。逃げられない。だんだんとそれが深くなり、思わず鼻にかかった声が漏れていく。

「……んん、ふっ」

まるで自分の声ではないような、甘ったるい声がする。こんな風になったのは初めてだ。

(どうしちゃったの……私……)

動揺している間にも、智さんの熱い舌が私の口腔を蹂躙《じゅうりん》する。

「んんんっ……」

角度を変えて何度も絡めとられて、吸い取られる。飢えた欲を貪《むさぼ》るように、深くきつく、そしてまた深く……『私』を、味わわれているような。

甘い声が止まらない。頭がぼんやりしてきた。チュッと、大きなリップ音を立てて、智さんが離れる。唇から銀色に輝く糸が引いて、私は思わず顔を逸らした。

「……知香、さん。僕が寝室《ここ》に連れてきた意味、わかってます？」

顔を逸らしたことで無防備になっていたうなじに舌を這わされる。甘く吸い付かれたまま、左の耳元に唇を寄せ、低い声で囁かれる。また、ぞわりと何かが這い上がってくる感覚に身悶えし、私はこくこくと頷《うなず》くしかなかった。

そのまま耳の下に吸いつかれ、甘噛みされる。チリ、と小さく痛みが走った。

智さんの手が私の腰を引き寄せる。首筋を吸われ、ざらりとした舌が這う。上下に、左右に。執拗に首筋だけを往復する舌に、ぞわぞわと、身体の奥が痺れる。

凝った何かが下腹の奥に蓄積されていく。甘くむず痒いその感覚に大きく身を捩った。

「……ふぅっ、あ、ぅ……」

自身から出る甘ったるい声に耐えられなくなり、てのひらで口を覆った。その動作を智さんが咎《とが》める。

「知香さんの可愛い声、もっと聞かせてほしいんだけど？」

口を覆ったてのひらを掴まれ、シーツに縫い付けられる。征服感を滲ませた細く切れ長の目が、紅く染まった私を見定めるように眺めている。

ゆっくりと、智さんが私のワンピースの裾を掴んで捲り上げる。脱がせていいか、という確認の視線に羞恥心が沸き起こった。心臓が有り得ない速度で脈を打っているのがわかる。

「恥ずかしいから……あまり、見ないで、ください……」

蚊の鳴くような声量で絞り出した私のその言葉に、智さんが目を見開き、息を大きく吐いて顔を逸らした。

（……何か……気に障ることを言った、のかな……）

胸の奥にぐわりと不安感が込み上げ、私が智さんに尋ねようとした瞬間、顔を上げた智さんの瞳が、私を貫いた。

ひと目でわかる。激しい劣情で、細く歪んでいた。無意識に小さく息を飲む。

「む、ら、かみ、さん……？」

「………あのさぁ……まじで、煽んないでほしいんだけど」

「えっ……?」

智さんの口調が、声のトーンが変わる。その様子に混乱した。

「本当に……知香は俺を無自覚に煽ってくるよな。俺は初めて出会ったあの日から、ずうっと我慢してたんだが?」

ずるり、と、ワンピースの裾を捲り上げられて剝ぎ取られる。あっという間に下着だけになってしまった。

鎖骨を吸われ、甘噛みされる。ざらりとした舌が縦横無尽に私のデコルテを這っていく。ちりちりと小さな痛みが刺し、痕《あと》をつけられていると気がついた時にはたくさんの所有痕を付けられた後だった。

ブラジャーと肌の隙間を、つぅ、と舌が往復する。上に、下に。執拗に往復する舌に、身体の奥が熱くなる。そのたびにぞくりとした感覚が背筋を駆け上がり、喉を反らす。

こんな感覚――私は、知らない。思わず頭を大きく打ち振って息も絶え絶えに智さんに抱きついた。私の身体なのに、何ひとつ私の思い通りに制御できない。

「や、ぁ、むらっ、かみ、さ……」

「……そんな男を誘うような声で煽るくらい、余裕があるなら」

どくどくと激しい鼓動が響く身体に、獰猛《どうもう》な雄の気配を滲ませた低い声が染み渡っていく。

「……お望み通り、壊してやる」

粘度の高い蜜のような、蠱惑的《こわくてき》な囁き。全身がぞくりと震えた。

智さんの手は休むことを知らない。するり、と。ブラジャーを押し上げ、直に膨らみを揉み上げていた。

濃厚で巧みな愛撫に翻弄され、掻痒感《そうようかん》がこみ上げる。身体の奥の熱を逃がすように大きく吐くが、追いつくわけもなかった。結局は、甘ったるい声になるだけで。

「……ああう、んんんっ……ふぅうっ……」

こんな声、恥ずかしい。その想いでいっぱいで、涙が溢れてくる。

冷気に晒されて尖っている胸の先端をてのひらで弄《もてあそ》ばれる。時折、優しく、きつく摘まれて、身体が跳ねる。

智さんの吐息が私の胸元にかかって、ところどころ束になっている黒髪が私の耳元や頬をくすぐる。

それだけで。ただ、それだけなのに。強烈な幸せと、強烈な愛おしさが湧き上がってくる。

真っ赤に膨れた蕾《つぼみ》に智さんが口付ける。先端を舌先で転がされた途端、全身に稲妻が走ったような甘い衝撃が訪れる。

「あぁぅ……んんんッ！」

蕾《つぼみ》の外側、蕾《つぼみ》……と、交互にちろちろと舐められて、背中が弓なりに反った。ぞわり、ぞわりと押し寄せてくる感覚に耐えられなくなって、私は力いっぱいシーツを握り締めながら智さんを呼んだ。

「む、ら、かみ……さぁん」

「……名前」

不意に、智さんが顔を上げた。苗字ではなく、名前を呼んで……と。その目が訴えかけている。

「……さ……とし……さん」

「……ジョーデキ」

ふと、口の端をつり上げて、満足そうに智さんが笑った。

「何で、話し、かた……んんっ」

蕾《つぼみ》を執拗に味わわれ、頭の中が白く霞んでいく。それでもなお、懸命に息をしながら疑問に思っていたことを途切れ途切れに投げかける。

「んん？　あぁ、この話し方？　もう、猫被る必要ねぇから」

さわさわと膨らみを弄《もてあそ》んでいた手が、いつの間にか腰をなぞっている。腹筋から、くびれへ。くびれから、臍《へそ》へ。……臍《へそ》から、下腹部へ。

「……丁寧なほうが感じるなら、戻しますよ？　知香さん。あなたが僕を感じて――壊れてしまうまで」

「……っ！」

くるりと切り替わった、いつもの丁寧な口調。穏やかで優し気な声色だというのに、囁かれた言葉は卑猥《ひわい》なそれ。同じ顔だというのに、違う人に抱かれているようで、抑えきれない欲念に全身が支配される。

智さんの指が、ショーツの上から秘裂をつぅとなぞっていく。ゆっくりと撫でられただけなのに、その箇所が摩擦で燃え上がったかのように熱を持った。

「……やば、すっげぇ濡れてるけど」

その言葉に全身の血がかっと沸騰する。

今まで――こんなこと、凌牙とのセックスでは一度もなかったのに。

「ねぇ、知香さん。僕に教えて？　……どっちが感じんの？」

混乱する。智さんの口調に、声のトーンの変化に……私の身体の変化に頭がパンクしそうで、思わず唇を噛み締めて智さんから視線を逸らした。

「……ぁっ、ふぅっ、わ……わかん、な……」

「わからないなら、身体に聞きますね？」

にこりと含んだ笑いをした智さんの手が、ショーツにかかる。ゆっくりと引き下ろされると、つぅと粘度を持った蜜液が糸を引いたのが自分でもわかった。

恥ずかしさで死んでしまいそうな気がした。思わず両脚を擦り合わせてしまう。けれど初めて覚えた悦楽の欠片《かけら》に身体は正直で、身体の奥が物足りなさにずくずくと疼いているような気がした。

智さんが私の両膝に手をかけた。ショーツを剥ぎ取られた状態で大きく脚を開かれるなんて、あられもないどころの騒ぎではない。剥き出しの秘部に目を落とされるという事実に脳内が羞恥一色に染まって思わずごくりと息を飲み込んだ。心臓が怖いくらいに大きな音を立てている。

智さんは吸い寄せられるように、ごく自然な動作で内ももに唇を近づけた。ちゅ、ちゅ、とリップ音を立てて、時にちりちりと吸い上げられていく。

「……ぁ……ひぅ……」

無意識にいやいやと首を振る。次の瞬間、ふっと智さんが笑った。

「腰、揺れてる。そんなにいーの？　ココ、触ってもないのに……えっろ」

ころころと智さんの声のトーンが変わる。それだけで身体の奥が甘く、熱く、痺れていく。

「あぅうっ、いわ、言わないでっ……」

顔が火照《ほて》る。文字通り全身の血が逆流する錯覚を抱いた。けれど、羞恥を覚えるたびに胸の奥がたとえようのない欣悦《きんえつ》で満たされていく。

私は今、きっとひどい顔をしている自覚がある。見られたくないという一心から両腕を顔の前でクロスさせて視界から智さんの顔を追い出した。

「こ〜ら。可愛い顔が見えませんよ、知香さん」

けれど瞬時に熱いてのひらで制される。ぐいっと両腕を掴まれ、視界が明るくなる。智さんの顔が目の前にあって――ダークブラウンの瞳が、情欲の焔《ほむら》で揺れている。

「不感症なんて……その男の、真っ赤な嘘だ」

一言ずつ噛み締めるように告げられた智さんの言葉は、私の根幹に刷り込まれた概念を覆すかのように、確かな感覚を伴って心に染み込んでくる。ふわり、と。また口付けられた。何度も絡め取り、角度を変えて味わわれる。深いところまで……堕とされる。

貪《むさぼ》るような口付けを受け、私は智さんの首筋にしがみつく。

どれくらい互いの唇を貪《むさぼ》っていたのだろう。淫らな水音を立てて、智さんがゆっくりと顔を離した。

「好きだ。……知香」

甘い、甘い声で。智さんが私を呼ぶ。頭がクラクラする。

「わ、たしも、邨上さんのことが、す――」

「やり直し」

言いかけた言葉を押し留めるように、すっと唇に人差し指が当てられる。その顔は、複雑そうで。その表情の理由は何が原因か、思い当たることが……ひとつだけ。

「好き……です……智、さん」

「……うん。知ってた。ずうっと前から……ね」

智さんの唇が、ゆっくりと動いた。

気が付けば、私は智さんの巧みな指先の遊戯によって濁流の深淵に引きずり込まれていた。

「はぁんっ……あ、あっ」

ぬめった秘部を智さんの指が行き来する。ぬるぬると小さな芽を撫でさすり、時に、指の腹で弾《はじ》いていく。自分で触れても何も感じないそこが、知らなかった快楽を私に刻んでいった。

視界がぼやけ、思考が鈍る。触れられた部分がじりじりと熱を持ち、まるで水面に落ちた雫《しずく》が波紋を生むように甘い疼きが全身に広がっていく。

この感覚が『気持ちいい』のかどうか、よくわからない。ゆるゆるとくすぐられる動きにもどかしさが募り、私は無意識のうちにつま先でシーツを蹴ってしまう。

「あぅ、んっ……あぁっ……」

勝手に漏れ出る上擦った声色は発情した猫の鳴き声にも似ていて、あまりの卑猥《ひわい》さに唇を噛みしめても声が抑えられない。

額《ひたい》や首筋から汗が噴き出し、肌を伝い落ちていく。

智さんの指先が蠢《うごめ》くのを感じるたびに私の身体は敏感な反応を返した。

心拍数が上がり、次第に思考も覚束《おぼつか》なくなっていく。

執拗なほどに花芽を押しつぶされ、じんとした愉悦が下腹の奥に蓄積されていった。

感覚が鋭くなりすぎていて、怖い。智さんから与えられる愛と快楽に溺れてしまう、その恐怖に怖いと身を捩り、涙を流すしかできない。

「……怖くない、大丈夫」

キスの雨とともに囁かれたその言葉に少しだけ安堵した。身体だけでなく、心をも智さんに預けきる。

額《ひたい》に、こめかみに、目元に、鼻先に、口元に、頬から輪郭をなぞって首筋に、数えきれないほどの口付けが施されていく。

下腹からの波のように寄せては返す感覚にうまく呼吸ができない。腰の奥に何かが溜まってじわじわと追い詰められていく。蜜をたっぷりと纏《まと》った花芯が淫らに捏《こ》ね回され、視界にちらちらと星が散る。

「あっ、う、ああっ、ふ、ぅ、んん〜〜っ！」

身体の芯に蓄積した疼きが堰《せき》を切ったように零れ落ちた。ぞわりと腰から脳天にかけて一気に這い上がる深い感覚。瞼《まぶた》の裏が白く光って、身体が一気に弛緩《しかん》した。

「はっ……はぁ……はぁっ……」

荒く乱れた呼吸をする私の前髪を上げて、智さんがゆっくりと額《ひたい》を撫でていく。

「ほらな？　ちゃぁんと、イッたろ？」

私はぐったりとしたまま、全身を襲う甘い余韻に浸る。霞む思考の奥で、智さんの愛撫で頂点を極めたのだと認識する。

「あ……わ、たし……いって」

「そう。不感症って、いったい何だったんでしょうねぇ？」

智さんは声のトーンを変え、愉しそうな吐息を漏らしながら私の左耳を食《は》んだ。それだけで背中が反るほど感じてしまう。

「……っ、んぅ、ぁふっ」

達したばかりの身体は僅《わず》かな刺激ですらも拾い上げる。そのうえ、くるりと口調を変えられ丁寧な言葉で嬲《なぶ》られれば身体の奥に再び凝りが生まれてしまう。

(口調、変わるの……反則……！)

少し智さんを睨みつけると、彼は心底楽しそうに笑った。

「ほーんと、知香って、俺の声に弱いな？　もしかして声フェチ？」

「しっ、しらないっ……ぅ、ああっ」

「まぁだ反抗できんだ？」

濡れそぼった淫裂に指先が這わされる。切なく疼く蜜口につぷりと指が埋め込まれた。収縮する蜜壁を掻き分けられていく感覚に身悶えする。

「うんっ……や、む、らかみ、さ……」

ごつごつと節立った硬い指が埋められていく異物感に背筋が震える。自分ではない何かが胎内に侵入する感覚には、まだ慣れない。かつて凌辱《りょうじょく》された哀しい記憶もまだ完全には拭いきれておらず、思わず唇を噛む。

「はぁっ、う……」

久しぶりに異物を受け入れた狭穴は圧迫感がある。一度迎えた絶頂の余韻で媚肉《びにく》が脈を打っているような感覚が、智さんの指の形を鮮明に教えてくれる。

「痛い？」

切なく眉を寄せた智さんが額《ひたい》に小さくキスを落とした。

「だ、いじょ……ぶです」

違和感はやがて甘い疼痛へと変わる。蜜路に馴染ませるように、智さんの指は動かない。その間も淫壁は智さんの指の形を記憶するかのように繰り返し脈打つ。それがさらに羞恥心を掻き立てていった。

智さんが私の首筋に口付ける。啄《ついば》むようなキスの合間に再びちりちりとした痛みが刺していった。ちゅ、ちゅ、と繰り返される小さなリップ音が私の脳髄を侵食する。

「っ、むら、かみさ……それ、や、だ……」

「……名前呼んでくれたら。やめてあげますよ?」

私の羞恥心を煽るかのように口調がまた変わった。胸が張り裂けそう。

「さ、としさん……っ」

苦しくなって、夢中で智さんの名前を呼ぶ。身体の奥をひどく焦がすような凝りをどうにか散らしたくて、私は思わず智さんの腕に縋りついた。

「うん。知香。力抜いてな……」

智さんは私の様子を窺いながら、差し込んだ指先をかき混ぜるように回した。入口に近い臍《へそ》の壁の部分をゆるゆるとくすぐられる動きにもどかしさが募る。

「ゃぁっ、さとし、さ……っ、ぅんっ、そ、れっ、やだぁっ……」

わけもわからず涙が出る。いやいやと頭《かぶり》を振り、込み上げる感覚に堪えられず、シーツをぎゅっと掴んでしまう。うねうねと動く指先の感触に肌が粟立ち、ぴくんと腰が跳ねた。

「大丈夫」

智さんがそっと呟いて、ぷくりと膨らんだ花芯を絶妙な力で弾《はじ》いた。

「っ、ああっ、ぅんんっ、ああっ」

背中が反る。身体の奥の熱が暴れているような感覚に頭を打ちふるう。甘ったるい声を堪えたいのに、喉が意思と反している。自分から奏でられる甘い嬌声が淫蕩に満ちていて、智さんの枕を引き寄せて口元に押し当てる。

「んっ、んんっ、んっ……！」

智さんは絶妙な指使いで蜜壺を責め立てる。指の腹で擦りあげられ、幾度も出し挿れされて、聞くに堪えない淫らな水音が響き、溢れ出た花蜜がとろりと臀部《でんぶ》へ伝う。ぐちゃぐちゃに濡れた蜜壁をねっとりと刺激されるたび、一度澱《おり》のような塊を弾《はじ》けさせた身体はいとも簡単に快楽の階《きざはし》へと駆け上がっていく。

「あ、あっ、だめ、またっ……――っ!!」

絶頂を迎えた身体がぶるぶると小刻みに震える。それでも智さんは淫壁への刺激をやめることはなかった。ぐぷんと音を立て、新たな指が侵入していく。

「や、まっ……てぇっ……」

あえかに息を落とし喉を仰け反らせたまま、白んだ視界に懸命に訴える。けれど、抗いようのない悦楽の波に飲まれた身体は正直で、まだ触れられていない最奥が切ないうねりを生んだ。

刹那、ぐっと沈められた指先が行き止まりのざらついた箇所を強く擦った。たまらない淫悦が脳髄を犯していく。強すぎる酩酊感に本能的に逃げようとした腰が智さんの逞しい腕に抱きかかえられる。

「ここも弱いんだな」

「ち、ちがっ……あ、やぁんっ！」

私の拙《つたな》い抵抗をあやした智さんは、くつくつと喉を鳴らした。否定した私を咎《とが》めるように最奥をくにくにと刺激する。僅《わず》かに呼吸が止まって、ちかちかと激しい電流のような感覚が背筋を走り抜けていく。

「あっ、それぇっ……！」

最深をぐっと押し上げられるたび、甘くて熱い疼きが私の身体を蝕《むしば》んでいく。内襞が震え、奥から愛蜜が溢れ出して、動きやすくなった隘路《あいろ》で智さんがゆるゆると指を掻き回す。

「イキそう……だな？」

「ひ、あっ、わかんなっ、……あ、ぁぁんっ!!」

無防備だった浅瀬をもう一方の指先で甘く引っ掻かれた瞬間、腰奥に凝っていた熱が弾《はじ》けた。バチンと視界が白み、私は背中を弓なりに反らせる。

全身の痙攣に合わせて荒い呼吸を繰り返していると、ようやっと智さんの指が遊戯を止めた。

「ふ……あっ」

くぷりという悩ましい音とともに引き抜かれた指の感覚がひどく生々しく、私は目を瞑《つむ》ったまま襲い来る快楽の波をやり過ごした。

温かくて大きなてのひらが、ゆっくりと額《ひたい》や頬を撫でる。散々翻弄された身体は休息を求め、ゆらゆらと意識が揺らぎ始めた。

だけど、だめだ。だって……私だけが、気持ちよくなっては……

力の入らない腕を動かして智さんの昂《たかぶ》った屹立《きつりつ》に手を伸ばそうとした時。ぱし、と、その手が制された。

「だぁめ。今日は、ここまで」

「……え」

その言葉に私は固まった。ここまで？　だって、まだ……挿入《い》れてすらないのに。セックスの、セの字も、こなしてない。混乱する私の表情に、智さんが意地悪な笑顔を浮かべる。

「……何？　挿入《い》れてほしいって顔してるけど」

「……っ、だって、私だけって、申し訳なくて」

涙を滲ませながら乞うように訴えたが智さんの表情は変わることがない。

「……不感症だと信じ込んでいた悪い子には、もっともっと……時間をかけて、狂ってしまうくらいの気持ちよさを叩き込んであげないと。ね？　知香さん」

「っ……」

下腹の奥がぎゅうっと甘く疼いた。

だけど、昂《たかぶ》った男の人のモノをおさめるには、やっぱり……射精《だ》さないといけないいんじゃないだろうか。ぼんやりとする思考でたどり着いた考えに上目遣いでおずおずと智さんを見あげた。

「……ねぇ、どこまで俺を煽る気？」

「あ、煽ってなんか、ないですっ」

欲に瞳を濁らせた智さんの声のトーンが一気に低くなる。思わず焦って頭をブンブンと左右に振り否定する。その声色はまるで獰猛《どうもう》な獣のようだ。別の危険を感じて背筋が震えた。

ぎしり、とスプリングが軋《きし》む音が響いた。そっと智さんに視線を合わせると、彼は今にも蕩けそうなほどの甘い表情で、私の頬を撫でている。

「あと一時間もすれば……知香の誕生日がくる。日付が変わった瞬間にお祝いしたいんだ」

「……あ……」

こんな風に言ってもらえたことは初めてだ。思い返せば、四年付き合った凌牙からこんな風に言ってもらえたことはなかった。形式的に『おめでとう』とメッセージが届くだけだったと記憶している。思わず感極まって視界が滲んだ。

「そのためには、知香に正気でいてもらわないと」

投げかけられた言葉の意味が飲み込めなくて、私は目を瞬かせた。刹那、私の表情を確認したらしい智さんの瞳がすっと意地悪く歪む。

「さっきのを超える気持ちよさがずうっと続くのに、正気でいられる自信があるなら続きやってやるよ？」

「なっ……」

あまりの淫靡な台詞に私はうろたえるしかない。先ほどの卓越した手管《てくだ》から、智さんが口にしたそれは冗談でも何でもないと察することができる。恥ずかしさのあまり言葉すら出てこず、酸欠を起こした魚のように口を小さく開閉させるしかなかった。

「ふっ。お風呂、追い炊きしてくるから。ちょっと待ってて」

私の額《ひたい》に小さく口付けを落とした彼は不敵な笑みを浮かべ、ベッドを下りた。しなやかな背中が扉の向こうへと消えていく。

脱がされた下着を集めて胸にかき抱いた。とくとくと、心臓がいつもよりも速い鼓動を甘く刻んでいる。

まさか、こんなことになるとは思わなかった。最後に智さんに会って、終わりにするつもりだったから。

あまりの急展開に思考が追いついていかない。高みへと押し上げられた余韻のせいか、全身に甘く痺れたような感覚が残ったままだ。

「お風呂沸いたから入っておいで。俺、下のコンビニでメイク落としとか買ってくるから」

「あっ……りがとう……ございます」

寝室のドアが開かれふわりと智さんが顔を出す。満ち足りたような笑顔を残した彼は、そのまま玄関へと向かっていった。

そろりとお風呂のドアを開く。大理石のような風合いを湛えた壁のデザインを隠すように、真っ白な湯気が充満している。湯船に浸かる前に一度身体を流す。その流れでふと鏡を見遣《みや》ると、デコルテに散らばった所有痕に目を奪われ唖然とする。

「なっ……こんな、いっぱい……」

いつの間に、こんなに。小さな痛みが刺しているなとは思っていた。だけれども、ここまで派手につけられているとは思いもしないだろう。

けれど、智さんからこんな風に『私』を強く求めてもらったことは、恥ずかしさもあるがとても嬉しい。心が温かな何かで満たされていくような気がして、思わず頬がにやけていく。

そんな思いに浸りながら髪を洗っていると、智さんのシャンプーの香りが鼻腔《びこう》をくすぐった。彼の家で、彼が日常使いしているシャンプーを拝借しているのだから当たり前なのだけれど、なんとも言えないような感覚が身体の奥から湧き上がってくる。

一通り身体を清め浴室を出ると、洗面台には真っ白なバスタオルと買ってきたばかりであろうメイク落とし、そして大きなトレーナーが揃えて置いてあった。

『とりあえず先にこれだけ買ってきた。トレーナーは寝間着に使って。これから飲み物とか買ってくる』

几帳面な字でバスタオルの上に書置きが残してあり、それを手に取った。私が湯冷めしないようにと先に準備をしてくれたのだろう。コンビニまで往復させて申し訳ないという感情と、こんな小さな事柄にまで手を尽くしてくれている嬉しさがないまぜとなって、私はしばらく静かな感動に浸っていた。

髪を乾かしリビングに戻る。智さんはまだ帰ってきていなかった。時計は二十三時四十分を指したところだった。そうっとリビングのソファに腰掛ける。

ふと、既視感を抱いた。いつの記憶だろう。これくらいの時間で……ソファに座って、誰かの帰りを待っていた。

「……あ……」

記憶の欠片を手繰り寄せた瞬間、私に覆いかぶさる昏《くら》い影の幻影を見た気がした。小さく身体が強張《こわば》る。

過去に繋がる光景。凌牙に、最後に抱かれた時の記憶だった。もう半年近くも前のこと。キスもされず、触れられもせず。ただただ……捩じ込まれるだけの。

智さんとのセックスの一部を知ってしまえば、あの時のそれが正常な行為であるとは到底思えなかった。前戯ですら濃厚で、あんなに快感を得られたのは初めてのこと。

「あんなセックスなら……不感症といわれて、当然だったのよね」

「そう。相手がヘッタクソなだけだね！」

「……え……」

ギィと蝶番《ちょうつがい》の音がした。コンビニのビニール袋を二つほど下げた智さんがリビングに滑り込んでくる。暖房で温まっていたリビングにひやりとした外気が滑り込んだ。

独り言を聞かれていたという恥ずかしさが込み上げ、思わず疑問形の言葉が口をついた。

「……お、おかえり？」

「うん、ただいま。ところで何考えてた？　まさか俺の家で、他の男のことを？」

ぎしり、と、ソファが軋《きし》む音が蘇った幻影を深くする。脳裏に浮かぶのは先ほどまでの甘い時間ではなく、暗闇にひずんだ記憶。思わず身を硬くすると智さんは私の瞳に宿った恐怖を悟ったようだった。戯れのような不敵な笑みを瞬時に切り替え、小さく「ごめん」と呟いて私の横に沈み込んでいく。

「……昔。こうして、帰りを待ってた時……無理矢理されたことがあって」

「……」

蚊の鳴くような私の言葉に智さんが軽く息を吐く。その動作にすら罪悪感を抱いてしまい、思わず膝の上で両手を握った。

「……ごめんなさい」

「な～んで知香が謝んの？　俺はそいつに怒ってるだけ。大丈夫。俺は……知香が嫌なことはぜってぇしねぇから。約束する」

朗らかに笑った智さんは切れ長の目に底のない優しさを灯しながら、私の恐怖心を取り去るように優しく頭を撫でていく。その感覚はひどく心地いいもので、私はそっと目を細めた。

「ケーキ、買ってきたんだ。コンビニしか開いてなかったから小さなケーキで申し訳ねぇけど」

智さんが身体の前でごめんと手を合わせる。けれど、何であろうと祝ってくれること自体にとても胸が躍る。ううんと頭《かぶり》を振ると、手際よくテーブルに苺のショートケーキを広げた智さんが、グラスを掲げた。

「……知香。誕生日、おめでとう」

時計の針が重なった瞬間。目の前の智さんが、少しだけ恥ずかしそうに微笑んだ。

じゅわん……と心地よい音がして、卵の焼けるにおいが鼻腔《びこう》をくすぐる。深い眠りからゆっくりと意識が浮上してくる。

ふわふわとした柔らかな空間の中で、誰かが私を呼んでいる。低くて、優しくて、甘い……声。

「……知香」

ぱちりと目を開けると、細く切れ長の目が視界を占領する。見慣れない天井に、見慣れない背景。カーテンの隙間から眩《まばゆ》い日差しが室内に差し込んでいる。嗅ぎ慣れた……智さんの香り。

「おはよう？　知香」

智さんが私の頬を撫でている。はっと覚醒した瞬間、一瞬で昨晩の出来事を思い出した。

（あああ、色々思い出すと顔から火が出そう……！）

赤らむ顔を自覚しながら智さんの手を跳ね除け、がばりと飛び起きた。

「い、いま何時ですか…!?…」

目の前の智さんは整った顔をきょとんとさせ、そうして心底おかしそうに笑い出した。

「第一声がそれって……ぷっ……まじで面白いんだけど」

ベッドに腰かけたまま腹を抱えて笑う智さんの目に涙が滲んだのを認め、羞恥心が込み上げてきた。

「な、何でそんなに笑うんですか……」

　第一、私、急に泊まることになって、心の準備もなく、すっぴんで、しかもあんなことされて、平常でいられるほうがおかしい。それも、確実に寝過ごしたとわかるこんな状況で。

　忙《せわ》しなく周囲を見回している私の様子にひとしきり笑った智さんが、目尻の涙を人差し指で拭ってこちらに向き直る。

「朝の八時。ごはん、食べねぇ？」

　そう言った智さんに手を引かれてベッドを下り、リビングに移動する。以前のデートで手を繋いだ時とは違う。いわゆる……恋人繋ぎ。そういう関係になったのだと実感して、再び顔が熱くなるのを自覚した。

「俺の趣味の朝食になったけど」

　申し訳なさそうな声とともに、智さんが硝子《ガラス》天板のテーブルの上に視線を向ける。そこには、真っ白なお皿にサラダとホットサンドが準備してあった。

「その……結構前から、起きていらしたんですね」

　焼き立てのホットサンドを準備するだけの時間はあったのだ。ということは、さっき声をかけられた時間より随分と前から智さんは活動していた、という事実を示している。

「うん、知香の寝顔を見たくて」

「え……と」

今まではぐらかされるような会話しかしてこなかったので、智さんの言葉の一つひとつが直球で戸惑ってしまう。どう反応してよいのかもわからず、気恥ずかしくて目を合わせられない。思わずそっと顔を伏せた。

伏せた顔の先の、トレーナーの裾から覗く自分の太ももの所有痕を確認して思わず目を剥いた。昨晩は智さんのお古のトレーナーを借りて寝間着にさせてもらったけれど、それは大きくて太ももまで余裕で隠れるくらいの着丈。

「えっ、ちょっ、こっ、こんな場所にもっ……⁉」

「気付いた？」

くすり、と智さんが意地悪く笑う。それは、自分が仕掛けた悪戯《いたずら》に気がついてくれてとても嬉しい、と表現する無邪気な子どものようで。込み上げる羞恥心から慌てて裾を引っ張って隠すものの、今度は逆に首元を晒すことになってしまった。

隣に立っている智さんを精一杯睨みつけながら、首元を指さして頬を膨らませてにじり寄る。

「こっ、こっちにもいっぱい付けて！　明日、制服から見えちゃったら、どうしてくれるつもりなんですか……‼」

昨晩、お風呂に入りながら考えていた。ここまで求めてもらうことは素直に嬉しいが、もし制服から見えてしまったらどうしよう、と。制服のブラウスは首元までボタンを留めないスキッパータイプのブラウスなのだ。下手に動くと、所有痕が見えてしまうかもしれない。

「俺は見せびらかしてほしくてつけたんだが？」

くすくすと、何かを企んでいるような笑顔で智さんが告げる。出会ってから数ヵ月、智さんの私を振り回す言動にも慣れてきたつもりでいたけれど、そのあと続けられた言葉に私はぴしりと音をたてて固まってしまった。

「特に、知香の後輩の男に」

「は……？」

なぜここで、小林くんの話題《こと》が出てくるのだろう。さっぱり理解ができない。むぅ、と眉間に皺を寄せていると、唐突にあることを思い出した。

「あっ……小林くんへの返事！」

思わず智さんの手を振り払い頭を抱える。昨晩からの怒涛《どとう》の展開で彼から告白されていたことをすっかり忘れてしまっていた。悩むまでもなく返事は決まっているが、どう伝えたら彼を傷つけなくて済むだろうか。

「……ねぇ、知香さん。『小林くんへの返事』って、どういうこと？」

目の前から智さんの優しそうな声がした。弾《はじ》かれるように顔を上げると、ふわり、と。

一見、優しそうな顔で彼は笑っている。けれど、その口調からして確実に。

(この人、お、怒ってない……⁉)

智さんの角張った指先が、硬直したままの私の耳元をくすぐる。私をまっすぐに見つめている切れ長の目に嫉妬の焔《ほむら》が宿っていることを確認して、私は思わず息を飲んだ。

「知香さん。もう君の彼氏になった僕に言えないこと？」

常に私を振り回してきた智さんでも、嫉妬……するのか。というより、どうして智さんが小林くんに嫉妬しているのだろう。

けれど、智さんが言うように私たちは一線を越えた……はず。言いにくくて口ごもるものの、不思議と正直に話そうという気持ちが湧き上がってきて、私は途切れ途切れに言葉を選んだ。

「……邨上さんが……元カノさんと会ってるところを見て。心配してくれた小林くんから、そのまま告白されまして」

「……はぁ……」

私の返答に智さんが盛大な溜息をついた。けれどなぜ私が溜息をつかれなければいけないのだろう。そもそも智さんが元カノと会わなければよかったのだ。きっと彼女もあの場で智さんを待っていたのだろうから、会っていた、というのは少し語弊があるかもしれないけれど。今思えば、私もかなり感情的になっていたとは思う。

そこまで考えて、ふと引っかかる何かを感じた。そういえば、その元カノとはどうなったのだろう。結局、よりを戻したのではなかったのだろうか。小さく息を吸い込み意を決して私も智さんに疑問をぶつける。

「む、郁上さんだって、元カノさんに言い寄られてたじゃないですか……！　そ、そもそも元カノさんとはどうなったんですか？　復縁した挙句に私を連れ込んでるなら、ほんっとに最低ですからね！」

びしり、と智さんを指さして下から睨みつけた。でも、この格好では一向に様にはならない。一瞬驚いた顔をした智さんが間を置かずおかしそうに笑いだした。

「とりあえず、座る？」

ひとしきり笑った智さんに促されて、しぶしぶソファに沈み込む。私の右隣に智さんが腰かけた。そして、真摯な眼差しで私を射抜いていく。吸い込まれそうなほどの綺麗なダークブラウンの瞳には、曇りひとつ見当たらない。

「元カノと別れた理由。まぁ、俺の仕事を全否定してくれちゃったからさ。知香ならわかると思うけど、俺はここまでのし上がるのにすげぇ努力したんだよなぁ」

そう言った智さんはどこか傷付いたように少しだけ目を細めた。

智さんとまっすぐに会話すればわかる。この人は見た目によらず努力家で、向上心がある人だ。それらを否定されたのならば、彼にとっては人生の全てを否定されたことと同意義で。まるで我が事のように胸が痛んだ。

「あいつ、俺が復縁を望むって確信した言い方をしたんだ。だからさ……俺を踏み躙《にじ》ったことをきちんと謝るなら赦すって言ったんだよ。でも、あいつは俺の言葉をまったく理解していなかった」

その言葉で少しだけあの時の状況が読めたような気がした。元カノは傷ついた智さんを更に侮辱したのだ。『復縁を望んでいる』と一方的に決めつけ、復縁《そう》するのが当たり前、という態度をしていたのだと察した。

ぎゅう、と。智さんに握られている手から、真摯な想いが伝わってくる。

ふと、私は自らに置き換えて心に問いかけた。

同じ状況になった時、私もきっと同じことを望むのかもしれない。

凌牙がよりを戻したいと言ってきたら。私もきちんとした謝罪を受けてからなら、と返答すると思うし、その時に『復縁を望んでいる』というような口調で話を進められれば、激高とまではいかないものの、確実に不快な気分にはなると思う。

「元カノさんとは……それっきり？」

私の問いかけに「うん」と智さんが短く返答し、変わらずにまっすぐな瞳で私を見つめてくる。

（そっか……そういうことだったんだ）

だから私が応答しなくとも、何度も連絡をくれたのだろう。

私を見つめている、彼の瞳。曇りのない智さんの瞳は、信じるに値する瞳だ。この人なら。この人の手なら……選んでも、傷つかないだろうか。

「郝上さんは……私だけを、見てくれますか？」

答えを聞くのは怖かった。だって、私は元カノを選んだ男に捨てられたから。

でも。だからこそ、きちんと答えを聞きたかった。

……今度は。ちゃんと、約束してくれる人が、いい。

「俺は知香を裏切らない。今は、信じられないかもしれないが……約束する」

智さんのまっすぐな瞳に貫かれる。その瞳は嘘偽りを感じさせない瞳だった。

智さんと出会い、智さんに触れて。この人はワイルドな見た目で誤解されがちだけど、根は真面目なひとだと知っている。故に、私は智さんに惹かれたのであって。……いつか裏切られる時が来るかもしれないけれど。今は、今だけは。

その言葉を信じたい。

自分の目尻に少しだけ浮かんだ涙に気が付かないふりをして、重ねられたままの智さんの大きな手をぎゅっと握り返した。

「……はい。信じてますからね」

信じる。簡単な日本語だけれど『信じる』というのはとても難しい。人を信じられないと、自分すらも信じられなくなってしまう。それをこの数ヵ月、痛いほど学んだ。信じていた人に裏切られて、他人が——ひいては自分すら信じられなくなった。だからこそ。凌牙の言う不感症という話を鵜呑みにして、私はさらに自分で自分を苦しめていた。それを覆してくれたのは、紛れもなく、目の前の智さんだ。

「信じて、ますから」

彼の澄んだ瞳に反射して映る私。できうる限りのまっすぐさで智さんを見つめ返す。視線が絡み合った智さんの瞳が、一瞬だけ不安げに揺れた。

「……じゃ、あの男。ちゃんと断ってくれるよな?」

「はい、それはもちろん」

智さんを信じると決めた。だから私も、智さんに信じてもらいたい。ありったけの感情が伝わるように間を開けずに即答した。

私の言葉に智さんがくしゃりと笑みを浮かべた。途端、ふわり、と智さんが覆いかぶさってくる。

智さんが、ソファで私を組み敷いている。凌牙に最後に手荒く抱かれた時と同じ体勢なのに、まったく怖くない。怖かった記憶、痛かった記憶が……全部全部、智さんで上書きされていくような気がした。とても心地よい感覚。このまま彼のこの温かさに包まれてしまいたい。

私を組み敷いたままだった智さんは少し苦しそうに笑った。そして、そのままゆっくりと私を抱きしめる。彼の真意が飲み込めず困惑していると、掠れた声で智さんが話し出す。

「知香は……あの男の気持ち、知ってた？」

耳元で囁かれるような、小さな問いかけ。想定外の質問に、思わず息を飲んだ。

あの男。きっと、小林くんのことだろう。小林くんが私に向ける恋心に気がついていたか、ということだろうか。

「……え、と、小林くんは、私の大事な後輩で。……それ以上でも、それ以下でもなくて」

智さんの吐息が左耳の深いところに届く。それだけなのに、ぞわぞわする。耳元に落とされる熱い吐息に身体の奥が痺れていく。わけのわからない感覚に身悶えしながらたどたどしく唇に言葉をのせる。

「……っ、だから、そんなこと、考えたことなくて……小林くんからっ……言われてっ……知りまし……たっ……」

「……あいつ、ずうっと視線だけで知香のことを追ってたのに？」

「っ……ぁっ……え……？」

視線？　追う？　何の話だ。まったく話が見えない。紡がれた言葉を理解しようと必死に思考を回転させるけれど、靄《もや》がかかった脳ではさっぱり理解ができない。混乱している間にも智さんが私の左耳を食《は》んだ。甘い吐息が脳髄まで染み込んでいく。

「しかもあいつ俺に向かって宣戦布告しやがったんだ、泣かせたら奪うって」

左耳で囁かないでほしい。ぞくぞくとした感覚が、這い上がってくる。衝撃的な言葉に理解が追いつかない。智さんが私の耳元を食《は》んでいくたび、背筋が震える。

「……ちょ、郁上さ……んんっ」

「知香が鈍すぎるだけって言いたいんだ、俺は」

「にぶっ……」

鈍い、とはなんだ。失礼だと思う。第一小林くんからそんな視線を感じたことはないし、智さんが宣戦布告を受けたのだって、私の預かり知らぬところでの話だ。

思考の片隅で必死に言葉を探している間にも、智さんが仕置きと言わんばかりに私の耳元に舌を這わせていく。そんなこと私が気が付けるわけもないと思う、と、内心で必死に反論を重ねるが、智さんの舌と唇の感覚に思考が乱されてまったく言葉が出てこない。

不意に、チリ、とした痛みがあった。その感覚は、昨晩たくさん味わった感覚で。

「……っ！　ちょっと、そんなとこ、つけないでっ……」

覚えのある感覚。所有痕をつけられたことに気が付かないわけがない。髪を耳にかけたらすぐ見える場所に、チリ、チリ、と断続的な痛みが刺す。思わず悲鳴じみた声で批難を飛ばす。

「わかりやすいところにつけてやる。あの男に気付いてもらわないといけないんだから……もう、俺のものだってこと」

心底愉しげな吐息が耳にかかる。その上、耳元で甘く囁かれて、私は腰が砕けそうだった。その間にも、智さんが私の首元に口付けていく。

息も絶え絶えに呼吸をしていると――ぐぅ、と私のお腹が空腹を訴える。空気を読まない自分の素直な身体に、思わず智さんから視線を逸らした。

第四章　過去と未来の境界線

冷えてしまったホットサンドを隣り合って頬張り、智さんが手淹れしてくれたコーヒーを飲む。どうやら彼は学生の頃に偶然立ち寄った個人焙煎の喫茶店でコーヒー豆を購入していて、食後にハンドドリップでコーヒーを淹れることが習慣づいているらしい。

大型のコーヒーチェーン店しか出入りしたことがない私は、物珍しさから今度一緒に行ってみたいと強請《ねだ》った。

「わりぃ、煙草吸ってくる」

一息ついていると、智さんがそう言い残してベランダに出て行った。

室内からそっとベランダを盗み見る。智さんは手慣れた様子で煙草を咥えて、長く長く煙を吐いていた。息を吐き出したときの遠くを見る目が色っぽくて。ぼんやりと煙を燻《くゆ》らせているその横顔にどきんと胸が弾《はず》む。煙草を挟む指は、角ばっていながらも長い。

昨日はあの指に翻弄されたんだと思うと、下腹の奥がじんわりと熱を帯びていくのを自覚した。

(……昨日から、わたし、なんかオカシイ)

生まれて初めて体感した、あの何かが一気に這い上がる感覚。身体の奥に凝った塊が這い上がって、脳天で弾《はじ》ける。ナカが脈拍とともに痙攣しているような。そんな感覚。

あれがきっと、絶頂《イく》ということなのだろう。

(あんな簡単に……イけるもの、なんだ)

これまでキスで『感じた』ことも、濡れたことも、まして前戯で『感じた』こともなかった。だからこそ自分が不感症という言葉を信じ切っていた。それをいとも簡単に覆された。

女として欠陥品、というわけでもなかったのだということに、涙が出そうなくらいだ。

ガラリ、と音がして、智さんが戻ってきた。その音にハッと我に返り、私は思考を切り替える。隣に座った智さんから煙草の苦い香りが漂って、私は思わず顔を顰《しか》めた。

「……今までのデートでは全然吸ってなかったですよね？」

コーヒーが入ったマグカップに口を付けながら、ふと智さんを見上げた。今までは煙草の気配すら無かった。だからこそ先ほどの言葉で吸うのかと驚いたくらいなのだ。

「ん～。自宅にいる時と、接待の飲み会の時くらいだな、吸ってんの」

「……なるほど」

ほう、と、智さんが吐息を吐き出して、テーブルの上のマグカップに手を伸ばした。紡がれた言葉から察するに、ヘビースモーカーではない、のだろう。たまに吸うから、あんなに色っぽく感じるのだろうか。

（……あれ）

先ほどから、少し思考回路がおかしいような気がする。かぁっと頬が熱を持った。自分を落ち着けるようにソファに改めて深く腰掛けて、マグカップに口を付けた。その行動を智さんが見逃してくれるはずもない。

「知香。さっきから俺のこと見てばっかだけど、どうした？」

ニヤリと、智さんの唇が意地悪く弧を描いた。

「な、何のことでしょう……」

先ほどから彼を目で追っていた自覚があるから余計に居心地が悪い。けれど、そんなにわかりやすいだろうか。思わず視線を滑らせた先に映るのは、私のスマートフォン。

そういえば電池が切れかかっていたような。おもむろに手を伸ばすと、私のスマートフォンは思った通り電池が切れてしまっていて、どのボタンを触っても何の反応もしてくれなかった。

「郁上さん、すみません……充電させてもらってもいいですか？」

「もちろん」

「ありがとうございます。このスマホ、もう四年になるので最近電池の持ちが悪くて。そろそろ買い替えかなと思ってたんです」

「ふぅん……じゃぁ、今日はスマホを買い替えに行く？　車、出すけど」

「えっ……いいんですか？」

思わぬ提案に目を瞬かせた。恋人となって初めてのデートのお誘いに心が躍る。

「ん。四年前っていえば、知香が元カレと付き合い始めた時期だろう？　スマホ本体に罪はねぇだろうけど、嫌な思い出は捨てるに限る。俺もフラれてすぐここに引っ越してきたし、ついでに家具も全部とっかえたし」

「……えっ」

元カノと別れた勢いで住まいも替えて気分を新たにしたという話に驚愕する。確かに、よくよく周りを見回してみると、どれもこれも真新しい家具ばかりのように思う。

私の自宅には、凌牙を招き入れたことはない。だから引っ越そうと考えたこともない

のだけれど、別れた恋人との思い出が詰まった部屋に住み続けるということは想像する

だけでとても辛いものだった。思い切って新しい部屋を探そうと考えた智さんの心情も

理解できる。

「俺、ちょっと仕事のメールチェックしてくるから」

智さんがそう言い残して寝室に引っ込んだ。ふと、寝室にＰＣデスクが置いてあった

ことを思い出す。そちらでチェックするのだろうなと考えて、私は自分のスマートフォ

ンに目を向けた。

電源まわりひとつとっても綺麗に整頓されていて。本当に見た目によらずマメな人な

のだなと実感した。

自宅はタコ足配線状態で、いつもぐしゃぐしゃになっているから見られたくない。思

わず遠い目をしながら、もし智さんを招待することがあるなら事前にきちんと片付けよ

う、と心に決めた。

ポォン、と高めの音が響いて、私のスマートフォンが充電を開始したことを知らせて

くれる。少ししてからスマートフォンを立ち上げる。

「……わ。そうだった」

智さんからたくさんのメッセージが来ていたけれど、結局何ひとつ見られずにいた。

メッセージアプリの通知がすごい数になっている。今更ながらそっと智さんの名前を

タップして開いてみた。

『誤解なんです』

『僕の話を聞いてほしい』

『電話に出て』

『声が聞きたい』

画面をスクロールするたび、文字を読むたび。智さんの懇願が鮮明に聞こえてくるようで。胸の奥がズキンと痛んだ。

思い込みで智さんに応答しなかったのは、私だ。

『お願いだ、電話に出てくれ』

『聞いてほしいことがあるんだ』

『これで終わりだなんて言わせない』

最後のメッセージまでスクロールして、私は我知らず息を止めた。

『知香さん。今、ご自宅の前にいます。日が沈むまで、待っていますから。気が向いたら、会ってやってください』

切ないような、嬉しいような。胸の奥で数多《あまた》の感情がないまぜになっていく。

「……会いに、来てくれて……いた、んだ」

目の前の画面をそっと指でなぞった。泣きたくなるほどの感情の波が生まれては消えていく。

『会いに来てくださって、ありがとうございました』

今更ながらそんなメッセージをそっと送る。即座に既読がつき、隣の寝室からガタンと音がした。

「……知香」

強靭な腕に引き寄せられ、すっぽりと彼の胸の中に収まる。背中から伝わる鼓動の優しさに、面映《おもは》ゆい感情が湧き上がってきた。この人を……失いたくない。そんな想いを伝えるように、しなやかな腕に頬を寄せた。


「ち、散らかってますが……」

キィと音を立てて自宅の玄関を開くと、智さんの自宅とは対照的な乱雑なリビングが目に入る。咄嗟《とっさ》に言い訳をしながらリビングへ智さんを通した。

「年末に差しかかってショップも混むかもしれないから、早めにここを出よう、ああ、でも知香すっぴんだよな？　一回自宅に戻る？」

と、そんな智さんの鶴の一声で、私の自宅を片付ける間もなく智さんを招くことになってしまった。普段からきちんと整理整頓をしていればいいものの、年末進行の仕事にかまけて片付けをさぼりがちだった。リビングのテーブルに乱暴に置かれた通関士試験のテキストと問題集がひときわ目立って仕方がない。

「ここ最近資格の勉強していたので、本当に散らかっててすみません」

智さんをソファへ促し、冷蔵庫からミネラルウォーターを取り出した。慌ててテキストなどをテーブルから下ろし、手に持ったミネラルウォーターを差し出す。智さんがそれを受け取ったのを確認して、寝室に赴《おもむ》きクローゼットを開いた。

今着ているワンピースは昨日着ていたものだから。智さんとデートに行くのなら、改めて洋服をチョイスしたい。

そもそも、今日はクリスマスディナーの約束を交わしていたのだ。あんなことがなければクリスマスディナーまでが『どちらが先に言い出すか』の勝負の期限だった。そのディナーに合わせて、張り切って洋服も新調していた。我ながら単純である。

ネイビーとホワイトが混じったツイード調のAラインのノースリーブワンピースに、インナーは黒の長袖タートル。白のカーディガンを合わせて、黒のシックなコートを合わせる。化粧水をつけ直してメイクをし、慌てて荷物を纏《まと》めてリビングへ戻る。

「お待たせしまし……た？」

顔を出した先のリビングでは、智さんが通関士試験のテキストを真剣に読んでいた。長い脚を組んで口元に手を置いている。その姿勢がひどく様になっていて、思わずその横顔に見とれてしまう。

「知香。これ受けるの？」

視線をテキストに落としたまま、智さんが私を見ることなく口を開く。思い返すと、彼に総合職に転換したことは話していない。仕事中に一度遭遇した時、私は制服を着ていたから、私のことを一般の事務職だと認識していても不思議ではない。

昨日の今日で気が早いけれど、智さんは凌牙と同じで結婚したら家庭に入ってほしいタイプ、なのだろうか。ならば、総合職を選んだ私のことをどう思うのだろう。キャリアを積みたい女は……嫌いだろうか。

嫌な想像が脳裏を駆け巡り、一瞬で全身からすっと血の気が引いていく。リビングの出入口に立ったまま、手に持った鞄の持ち手をぎゅっと握りしめた。

「……はい。受ける予定にしてます」

目の前の智さんからゆっくりと視線を外した。彼の目を見られない。どう思われているのか、とても怖い。

視線を逸らしたまま真っ白な壁紙を見つめる。白い視界を眺めていると、はたと最初のデートの時に衝動買いした名言の本が思い浮かんだ。

私は決めた。自分の人生は、自分で舵取りをする、と。

自分の行きたいところは、自分で決める、と。

自分で自分を幸せにするには、自分の中の『恐れ』とも向き合わなければいけないと思うから。

そして、智さんを信じると決めたから。どう思われようと……隠さずに、全部を話そう。

唇を結び、意を決して座り込んだままの智さんに視線を合わせた。感情の見えない切れ長の目と、視線が交差する。

「私は一般職だったんですけれど、十月に総合職に転換しました。もともと、池野さんに憧れていて」

総合職に転換したのは、田邉部長と山崎部長に囲い込まれたからしぶしぶ、ではない。捨てられた女で終わりたくない、という思いと……自分の好きなことを好きだと公言して、自分の行きたい場所に臆することなく飛び込んでいく、あの池野さんに憧れていたことも大きな理由だった。

総合職になるということは、今までの営業補佐の仕事だけでなく、自ら営業を担っていかなければいけない。それに、極東商社でも女性総合職が増えてきたとはいえ、まだまだ男性総合職からも女性一般職からもどういう風に接したらよいのかという雰囲気を感じている。だから泥臭くても『社内営業』も欠かせない。

実際、総合職になってから残業は格段に増えた。金銭的に余裕はできても時間の捻出が難しく、その上に通関士の勉強も始めた。だからこそハロウィンの時のように智さんと会う時間が取れなかったのもある。それを不満に思われていたとしたら、申し訳ないとは思っている。

「以前お話ししたと思いますけれど、私は自分の幸せは自分で掴むべきことだと思っています。だから私は私の『憧れ』を、憧れだけで終わらせたくなくて」

身体の中の空気を抜き去るように、一気に言葉を吐き出した。

伝わらなくてもいい。それでも、智さんを信じると決めた。

そんな思いで一気に吐露すると、視線が絡み合っていたダークブラウンの瞳が不意に柔らかく細められる。思わぬ反応にたじろいだ。

「……あぁ、もう。敵わねぇなぁ……」

目の前の智さんは手に持ったテキストをテーブルにそっと置いた。そして困ったように笑いながら、おいで、と私を手招きしている。その反応に戸惑いながらも智さんの隣にそっと腰を下ろしていく。

智さんがまた手を伸ばし、今度は私の腰を引き寄せる。

「……っとに、知香って俺を搦めとるのがうまいよなぁ。責任取ってくれんだよね？」

困ったような声色で小さく囁かれた。甘い吐息が耳にかかって、びくり、と身体が震える。

今朝から……何だか、話が見えないことばかりだ。置いてきぼりにされた感覚のまま、呆けたようにぽつぽつと言葉を落としていく智さんの声に耳を傾けていく。

「俺は、女は男に幸せにしてもらうために生きてるんだって思ってた。俺は元カノを幸せにしたかったんだ。だから俺は努力した。だけど結果、壊れてしまった」

ぎゅう、と、私を引き寄せる腕の力が強くなっていく。智さんの香りが漂う。いつもの香水ではなく、智さん自身のにおい。

「突き詰めていくと、俺と元カノの理想の形は……『相手を自分の理想に合わせて意のままに動かすこと』だったんだ」

誰に聞かせるでもないような、小さな声色で淡々と智さんが続けていく。

「きっとこれが元カノとの関係が壊れた要因なんだと思う。それに気が付けたのは、知香のあの日の言葉。自分で幸せを掴む、なんて発想、俺にはなかった。頭を金槌《かなづち》で殴られたような気分だったぞ？」

その言葉に、そっと智さんの表情を盗み見た。見上げた彼の顔には、淋しそうな笑みが浮かんでいた。その表情になんだか胸が痛んで、気がつけば手を伸ばし——智さんに、口付けていた。

「……っ、わ、私は、あなたのことも幸せにしたい」

智さんが、目をぱちぱちと瞬かせる。いつも余裕を漂わせている切れ長の目は、思いのほか動揺しているように思えた。いつも智さんに翻弄されている私はその表情に少しばかり嬉しくなり、自然と早口になった。

「郁上さんが今までお付き合いされてきた女性みたいに、こう、休みがあるわけでもないし、寧《むし》ろこれからもっと忙しくなると思います。一緒にいる時間もそんなに取れないかもしれないですけど。……えっと、私、郁上さんの側にいてもいいですか？」

智さんが私を癒して絶望の淵から救い上げてくれたように。私も、智さんを癒してあげられたら。身の程を知らない考えかもしれないけれど、傲慢な願いかもしれないけれど。心からそう思っている。

座っていても智さんのほうが座高《ざこう》が高いから、自然と私は見上げる形になる。刹那、切れ長の目が一瞬湿ったように思えた。そうして、何かを堪えるように大きく溜息をついた智さんが私を再び抱き締めていく。

「ほんっと……知香には、適わねぇ」

震えた声で紡がれる言葉。私の肩口に顔を埋《うず》めたままの智さんから、小さな嗚咽《おえつ》が零れた。

ゆっくりと両手を伸ばす。彼の背中を優しく摩って……この温かさが永遠に続けばいいのに、と。

小さく願った。

歓楽街を通り抜け郊外に出ると、雰囲気のある洋館にたどり着いた。

「ここ……」

車から降り呆然とその建物を見上げている私をよそに、「こっち」と手を差し伸べて、智さんが綻んだように笑った。

伸ばされたその手にエスコートされるように洋館前のエントランスを歩いていく。正面玄関に立っているドアマンと男性ウエイターが私たちに微笑みかける。

「いらっしゃいませ」

その二人はやたら慇懃《いんぎん》に礼をしてドアを開いた。

「コートをお預かりします」

ドアの先の男性ウエイターが手馴れた様子で私たちのコートを預かる。

広いロビーを落ち着きなく見渡していると、先ほどのウエイターが私たちが名乗るより早く「郁上様ですね。ご案内します」と、先に立って歩き出した。

ロビー正面の広い大きな階段を上り、右の回廊を歩いて奥のドアが開かれる。黒々とした艶のある晩餐《ばんさん》テーブルに、繊細な刺繍《ししゅう》が施されたゴールドのテーブルランナーが敷かれ、白とピンクのクリスマスローズをメインに活けられたテーブルフラワーが私たちの目を喜ばせる。

智さんがするりと私の手を離すと、ウエイターに椅子を引かれて席に着いた。私はこの洋館がなんなのかを理解して、動揺を隠しきれずに智さんに問いかける。

「こ、ここって、半年先の予約も取りづらいっていう……」

「ん。知香と出会った日に予約した」

「……!?」

それは。私を落とす自信があった、ということ、なのだろうか。思わぬ言葉に身体が熱くなる。

ウエイターが乾杯用のスパークリングジュースを注いでいく様子を視界の端にとらえた。

「知香。改めて、誕生日おめでとう」

カチン、とグラスを合わせると、見計らったかのようにドアが開いた。

「アミューズでございます」

その言葉を皮切りにディナーが始まった。

ニコニコと嬉しそうに智さんが料理を口に運んでいく。私はこういうところは慣れていない。反対に、智さんは堂々とした所作で綺麗に食していく。……こういう場所はあまり来たことがないけれど、最低限のマナーだけは知っている。

知っている、けれど。特に智さんの所作がとても綺麗なものだから、気後れはする。

(……ううん。せっかく予約してくれていたんだから)

軽く頭《かぶり》を振って、ネガティブな考えを振り払う。綺麗に着飾ってきたのだからせめて堂々としていよう。開き直って背筋を伸ばし、食事を楽しむことにした。

マナー違反にならない程度に談笑しながら食事を進めていくと、あっという間に最後のデセール。カタン、と小さな音を立てて差し出されたお皿の上には、ふわりとしたシフォンケーキにバニラアイスが添えられていた。周りに刻んだフルーツが散りばめられて、ホワイトチョコレートとアラザンが、雪が舞っている風景を表しているようなプレートだった。

「……素敵」

「そう言ってもらえると、ここ選んで良かった」

思わずこぼした感嘆の溜息に、智さんが満足そうに笑みを浮かべていた。

デセールを食べ終わると、コーヒーが提供される。デセールに添えられていたバニラアイスがとても濃厚で、口の中に残るバニラの風味と、コーヒーとのマリアージュが心地よい。

不意に智さんがテーブルを立ち、そっと手が伸ばされた。

「おいで、知香」

「……」

目の前に差し出されたその手を取ると、隣の部屋に移されていく。

リビングのようなくつろげる空間のテーブルに冷えた炭酸水とグラスが二つ、それにチーズが数種類。智さんのエスコートを受けながらゆったりとソファに腰掛けると、智さんが私の隣に座った。

「知香」

智さんが、私の名前を呼んだ。いつの間にか智さんの手にはベルベット素材の箱があった。それがふわり、と開けられると。目の前には、ダイヤモンドのイヤリングが光っていた。

「……俺と。結婚を前提に、お付き合いしてください」

投げかけられた一言一言が私の心にゆっくりと降り注いでいく。弾《はじ》かれたように顔を上げて、少しだけ不安気な智さんを見つめた。

「ちゃんと言えてなかったから。遅くなって……すまない」

まっすぐに向けられた、誠実さを感じさせるその表情。私は込み上げてくる感情を堪えきれなかった。

泣き出しそうな自分を叱咤して、「もちろん」と……笑顔で答えた。

◆

ざわざわとたくさんの人が行き交う音がする。時折電車が到着する音がして、強い風が吹きつける。そのたびに押し出された人波が階段からたくさん上がってくる。俺も人波に紛れながら改札を抜け、階段を上がると出口が別れる広い踊り場に出た。

今日は月曜日だから、きっと一瀬さんは早めに出社する。そう考えて、俺もいつもより早い時間に自宅を出た。

あの日。泣いている彼女を前に、邨上に対する憤りの感情とともに浮き上がる感情を抑えることなどできなかった。

やっと——やっと。俺の手に入る。

以前、邨上から向けられた勝ち誇った視線を邨上に向け返した時の、あの嫉妬にまみれた瞳。ひどく、胸のすく思いがした。

はらはらと涙を落とす彼女がぽつぽつと話した内容からするに、邨上が元カノとおぼしき女性と会っていたらしい。どんな事情があろうと、普通ならば修羅場だろう。

彼女にとって決定打となったはず。だから一瀬さんはきっと——俺を選んでくれる。

それでも確信は持てなかった。緊張する自分の心を落ち着かせるようにホームの壁に背中を預けた。彼女がどんな答えを出したとしても、それを受け入れるつもりで大きく息を吐く。

再び、ざぁっと大きな風が吹きつけた。冷たい風が頬を撫でる。

きっと。一瀬さんはこの電車に乗っている。そんな予感めいた感覚を抱き、人波が上《のぼ》ってくる階段をじっと観察する。

次の瞬間。ふわり、と。花が綻んだように微笑んだ彼女の隣に、郁上がいたのを認めた。その視線はお互いを思い合っているような視線で――目が、離せなかった。

彼女よりも先に郁上と視線がかち合う。

「……まぁ、噛ませ犬を演じさせられているのは、わかっていましたよ」

戯れるように肩を竦《すく》め、精一杯の強がりを吐く。彼女が俺をなんとも思っていないことくらい、最初からわかっていた。

一瀬さんが幸せであればいいと思っていた。けれどそれと同時に、彼女が欲しいとも願っていた。どうにも矛盾しているが、やはり現実を突きつけられると胸が苦しい。だが、それを望んだのも確かに俺自身なのだ。この結末は受け入れなければ。

「……小林くん、あの。ごめん。私は……」

俯きかけた視線を凛とした声が視線を前に戻してくれる。

「わかっていますよ。大丈夫ですから」

苦い痛みが喉の奥に込み上げてくる。それらを誤魔化すように、俺はただ笑って首を振った。

嫌になるくらい、わかっている。彼女の目には、郁上しか映っていなかったこと。それでも決定的な一言は聞きたくなかった。

（これで……よかったんだ）

あの夜、彼女が刹那的に俺を選んだとしても、いつの日か彼女が本当に想いを寄せている郁上に心が向かうなら、結局は側にいたとしても辛くなるだけだ。

自分を取り繕い、俺は心の痛みを隠すように会社で向けるような笑みを顔に貼り付けた。

「……ごめんね」

ふわり、と。彼女が寂し気に首を傾げた。

カチリとライターの火を灯す。口に咥えた煙草を深く吸い込んで、ゆっくりと吐き出した。どんなに苛ついてももう一年以上禁煙していたが、今日だけはどうにもならなかった。

『また、週末』

そんな会話を口にして、彼女は俺の隣を歩いた。

郁上の勤める三ツ石商社は三番出口が近く、俺たちが勤める極東商社は一番出口が近い。だから郁上と別れた彼女が俺と連れ立って歩くのは当然のようなもので。

出口に近づくと頭上から風が吹いて、彼女の短い髪をさらっていった。初めて見るダイヤモンドのイヤリングが、きらきらと朝日に反射していた。左耳の下に紅い所有痕を見つけて、彼女が満たされたように微笑む姿に——この二日間のことを全て悟った。

結局俺は、土俵から逃げ出した。彼女を、ましてやその後に何かしらの行動を起こし、彼女の信頼を勝ち取った郁上を責める権利もない。

幸せそうに微笑む一瀬さんの顔をこれ以上見ていられるほど強靭な精神は持ち併せていない。何食わぬ顔で仕事を片付けて今日は早く帰ってしまおう。……そう思っていたのに。

今日はまったく仕事が捗《はかど》らない。入社した当時にやらかしたような簡単なミスを犯した。三木さんが慌ててフォローに回ってくれた。ありえないミスを引き起こし俺の呆然とした様子を、一瀬さんが心配そうに見つめていた。

その視線に耐えきれず、俺はこうして八つ当たりのように喫煙ルームに駆け込んだ。

「……」

ふぅ、と大きく紫煙《しえん》を吐き出す。発作のような黒い感情が俺をじわじわと侵食する。

藤宮に呼び出されたあの夜、これからも一瀬さんを好きでいると決めた。けれどこの先も今朝と同じような光景を何度も見ることになる。そのたびに胸を抉《えぐ》られるほどの激しい感情を持ち続けなければいけない。

想った人に想いを返されたいと願っても、こんなに彼女を好きでいても、何かに怯えて自分の心を無防備に明け渡せず燻《くすぶ》っている自分がひどく滑稽《こっけい》だった。

「……は、」

僅《わず》かばかり自嘲気味に吐息を零してさらに大きく紫煙《しえん》を吐き出すと、がちゃりと扉が開く音がした。

「小林、ライター貸して」

明るい髪が肩甲骨まで伸び、ふわりと巻かれている。ブラックの強いアイライナーが、今日も変わることなく勝気な目を彩っていた。

「……三木さん、吸うんですね」

意外だ。そう思いながらも、俺は彼女にそっとライターを手渡した。女性向けの細めの煙草に火を灯しながら、三木さんは不機嫌そうに紫煙《しえん》を吐き出した。

「悪い？　自分の仕事のペースを乱されると吸いたくなるの」

鋭利な刃物でグサリと刺されるような感覚があった。何かを強調するように吐き出されたのは俺へ向けた完全なる当てつけの言葉。思わず視線を三木さんから逸らして目を伏せた。

視界の端に映り込む三木さんは灰を落としながら緩やかに煙をくゆらせていく。

「……先輩、嬉しそうね」

あの嬉しそうな甘い笑顔を——いつか俺に向けてくれる日がくるかもしれない。一瀬さんへの想いを自覚すればするほど、彼女を求められない相反する感情に気が付かないふりをしてきた。結局、行き場をなくした心が自らの足を重くしただけのことだった。

「……あんた、これからどうするつもり」

俺はその言葉に、弾《はじ》かれたように彼女に視線を合わせる。目を瞠《みは》ったまま三木さんを見つめていると、彼女は呆れたように眉を顰《ひそ》めた。

「びっくりしすぎでしょ。あんたの気持ち、先輩以外にはバレバレだったわよ」

苛立った声音で投げつけられた言葉に気まずくなり、俺は顔を伏せた。

「ハロウィン辺りから。あんたの視線が露骨だったもの。水野課長代理も通関士試験の指導、先輩とあんたがブッキングするような日程を組んでくれていたのに。……ほんっと、バカね」

最後の一言は吐き捨てるような言葉だった。

ふぅ、と三木さんが細長く紫煙《しえん》を吐き出していく。

「あの人より一緒にいる時間は長かったはずなのに、一言も言えなかったなんて。そのキレイな顔、もっと有効活用すればよかったんじゃないの？　私、あんたのこと、もうちょっと胆力のあるヤツだと思っていたわ」

三木さんは項垂《うなだ》れる俺に言葉を投げつけ、ぐり、と、煙草の火を消し喫煙ルームから出ていく。無言の空間が、俺を包んでいった。

三木さんが口にしたことは正しい。俺には時間がたくさんあった。

二ヵ月前の夜、藤宮にも同じことを言われた。だというのに、俺は二ヵ月経っても。

（結局……大事な一歩を、踏み出せなかった）

彼女を手に入れたい。その想いは郡上にも負けないくらい強く抱いていたはずだった。傷付けられ、それでも凛としたたたずまいで平山凌牙と対峙していた、あの清らかで美しく強い姿に憧れた。

どうしても彼女の隣に立ちたかった。失意に沈んだとて、そんな簡単に割り切ることなんてできない。彼女と過ごした温かな想い出は、どれもこれもひどく綺麗で、決して色褪せることはない大切な記憶だ。

「……」

煙草の灰が、もう手元まで迫っている。それでも今はここから動きたくない。煙草を挟んだ指先はひんやりと冷えている。

未練がましいは思う。けれど、俺は少しでも彼女の側にいたい。

恋人として隣に立てなくていい。どんなに嫌われてもいいから、少しでも側に。

知らず知らずのうちに積もらせた想いは形を定めず——いつまでも微妙な距離を保ったまま。砂塵《さじん》にも似た感情を隠匿した心に何重にも鍵をかけ、自らの手で奥深くに沈めることしかできない。

拗《こじ》らせすぎだということも理解している。けれど心は、何一つ言うことを聞いてはくれなかった。

「……彼女と並んでも、遜色《そんしょく》のないくらいの、営業に……なりたい」

そうすれば、まだ彼女の側にいられるからだろうか？

誰に話すでもなくぽつりと呟いた言葉は、喫煙ルームの換気扇の中に、静かに消えていった。

◆

ポン、という軽い通知音が鳴ると、智さんからのメッセージがスマートフォンのディスプレイに表示された。

『知香は正月、実家に帰るの？』

お風呂から上がって濡れた髪をタオルドライしながらどう返信しようかとぼんやり考える。

早いもので大晦日まであと数日。今回の年末年始休暇では、本当なら初めて凌牙を連れて地元に帰るつもりだった。お盆の時点で飛行機のチケットも予約済だったものの、別れを告げられた日に衝動的にキャンセルしてしまったので、今年のお正月はこちらでゆっくり過ごすつもりでいる。

けれど、そういった深い事情は敢《あ》えて伝えなくてもよいかと考え当たり障りのない返信を打ち込み送信した。

『今年はこっちで過ごす予定です。郁上さんは？』

カタンとスマートフォンを洗面台の脇に置いて、化粧水と保湿液をパタパタとつけていく。タオルドライした髪にトリートメントをつけてドライヤーをかけていると、髪の量が増えてきていることに気が付いた。

ショートヘアにしたのが先月の初旬。年明けに美容室を予約するべきだろうか。

（年明け……もう年の瀬、なのかぁ……）

頬に当たる熱風を感じながら今年一年をぼうっと振り返る。本当に、いろんな出来事があった一年だった。苦しくて、この身が引き裂かれるような辛い思いもした。

凌牙はこれまでの人生で、何もかもが初めての人だった。何をやっても気持ちの整理はつけられず、捨てられたという気持ちをこの先もずっと抱えていくのだ、と……そう思っていた。

けれど。智さんと出会い、色々あったものの、こうしてお付き合いが始まった。未だに実感がなくて、何だかふわふわしている。

とはいえ。

（また……凌牙の時みたいに……）

不意に覆される時が来るかもしれない。智さんを信じると決めたものの、それが何度も脳裏を過《よぎ》っている。ドライアイスの煙のように際限なくあふれるざらついた感情が、じっとりと心の底を暗く覆い隠していた。

智さんの要望で、これから週末は毎回あちらに泊まりに行くことになったので、ある程度の荷物を置いていったらどうかと提案されたものの、気が付けば私は固辞の言葉を口にしてしまっていた。

やっぱり心のどこかでは、まだ智さんを——信用できていないのかもしれない。

胸の奥がぎゅっと痛む感覚が残っている気がする。上手く言語化できない、モヤモヤした感情。

鏡に映る自分を見つめながら自分の心の深淵を見つめてみるが、答えは出せずに小さく肩を落とす。

不意にドライヤーの風の音の遠くで通知音が鳴った気がした。視線を落とすとディスプレイに明かりが灯っている。そろそろ髪も乾いただろうとドライヤーを置いてスマートフォンを手に取った。

『俺は実家に顔を出すくらいかな』

今朝、会社の最寄り駅で『また週末』と約束したが、今週末は智さんに予定があるということだ。あちらには行かないほうがいいだろうか。少しばかり逡巡《しゅんじゅん》し、指を滑らせてなんということはない返信を書き込んだ。

『そうなんですか！　ご実家に行かれるご予定があるなら、私、今週末はこっちにいますね』

送信ボタンをタップしスマートフォンを置いて、再び鏡の前の自分と向き合っていく。

（……智さんを信じられていないのは、きっと私が私自身のことを信じられていない、から）

確かに、私は不感症ではなかった。それを覆してくれたのは、智さん。

私はあのお姫様みたいな美しい元カノのように煌《きら》びやかな女ではない。平凡で平均で凡庸な私が、智さんの隣に立っていていいのだろうか。捨てられた意趣返しと言わんばかりに総合職へ転換して仕事に邁進《まいしん》していることしか取り柄がないのに。

私に——こんなにも求められるほどの価値があるのだろうか。

モヤモヤと嫌なものが心の中に染みを作る。

いつまでも智さんの声音や視線に確かな意味を見いだそうとする自分をみっともなく感じ、小さく俯いた。

考えれば考えるほど、心がじりじりと手折られていくような感覚に陥ってしまう。一度心に空いた虚を埋めるには、どうにも抱えた傷が多すぎるらしい。

「……」

僅《わず》かに視線を上げ、鏡に映る自分の顔をじっと見つめる。

可愛くもなく、美人でもない。本当に特筆することがない、私。

——俺は初めて出会ったあの日から、ずうっと我慢してたんだが？

不意に、低く掠れた声と情欲を宿した瞳に貫かれた瞬間が思い浮かんだ。甘く淫らに翻弄された時間を思い返し、ふるりと身体が震える。

顔のせいにしておけば傷つけられた時に言い訳ができる。自分の内面や……努力不足を直視せずにすむ。生まれ持った顔のせいにするのが、一番楽な選択なのだ。

「……結局、私が私を信じきれていないのは……きっと……」

私自身が、弱いから。弱い自分を……認めたく、ないから。

ふと化粧水の瓶が目についた。中身の液体が底をつきそうで、洗面台の下から詰め替え用のパッケージを取り出し詰め替えていく。コポコポと小さな水音を立てて満たされていく、小さなボトル。

今の私は、多分何かに満たされたいと思っているのだろう。

「……」

見た目《みため》が肉食系だから。チャラそうな営業に見えぬよう、相手の信頼を勝ち取るために、第一印象を裏切るだけのモノを手にする……そんな血の滲むような努力をしてきたであろう、智さん。

可愛くないから、特別に美人でもないから、と自分を否定し、ただただ『何かに満たされたい』と叫ぶ私。

そもそも。比べている土俵が違う。

「……私は、あの時……智さんを幸せにしたい、って思ったから」

まずは、自分に自信がないことを見た目のせいにせず。しっかりと自分を持つことから始めなければ。

鏡に映る私の顔。自分のことを好きになるなんて、やっぱりまだまだできそうにない。けれど、智さんに負けないように、できることから始めてみよう。

傷つくことを恐れ、落胆したくないという一心で、愛されることを、そして愛することを忌避《きひ》していた。そんなのは全部、私のこじつけでしかないのに。

私は智さんを信じると決めた。だからこそ、こうして自分を卑下することは、もう終わりにしよう。

「よしっ」

少し通関士のテキスト勉強を進めて寝よう。そう考えて洗面台から離れようとした時、スマートフォンが震えて着信を知らせてくれた。

「……智さんだ」

仕事終わりだろうか。ディスプレイに表示された時刻は二十二時前を指している。こんなに遅くまで仕事しているのに、疲れているはずなのに。こうして電話をかけてきてくれた。

何だかとても嬉しくて、ほのかに胸が躍った。

「……もしもし」

『知香？』

好きな人が私の名前を呼んでいる。たったそれだけなのに、とくとくと胸がときめいている。口元がゆっくりと綻んでいく。

「お仕事、お疲れさまです。今終わったんですか？」

『いや。仕事はちょっと前に終わって。今、家の近くの駅。知香の声が聞きたくなったから、急いで電車降りたんだぞ？』

「……もうっ」

今までは互いにはぐらかし、はぐらかされるような会話ばかりだったので、こうした直球の会話に慣れない。

それでも——声が聞きたい、ただそれだけの言葉がこんなにも嬉しくて自然と微笑みが零れた。熱くなる頬にてのひらで風を送りつつリビングに戻ってソファに沈み込み、テキストを開いてボールペンをくるくると弄《もてあそ》ぶ。電話の奥から階段を登る智さんの呼吸に紛れて、周りの喧騒が遠くに聞こえている。

『今週末、そっちにいるってどういう意味？』

電話口から響いたのは、僅《わず》かばかり咎《とが》めるような声色が滲んでいた。唐突に投げかけられた質問に動揺し、しどろもどろで言葉を探す。

「え……と、だって、郈上さん、ご実家に行くんですよね？　私がいたら実家に顔を出す時間作れなくないですか？」

私の返答に、電話口の向こう側が静かになった。電波が途切れてしまっただろうか、と不安になって「郈上さん？」と呼びかけようと息を吸い込んだ、その矢先。

『……知香さん？　僕はあなたも実家に連れていくつもりだったんですが？』

「……っ！」

電話口から聞こえてくる口調が変わっていることに驚いて、手にしていたボールペンが手から転がり落ちていく。

(この口調、絶対怒ってる……!!)

怒られる要因になりえる返答をした覚えはない。どっと噴き出る冷や汗がつぅと背筋を伝っていく。

実家に私も連れていく、とはどういうことだろうか。今週末と言ってもまだ付き合って一週間に満たないはず。そんな私を実家に連れていくつもりだなんて、本気なのだろうか。

『昨日。結婚前提で、って言ったよな？　知香を逃がす気はねぇから』

「……え、ええ？　あの……」

昨晩、確かに結婚前提を前提に、という言葉をしっかりと受け止めた。それは理解している。けれども、あまりにも展開が早すぎやしないだろうか。

『とにかく、そういうことだから。今週末は絶対こっちに来て。というか金曜日仕事納め終わったらそのまま来てほしい』

急遽入ってしまった『彼氏の実家へ初めての挨拶』という人生の中でも大きなイベントに、どくどくと心臓が跳ねている。そんな私をよそに智さんは電話口の向こう側で小さく呟いた。

『知香がいない家に今ですら堪えられねぇって思ってる。有り体《てい》に言えば他の男が知香にちょっかいをかけられねぇように俺んちに閉じ込めてしまいてぇくらいなんだっつの』

「……っ」

電話口から零れた言葉の醸し出す剣呑《けんのん》さに、智さんが隠し持つ底知れない執着心と灼《しゃく》然《ぜん》たる独占欲を感じて、甘い感覚がぞくりと背筋を駆け抜けた。破れそうなほどに脈打つ心臓は、口から飛び出さないのが不思議なくらい。速まる私の鼓動をよそに、智さんは悩ましげな吐息を残していった。

◆

「お忙しい時期に申し訳ありませんでした。来年もよろしくお願いいたします。良いお年を」

十二月二十七日。俺は各取引先に、今年一年の締め括《くく》りの挨拶に回っている。爽やかな笑顔を意識し顔に貼り付けて、藤宮とともに応接室を後にした。

年末の挨拶は商社の営業マンにとって欠かせないものだ。三ツ石商社は今週金曜日の三十日まで営業しているが、明後日が仕事納めという取引先も多いこと、そして今年は特に藤宮という新人が入社したこともあり早めの挨拶回りに出た。

「……ふぅ～……先輩、あと何件挨拶回りあるんスか……」

緊張で強張《こわば》った身体を解《ほぐ》すように溜息を吐き出した藤宮が、張りのない声色で俺に視線を向けていた。

「あと十社はあるぞ」

「ひぃぃ～」

俺の返答に頭を抱える藤宮を横目にエレベーターの『下』ボタンを押す。

以前から受け持っていた取引先を藤宮に引き継ぎ、俺は新プロジェクト立ち上げに関連して来月には営業三課の水産チームから外れることとなった。新人の藤宮に俺の取引先を全て任せられるわけではないため、年明けからしばらくは三課と新部門を行き来しながらの業務になる。そう言った事情も相まって、新人の藤宮への引き継ぎも兼ねて例年より早く取引先への挨拶回りを決めたのだ。

「このオフィスビルの挨拶回りは、あと極東商社の水産販売部だけですよね」

エレベーターを待つ間、藤宮が手帳を開きながら俺に問いかけてくる。

入社当時は、見た目通りの体育会系で、とにかく声がバカでかいだけのヤツだった。メモを取ってもそのメモがどこにいったかわからなくなり、顧客の前で失態を犯すの繰り返し。池野部長が根気強く、『営業とは』を教え込んだのもあるが、元が素直な男だからスポンジのようにたくさんの物事を吸収していった。藤宮は俺の後釜になるような、歯車の大きな営業マンになれるだろう。

あれがここまで成長するのだから、本当に人間とは凄いものだ。少し水を撒けば、どこまでもどこまで伸びていけるのだから。

入社当時の藤宮の姿に思いを馳せつつ、その問いかけに『あぁ』と短く声を返す。

「極東商社の水産販売部と同じフロアに農産販売部もある。そうだ、農産販売部の中に新設のコーヒー事業課ができるらしい。その一階上に畜産販売部」

「コーヒー事業課？」

手帳にメモを取っていた藤宮が不思議そうな表情をして顔を上げた。

「コーヒー豆は農産物だぞ」

苦笑しながら答えると、チン、という軽い音とともに扉が開いた。下りのエレベーターに二人で乗り込み、行き先ボタンを押す。

「……そういえば、先輩。例の彼女さんとどうなったんスか。彼女、極東商社でしたよね？」

藤宮には知香と交際を始めたことはまだ話していない。なんとなしに気恥ずかしい感情もある上、任された新部門のことも要因だった。

俺たちを通じて新部門の機密情報が流れ出ないか不安視される可能性もなきにしも非《あら》ず。そもそも、取引先や営業先との恋愛関係を良く思わない人間だっている。痛くない腹は探られたくない。交際している、ということは極力内密にしたいと考えていた。

「一進一退だな」

さらっと嘘がつけるのも営業マンの性《さが》だろうか。昔からポーカーフェイスが得意だということもあったが、営業として仕事をするようになってからより一層上手くなったように思う。

傷の舐め合いだと思っていた。自暴自棄になり、行きずりの関係を繰り返したとて虚無感しか得られなかった。砂漠のように干乾《ひから》びた心の渇きを潤してくれる、上辺だけの関係でもいい、と。あの夜は思った。俺を満たしてくれるのならば、それでいいと。

けれど、知香と映画を観に行ったあの日。知香の本質に触れて堕とされた。

自分の幸せは自分で掴む。自分が欲しいものは、自分で掴む。

たった一言だったが、あの言葉を至極当然のように落としていった知香をどうしても手放したくないと思ってしまった。

彼女は特別に美人というわけでもない。けれど、あの瞬間の知香はこれまで出会った人間の誰よりも煌《きら》めいて見えたのだ。

「そっすかー。俺、先輩とあの人が上手くいけばいいなって思ってるんで……」

「……ありがとな」

目の前の後輩は俺が落ち込んでいた時に一番心配をしてくれた人間だ。今年はこいつの言葉に、行動に、本当に救われた。だからこそ公の面でサポートできることはしてやりたい。

チン、と軽い音がして、目的の階に着いたことを知らせてくれた。扉が開き、俺が先行してエレベーターを降りる。

シックな色の壁紙の廊下を歩き、極東商社水産販売部の受付ブースで記帳をしていると、聞き慣れた声とともに、カチャリと近くの扉が開く音がした。

「じゃ、佐藤《さとう》さん。その件よろしくお願いします」

ふわりと知香自身の甘い香りが鼻腔《びこう》をくすぐった。記帳している書類から顔を上げるまでもなく、知香がそこにいると勘付いた。

俺がここにいる、ということに気がついたら……どんな顔をするだろうか。

悪戯《いたずら》めいたそんな感情がムクムクと起き上がる。が、特技のポーカーフェイスでゆっくりと顔を上げた。

繊細なアイシャドウに彩られた目と俺の目線が、一瞬だけ交差する。

「こんにちは、お疲れさまです」

知香はいわゆる営業スマイルで、驚きなどを一切見せることなく俺の前から立ち去って行った。

「……」

思わず呆気に取られた。感情が顔に出る知香のことだから、動揺し頬を赤くして俺のことを見上げてくると思っていた。ふわふわと揺れ動くショートヘアが遠くに揺れていく。

「……ふっ」

頬がにやけるのを止められやしない。やはり、彼女は——俺を、満たしてくれる存在のようだ。

(あぁ……そういえば)

知香の元カレは、同じ会社だと言っていた。それ故に知香は恋人と社内で遭遇することに動揺はしないタイプなのかもしれない。

それはそれで。とても……とても。

——面白くない。

「……先輩。今の、例の彼女さんですよね？　なんか、すっげー他人行儀……」

「あぁいうところも俺は好きなんだなぁ。公私混同しないところ」

その背中を眺めていると、ゆるくカールされた髪を揺らす女性に声をかけられた。

「担当者が出てくるまでここでお待ちください」

「ありがとうございます」

目の前の彼女の名札を確認すると、『佐藤』と記載されていた。知香が先ほどまで話していたのはこの女性だろう、とぼんやり考える。

なぜここまで、知香に異常なほど執着しているのか、自分でもよくわからない。

狂おしいほどに知香を手放したくないと感じている。

だからこそ。先ほどのような他人行儀の反応をされると、とてもとても……そう、ひどく。

面白く、ない。

「……ふっ」

通されたスペースで小さく笑った俺を、藤宮が不思議そうに見上げている。

けれど……面白くないものは、面白くないのだ。

応で、なんということもないのだ。

そう。何でもないことなのだ。公私混同をしないこと、それは社会人として当然の対

僅《わず》かに肩を竦《すく》め、藤宮に笑みを返す。

「何でもない」

◆

「遅くなっちゃった……」

智さん宅の玄関前でインターホンを鳴らしながら乱れた髪を整える。今日は仕事納め。最終営業日だったため駆け込みの通関依頼が多く、そして年明けには人員補充もあるので少しだけ残業してしまい、予定よりも遅くなってしまった。

『空いてるよ』

インターホンから聞こえる智さんの声にゆっくりと玄関の扉を押し開いた。そして思わず「お邪魔します」と言おうとして言い淀み、「ただいま」と言い直す。前回、クリスマスディナーの後も同じように口にして、おかしそうに笑った智さんにしっかりと指摘されたからだ。

ここから先は『恋人』の家とはいえなんとなくの気恥ずかしさを抱えつつ、数日間のお泊まりセットを詰め込んだ小さなキャリーケースの持ち手を元の大きさにしまう。そのまま靴を脱いでリビングに向かった。

「あぁ、おかえり」

智さんは柔らかく笑みを浮かべながら私を出迎えてくれた。カウンターキッチンに立つその姿を観察する。ハロウィンの時、「自分でもびっくりするくらい料理が上手くなった節があって」と苦笑していた智さん。その言葉を裏付けるようにかなり手慣れているような所作で夕食の準備が進んでいく。

「とりあえず……荷解《にほど》きして、手を洗ってきな？」

洗練された綺麗な動作に見とれていると、苦笑しながら促された。私は顔を赤くしながらこくこくと頷いて洗面台に向かう。足を踏み入れて数度目の洗面台も、本当に綺麗に揃えてある。趣味は掃除です、と言われても不思議ではないくらい。鏡も綺麗に磨かれている。

「知香、とりあえず座って？」

リビングに戻ると、智さんに促されるままソファに沈み込んだ。硝子《ガラス》天板のテーブルには智さんの手料理が並んでいた。美味しそうに仕上がっているローストビーフ、カボチャのポタージュに生野菜サラダ。

「社販で同い年の営業から牛肉を押し付けられたから、手っ取り早くローストビーフにした」

ローストビーフなんて、手っ取り早くできるものなのだろうか。智さんの中の料理の標準が読めず、少しばかり怖くなった。

「これも、社販で押し付けられた茹でタコを使ったカルパッチョ」

キッチンから白のオーバル皿を運んだ智さんも私の横に沈み込んだ。「どうぞ?」という視線を向けられ両手を合わせる。

「……いただきます」

まずはメインのローストビーフに箸をつけた。鮮やかな見た目通りのローストビーフの美味しさに、顔が綻ぶ。舌の上で溶けていく肉の脂と、程よい弾力。一口噛むほどに、またじゅわっと溢れ出す上質な肉汁。

「ん〜、美味しい!」

「それは良かった」

智さんが私の表情に満足そうに笑って、智さんも箸を動かし始めた。視線を滑らせると目の前のグラスには私が好きな梅酒が注がれている。智さんの心配りに、アルコールだけでないじんわりとした感覚が込み上げてくる。

互いに一週間分の話をしながら、ゆっくりとした時間が流れる。些細《ささい》な言葉すら聞き逃したくなくて、テレビの年末特番なんてそっちのけで智さんの声に耳を傾け続けた。

夕食を堪能し、「ごちそうさまでした」と手を合わせた後に智さんがお皿を片付け始めたのを確認し、思わずその動作を制止した。

「美味しいものを頂いたのだから洗い物くらいさせてください！」

そう主張し、わざとらしく頬を膨らませて智さんを見遣《みや》った。智さんは私の表情に困ったように眉尻を下げて譲ってくれた。無理やり台所に立たせてもらったという罪悪感はあるけれども、上げ膳据え膳は性に合わない。

智さんのエプロンを借りて流しに立つ。予想通りキッチンも几帳面に整理されている。本当に、ワイルドな見た目と内面はまったく違う。最近はそのギャップが逆に面白いな、と思えるくらいにはなってきた。

あともう少しで片付けが終わるというところで、音もなく忍び寄ってきた智さんに背後から抱き竦《すく》められる。

「やっ、ちょっとっ？」

「この前、受付ブースで俺を無視したお仕置き」

思わず身動《みじろ》ぎして抗議したが、左の耳元で僅《わず》かに掠れた声が聞こえてびくりと身体が跳ねた。智さんの言葉が終わると同時に、耳朶《みみたぶ》をやわやわと食《は》まれていく。耳朶《みみたぶ》に甘い吐息が吹き込まれ、鼻にかかった吐息が漏れる。

「っ、なっ、お……しおき、てっ……っ」

俺を無視したお仕置き、とは。さっぱり理解ができない。背筋を上るぞわりとした淫靡な気配に思考が乱される中、脳をフル回転させて辿り着いたのは水産販売部のブースで智さんと鉢合わせした時のことだった。

(あの時のっ……!?)

けれど、あれは不可抗力というか、お互いに社会人なのだから当たり前の対応だと思う。反論しようと試みるけれど、その間にも耳朶《みみたぶ》を甘噛みされ、ざらりと舌で首筋を舐め上げられていく。身体の中心に甘くむず痒い感覚が沸き起こり、手が震えて言葉にならない。

白で揃えられたお皿たちを割ってしまいそうで、智さんの行動を震える声で制止する。

「ぁ……あ、とちょっとで……っ、終わり、ますからっ……待っ……ぁふっ……」

「ああ、気にしないで片付けて」

首筋を舌が往復する。ざらりとした感覚に、身体の奥に熱が沸き起こる。

「……っ、んっ、そんなのっ……」

それでも、智さんの手がごそごそとエプロンの下の、トップスの中に入り込んでいる。

首筋を甘噛みされ、思わず身を捩った。

「知香、片付けの手が止まってる」

「……ゃっ、だめっ、ですって……」

胸の膨らみをブラジャーの上から両手で持ち上げるように揉まれていく。身体の奥に灯りかかった熱を堪えながら残った洗い物をどうにか水で流そうと右手を伸ばし、蛇口のレバーを上げる。

「しばらく休みだから……首筋につけても、問題ないよな？」

耳元で智さんが意地悪な声で笑って、チリチリと首筋に痛みが刺す。ぴちゃり、と奏でられる淫らな音に、小さなリップ音。蛇口から流れる水の音。頭がおかしくなりそうだった。

「……やっ、ぅうっ……ほんと、待っ、て……」

とうとう、耐え切れず喉を仰け反らせて声を上げた。

「いー声。たまんねぇな……」

心底楽しそうな声が耳元で響いた。征服欲を滲ませたその声色に囚われてしまいそう。

（だめ……だっ……て……）

制止の声を上げたいのに、私の喉から出るのは甘い啼《な》き声だけ。今日は本当に、このまま陥落してはいけないのだ。落胆させたくない、その思いが胸の内を駆け巡る。

そうしているうちに、智さんがピタリと動きを止めた。吐息とともに身体の奥に灯った熱を吐き出すと、思いもよらぬ疑問が投げかけられる。

「知香。どこか怪我した？」

「……え？」

唐突に尋ねられた疑問に戸惑い身動《みじろ》ぎすらできなくなる。智さんの手が私の胸の膨らみから離れて私の身体を反転させる。視線が絡み合った切れ長の目には、不安そうな光が宿っていた。

「血のにおいがしたから」

「……ぁ」

わかるのか。わかってしまうのか。動揺して絡み合った視線を思いっきり逸らした私は、いつまでも隠し通せるものでもないと観念し、小さく口を開いた。

「……その、生理が……この前から来ていて」

私の返答に智さんが目を見開き、「なぜ言わない」と咎《とが》めるような言葉とともに大きな溜息を吐き出した。

（……せっかくの連休なのに、セックスできないから……）

そういう反応にもなるだろう。まして、クリスマスディナーの直後もここに泊まったものの、車酔いしたせいであの夜は智さんに我慢させてしまったのだ。申し訳なくてその場で縮こまると、思わぬ方向の鋭い怒声が飛んできた。

「そうと知ってたら洗い物させなかったし、何ならこっちに来させずに俺が知香の家に行った！」

「……え」

そういうや否や、智さんは私の身体を抱きかかえて荒々しく寝室へ繋がるドアを開いていく。目の前のベッドに勢いよく寝転がされ、状況が飲み込めない私はベッドの上でぱちくりと目を瞬かせた。

その後はお風呂の準備ができるまで動くな、やら、洗い物は身体を冷やすから生理中はさせない、やら、ひどく叱られた。

鎮痛剤を飲んでしょんぼりとベッドに寝転んでいると、智さんが湯たんぽを手にし布団の足元に差し入れてくれていた。

「風呂、沸いたけど。血やにおいが気になるなら俺が先に入ってくる。どーする？」

「……じゃぁ、私あとから入りたいです……」

私のしょげた表情に智さんは一瞬困ったような顔をしたけれど、「わかった」と頷いて、バタン、とドアが閉まる音が耳に届いた。足元に入れてくれた湯たんぽのぬくもりがじんわりと広がっていく。

「……まさか怒られるとは思わなかった」

つま先に湯たんぽを当てつつ腹部をさする。生理が来ていようと家事はこなさなければならないものだから。そうして今まで生きてきたから。

ためらいもなく私への愛情を示されたことで、心がじんわりと温かくなるのを感じる。ただいま、と口にした時と同じくらいの気恥ずかしさを感じてしまい掛け布団を頭までずり上げる。

（大事に……されてるんだなぁ。私）

あったかい。心も、身体も。……こんなに温かい気分になったのは、いつ以来だろうか。

仕事の疲れもあり少しうとうとしていると、智さんがお風呂から上がって寝室に滑り込んできた気配をなんとなく感じ取るものの、どうにも瞼《まぶた》が重くて開けられない。

「……本当は起こしたくないいんだけど」

智さんが小さく呟いている声が遠くで聞こえてくる。

「知香。せめてメイクだけ落としてきな」

その言葉とともに、緩やかに身体が揺らされる。眠い目をこすりつつ身体を起こすと、智さんに手を引かれて洗面台へ向かった。徐々に意識がはっきりするにつれて現状を認識し、智さんに平謝りする。

「すっ、すみません、湯たんぽがあったかくて、寝ちゃってました……」

「や、いいんだ。知香ってさ、もしかして冷え性？」

智さんからの唐突な問いに首を捻った。さっき握った手は冷たかっただろうか。私だけ寝落ちしそうだったことも相まって、申し訳なさから更に縮こまる。

「はい、万年冷え性なので……色々と工夫はしてるんですけど……」

夏場も冬場も手足が冷えて堪える。発熱する下着や靴下などを活用しているが、元の体質なのか、なかなか改善される兆《きざ》しが見えず、この年齢になったので半ば諦めかけている部分はある。

私の返答を聞き届けた智さんが「それなら」と前置きをした上で、私の背中を鏡に向けさせ私の手を取った。

「背中の、お尻の少し上のところ。ここは仙骨《せんこつ》といって、簡単に言うと血流をコントロールする部分。お風呂から上がるとき、毎日一分でいい。ここにシャワーを当てて。生理中にカイロを貼るより効果的」

「……せんこつ」

初めて聞く単語だ。聞き慣れない単語に目を瞬かせる。

「そう。あとで『シャワーお灸《きゅう》』ってスマホ検索してみて。詳しい作用機序とか効能とか、色々書いてあるから」

そう言った智さんに、今度は身体を正面に軽く反転させられる。

「それと、シャワーを当てたあと。寝間着を着てスキンケアしてからでいいから……ここ。へそと恥骨《ちこつ》のちょうど真ん中くらい」

智さんが私の手を取って、そっと下腹部にあてがっていく。

「ここ、な？　ここにも、血流のツボがたくさんある。拳を握って、ぐっと。この部分から……軽く押し込むようなマッサージをやってみて。痛くないと思える範囲でいい」

解説してくれている智さんの横顔は真剣そのもの。本心から私のことを思い遣《や》ってくれていることが伝わってくる。

それにしても、本当に智さんは博学だ。私が不思議な表情をしているとそれに気づいたらしい智さんが切れ長の目に穏やかな感情を浮かべつつ少し困ったように頬を掻いた。

「俺の母親、冷え性だったし生理痛が重い人だったんだ。更年期の症状もひどい人で……まぁ、その少しでも力になりたかったから、調べて勉強した」

「そう……なんですね」

その一言で、やはり智さんは面倒見がよく優しい人なのだと察した。男性でこういった形でのサポートができる人はなかなか少ないだろうに。

「毎日コツコツやってみて。知香も生理痛重いだろ」

薄い唇から飛び出てきた言葉に驚いて鏡の中の智さんを二度見する。生理痛が重いことなんて、私は智さんに話していないはず、だというのに。

「……薬、持ってきてただろ。多分、そうだろうなって」

鏡の中の智さんがバツが悪そうに私から視線を逸らしていく。私のことを、よく見てくれている。

少しぶっきらぼうに話す智さんの表情を眺めていると、溢れんばかりの情愛が沸き起こった。

（……あったかい）

込み上げてくる感情とともに、心が温かく解《ほど》けていくような。そんな気がした。

「すごい……全身がポカポカしてる」

智さんの言葉に甘えて今夜はゆっくりお風呂を使わせてもらった。しっかり湯船で身体を温めて、教えてもらった通り仙骨《せんこつ》にシャワーのお湯を当ててから脱衣所に上がる。

「……あ……暑い」

全身がポカポカと熱を持っている。岩盤浴に行った時のようなサラサラの汗が流れていく。てのひらでぱたぱたと風を送りながら洗面台に向かう。

スキンケアをして、智さんに教わった下腹部マッサージをしてみる。朝から鈍い痛みが続いていた下腹部。そこで凝り固まっていた血流が全身に回っているような気がする。

今まで生きてきた中でどんなに湯船に浸かってもここまで身体が温まる経験はなかった。『毎日コツコツと』という風に智さんは言っていた。すぐに日常生活に効果があるものではないのだろうけれど、お風呂上がりだけでここまで身体が温まるなら、長年の悩みだった万年冷え性にも効果があるのかもしれない。

冬場はどうしても足先が冷えるから、今回はもこもこしたボア生地の寝間着と靴下のセットを持ってきていた。けれど今の状態で全てを身に着けると、真夏のように暑いくらいだ。

寝間着の前ボタンを留めながら鏡の中の自分を見つめつつ、ぼんやりと考える。

もしかすると……発熱タイツ等は買わなくてよくなるかもしれない。毎月の家計を圧迫していた鎮痛剤や貼るカイロ等も必要なくなるかもしれない。

そう思うと、なんだか嬉しかった。私は心なし弾《はず》む気持ちを抑えて、智さんが待っているはずの寝室に足を向けた。

「お風呂、ありがとうございました」

寝室の扉を開けると、ふわりと温かい風が顔にあたる。私が寒くないように、湯冷めしないようにと暖房を効かせてくれているのだろうと察して、盛大に口元が緩んでいく。

智さんはベッドに腰かけながらノートパソコンを膝に置いていた。きっと仕事のメールをチェックしているのだと思う。

今日は十二月三十日。仕事納めだったはずなのに、智さんは本当に仕事に対する責任感が強く、営業という仕事が好きなのだなと実感する。

「あぁ、おかえり」

ノートパソコンを閉じながらダークブラウンの瞳が私を捉える。おいでと言わんばかりに、白いシーツをぽんぽんと叩く。嬉しくなって引き寄せられるようにそっと智さんの隣に腰を下ろした。

切れ長の双眸《そうぼう》に、通った鼻筋。薄い唇や秀でた額《ひたい》は、野性的ながらもどことなく聡明さを感じさせる。まっすぐ伸びた背筋が、智さんの容貌の魅力に拍車をかける。そんな智さんが私の前では、心から気を許しているかのようにくるくると表情を変えていく。

智さんが優しく私の頭を撫でてくれて、その感触がとても心地いい。うっとりとその感覚に酔いしれていると、するりとおとがいを持ち上げられ、智さんと視線が絡み合った。今にもとろけてしまいそうな目をして静かに微笑む智さんと見つめ合い、瞬きを繰り返す。

（……なんか……）

品定めをされているような視線。しんとした静寂に包まれ、私は思わず目を逸らす。

これは……そのいわゆる……奉仕をしろという……口淫《こういん》で満たせ、ということだろうか。生理中の私がどのような行動をとるのか、一挙手一投足を見ているのかもしれない。

（……）

戸惑いながらも跳ねる心臓を抑え、智さんの下半身に手を伸ばす。智さんの分身に触れる直前に手首を掴まれて勢いよく制止された。

「……何してんの」

「えっと」

ひどく気色ばんだ声が耳に届いた。視線が絡み合っている智さんの目が一瞬だけ不機嫌そうに細められ、そこに不快な感情が宿ったのを見逃さず私は硬直した。

「……生理だから……これぐらいはしてあげないと、と思った、の、ですが」

心臓が半分にちぎられてしまうような思いで返答する。

今の表情。きっと、嫌われた。そう思うと声が震える。目の前の智さんを見ていられず、ぐっと俯いた。智さんの黒いスエットと対照的な白いシーツが目に入る。

私のその言葉に、智さんが呆れたように大きく溜息をついた。そうして、今までになかったような不快な声色のままで言葉が投げかけられた。

「知香の元カレって、生理中にそういうこと要求してたわけ？」

私は即答できず、ぎこちなく呼吸を繰り返した。経験上そうだと思う。何なら、妊娠しないからと避妊せずに抱かれたこともある。『彼女の生理期間中』というのは、男の人にとってそういうものだと思っていた。……違うのだろうか。

「……はい」

顔を上げるのが怖くて指先が冷えていく。智さんの顔が見られない。私のどこが、何が不快だったんだろう。ぎゅっと、膝の上に乗せた拳を握った。

いたたまれなさから縮こまった私を眺めていた智さんが、再び大きく溜息を吐いていく。

「知香の元カレ、俺が思っているよりクズだったたっていうことはわかった」

躊躇《ため》いのない力強い声で、吐き捨てるように智さんが呟いた。

ぐっと、強くおとがいを掴まれ智さんの方向を向かされる。いつも余裕を宿している切れ長の目が、ひどく怒ったように歪んでいた。口元にも苦々しい感情が浮かんでいて、不快な表情を隠すこともなくあらわにしている。余裕の無くなった声音で、智さんが低く唸る。

「俺さ。そういう前の男の影響が垣間見える言動、本っ当に嫌いなんだけど」

そういうや否や、強く抱き締められた。誤魔化しも濁しもしない、強い意思を孕《はら》んだ言葉が降ってくる。

「元カレとはいえ一度は知香が好きになった相手だという事実に嫌悪感があるし、俺にとって知香の中にある元カレの記憶なんて余計なモノ、邪魔なモノ、無駄なモノだ」

正直、何を言われているのか、智さんが何を言いたいのか。想像もしない展開に動揺しきった私の脳みそでは智さんの言葉を正確に理解できなかった。鍛えられた胸筋に押し付けられた私の耳が、規則正しく響く智さんの心臓の音を拾う。

「俺はそういうの、求めない。求めていない。元カレが知香に求めていたことは、俺は全部求めない」

抱きしめる力が一層強くなる。強靭な胸板から智さんの声が私の耳に直接届いていく。

もう嗅ぎ慣れてしまった智さん自身の香りが私を包み込み、ゆっくりと心に積み上げられた砂塵《さじん》の城を崩して、そっと癒してくれるような気がした。

ゆっくりと身体が離される。熱く燃える瞳に私一人だけが映りこんでいる様を、どこか俯瞰したように見つめた。

「元カレのことなんか、全部全部。俺が忘れさせてやるから」

強く強く記憶に刻まれていく言の葉に、視界がぼやける。智さんが小さく、「だから」と掠れた声で言葉を続けた。

「俺だけを見てろ」

強烈に私を求めてくれる言葉。智さんが私に向ける執着の深さを実感するようで、かぁっと顔に熱が集まる。私はもう、こくこくと頷くことしかできなかった。

「さっき言ったろう？　生理ってわかってたら洗い物させなかったしこっちに来させなかったって」

智さんの呆れたような声色に、ゆっくりと再起動を始めた思考回路の片隅で夕食後の智さんの言葉を手繰り寄せた。

「それで気づけよなぁ、俺がそういうの求めてないって。……っとに、知香って鈍いよな？」

揶揄《からか》うような笑い声と吐息が左耳にかかってびくりと身体を震わせた。智さんの長い指が頬の輪郭をなぞって、ゆっくりと顔を上げさせられる。視界に移り込むぼやけた智さんの顔。

切れ長の目と私の視線が交差する。先ほどの不快な光が消えて……『勝負』を持ち出した時の、あの底意地の悪い瞳がそこにあった。

「これから、元カレを彷彿《ほうふつ》とさせるような言動をしたら、お仕置きしてやるから」

「……ふ、ぇっ⁉」

予想の斜め上をいく言葉が飛び出して、私は思わず固まる。智さんが、にやりと。心底面白そうに口角を上げた。

「知香の中に俺を刻み込むには……お仕置きして躾《しつ》けるのが、一番手っ取り早いだろう？」

くくっと、喉の奥が鳴る音がした。

「だから、覚悟しろよ？　生理が終わったら抱きつぶしてやるから」

ダークブラウンの瞳を愉しげに細めた智さんが、小さく笑った。

失敗だった。その言葉が脳裏に浮かび、私は鏡の前で立ちつくす。今回のお泊まりで持ってきていた寝間着は、全て前開きのもの、だった。

「首筋は、まだしも、デコルテと……せっ、背中もこんなに⁉」

昨夜、『お仕置き』と称されて、全身に口付けられながら、所有痕を……それはもう、見るも無残なほど。たくさん付けられた。啄《ついば》むように、貪《むさぼ》りつくすように降り注ぐ甘い熱を孕《はら》んだ唇にひどく翻弄されたし、彼の唇が触れなかった場所を羅列する方が難しいほどだ。

あの後はゆっくり頭を撫でられながら眠りについたのは良かったのだけれど、朝日が昇り、智さんと一緒に目覚めて洗顔をしようと洗面台に立つと、盛大に散らばっている所有痕に目を奪われた。鏡に映り込む身体を反転させ、胸元にも背中にも散らばったそれらを認識して一瞬で顔が赤くなる。

今日は大晦日。夕方に智さんのご実家に行って初めてのご挨拶をし、日付が変わる頃に初詣……いわゆる二年詣りに行くことにしていたはず。

首筋にこんなに所有痕がある状態で。盛りのついた十代の若いカップルじゃあるまいし、ご両親にどんな顔で会えばいいのだろうか。

洗顔をしてリビングに向かい、涙を浮かべながらその旨を抗議するものの。

「冬だし？　タートルネックで隠せるよな？」

ソファに沈み込んでコーヒーが入ったマグカップを片手に、ケロリとした顔で返答されてしまった。そうして私は、智さんと一緒にタートルネックのインナーを買い足しに行くはめになったのだった。

バタンと助手席のドアを引き寄せ、シートベルトを締めた。

「付けられるってわかってんだろ？　まさか、わかってて持ってきてねぇの？」

運転席の智さんが揶揄《からか》うように私に視線を向けてくる。意地悪に細められたその目と視線が絡まり、かぁっと身体が熱を持った。

「……っ、こんなっ、こんなにいっぱい！　しかも！　首筋に！　付けられるとは思ってませんでしたから！」

怒っている、と主張したくて、ぷいっと視線を外す。所有痕を隠すために首元に巻いたマフラーのフリンジが大きく揺れた。

私は怒っているのだ。先週つけられた所有痕。今週は制服から見えないだろうか、スキッパーブラウスがズレていないか、と、お手洗いに行くたびに手鏡でこまめに確認をしていた。左耳の下もデコルテも薄づきのコンシーラーでカバーはしていたものの、どれだけヒヤヒヤした一週間を過ごしたか、智さんにはわかるまい。

むすっとした表情を浮かべていると、ゆっくりと車が動いていく。終夜《よもすがら》の街が今年最後の賑わいを見せている。

「……機嫌直してくれよ」

信号待ちで停車している時、智さんが私の方を向いて少し困ったように笑いながら言葉を紡ぐ。その表情ですら私の目にはとても魅惑的に映って、一瞬息が詰まった。

ずっと怒りっぱなしでいるつもりはない。反省してくれているのならばそれでいい。運転席の智さんの表情をじとっと眺めて、真意を推《お》し量《はか》るように問いかけた。

「……じゃぁ、反省してます?」

「反省はしていない」

「は?」

していない、と即答され、ぽかんと口が開いてしまう。切れ長の目が傲岸不遜《ごうがんふそん》に歪んでいく。

「だいたい、知香が元カレの影響受けてます、って言動するからだろ。首筋は、この前俺を無視したお仕置き。背中は、昨日フェラしようとしたお仕置き」

「なっ……」

悪びれるでもなく滔々《とうとう》と言葉が紡がれていく。混乱したままではそれらの全てを理解することなどできず、私は唖然としたままそれを眺めるしかなかった。

「あの時俺を無視したのだって、元カレとは社内恋愛だったたから。仕事中に恋人と遭遇しても動揺しない、っていう耐性が知香にはあるんだろ? 俺からしてみればそれは元カレの影響を受けているっていう言動」

問答無用、という雰囲気のまま展開されていく理論。智さんの口から放たれる思いもよらない言葉に目を剥いた。

「知香は俺のものだろう？　その身体に、教え込んでやらないとな？」

大胆不敵に歪んだ口元。意味ありげに細められた、目。信号が青になり、その瞳が私から逸らされて前方を向いた。そうしてゆっくりと車が動き出す。

私は、まだ。呆然としながら、智さんの横顔を見つめていた。


智さんが連れてきてくれたのは、様々なショップが入った商業施設。そこには私が通勤服を購入するのによく立ち寄るお気に入りのショップがあった。故に顔見知りの店員さんがたくさんいる……のだけれど。

「知香、こっちの色のほうが似合う」

そうしてあてがわれたのは、オフホワイトのタートルネック。首元に、ぐるっとビジューが散りばめられている。同じデザインの色違いの黒も手に取って、二つそれぞれを智さんがあてがってくれる。

「こっちも、知香の白い肌に映えていいけど」

「……え、と」

相変わらずな直球の言葉に慣れない。慣れる日が訪れるのか不安になってくる。羞恥心から思わず視線を彷徨《さまよ》わせた。

「知香ってここで揃えてたんだな。道理で、似合うものが多いと思ったんだ」

終始甘い目線を向けられているので、店員さんたちの冷やかすような視線がいくつも刺さっていて痛いほどだ。智さんに選んでもらったオフホワイトと黒の色違いのタートルネックを購入し、よく話しかけてくれる店員さんに「また今度」という目線を送ってショップから出た。

智さんが購入した服の入った袋を自然と持ってくれ、どちらからとなく手を絡めていく。視線が絡み合うと切れ長の目が嬉しそうな感情を湛えているのを確認した。智さんが私の歩調に合わせて、ゆっくり歩いてくれる。とても……満たされた気持ちになった。

智さんのご実家へ伺う約束の時刻まで、予定は特にない。そのまま二人であてもなくウインドウショッピングをしていく。

「知香。そういえば寄りたいところあるんだけどいい？」

「どうぞどうぞ」

手を絡ませたまま連れて来られたのは、商業施設の中の一角。「ごめん」という言葉とともにそっと手を離されて、てのひらに冷えた風が当たった。何だか少しだけ寂しさが募り、智さんの大きな背中を眺める。目の前の智さんは店員さんと一言二言話して何かを受け取っていた。

「知香。はい、これ」

くるりとこちらを振り向いた智さんから差し出された小さな紙袋。それをそっと受け取る。手元の袋と智さんを交互に見遣《みや》って「開けても？」という視線を送ると、首肯《しゅこう》するようににこりと微笑まれる。慎重に袋を開封すると、中に銀の光を湛えた小さな何かの存在を認めた。

「……鍵？」

「そ。俺ん家の合鍵」

小さな呟きをすんなり肯定され、私は驚きのあまり弾《はじ》かれたように顔をあげた。

「これからいつでも来ていいから」

目の前で柔らかく微笑む智さんの笑顔は、本当に嬉しそうだった。その笑顔につられて私も口元が緩んでいく。

（私も……早く家の合鍵作って、智さんに渡そう……）

小さく心の中で呟くと、再びどちらからとなく手を繋いで、駐車場の方向に足を向けた。

二人でゆっくりと歩いていると——見覚えのあるお店の前を通り過ぎた。

「あ……」

その瞬間。脳裏に、懐かしい記憶が駆け巡る。かつて大好きだった艶のある声が響いていく。

『知香には、こっちが合いそうだけど』

『そう？　凌牙がそう言うなら。こっちにしようかな』

あれは、まだ陽射しが柔らかい初夏の日のことだった。凌牙と指輪を選びにいって、そして……指輪を受け取るときに、振られた。

『いくら男漁りをしても、お前みたいな女を幸せにしてくれる男なんて、この世にはいないぞ』

大勢の人波でざわめく商業施設の喧騒の奥に、艶のある声が私を嘲笑《あざわら》うように響いて消えた。思わず身体が硬くなる。

羞恥と絶望が襲ってくる。消えてしまいたい——この場所から。この世界から。

あるはずのない幻影と幻聴が冷たい刃《やいば》となり、心臓の奥深くまで差し込まれる。

呪詛《じゅそ》のような黒々とした何かが私の世界を支配する。

「知香。どうした？」

「……っ」

真横から飛んできた声に一気に現実へと引き戻される。気が付くと、私の目尻からは灼熱の雫《しずく》がはらはらと零れ落ちていた。

背筋を伝う嫌な汗。じわりと心を蝕《むしば》む追憶。

涙で揺れ動く視界の向こう側で、智さんが心配そうに私の顔を覗き込んでいる。

(あ……)

無意識とはいえ、智さんの隣で『元カレ』を思い出していた、なんてことは伝えたくなかった。気まずくなって思いっきり視線を外す。

「……何でもないです」

「何でもなくない」

智さんの語気が強まる。凛とした、意思の籠もった声が響いた。

「ちゃんと言え」

繋がれた手が離れて、智さんの大きくて熱いてのひらが私の肩に触れている。より一層、現実に引き戻される感覚がした。

逸らした視線を元に戻し、ぎゅっと唇を結ぶ。目の前の智さんは、眉間に皺が寄って切れ長の目が不安げに揺れ動いている。突然泣き出した私の様子を芯から気にかけてくれている、ということは認識した。

（……）

心配をかけてしまっていることは申し訳ないと思っている。けれど、この商業施設に来るまでの道中で話された、『元カレ』の話が私の唇を重くする。それを口に出すと待っているのは更なる『お仕置き』かもしれない。おずおずと智さんに問いかけた。

「……お仕置きしません？」

「しない」

智さんの瞳が、まっすぐに私を捉えている。そこには一点の曇りも、翳《かげ》りも見当たらない。表情は真剣そのもの。しないという言葉は真実だろう。

「……しっかりした、プロポーズをされる……っていうときに、振られたんですけど。その前に、指輪を……選びにいって。それが……その。さっき通り過ぎたお店だったので」

私の言葉を聞き届けた智さんの瞳は小さく揺れ動いていた。胸の奥が、引き絞られるようにずくんと少し痛む。智さんが自分の髪の毛を乱暴に掻きあげ、天を仰いだ。そうして大きく溜息をついて、私にそっと視線を合わせる。

「言いたくないこと。言わせてごめんな」

「……いえ。私も、郜上さんが……きっと聞きたくないこと、言いました」

小さく頭を下げると、智さんには困ったように、それでいて優しく笑っていた。

「良かった。俺、クリスマスにイヤリング贈ったろ？　指輪にするかどうか迷ったんだ。大嫌いな男とセンスが被ってたら死にたくなったかもしれない」

目の前の智さんは思いっきり苦笑いをしていた。今まで一度も見たことがなかったその表情がなんともおかしくて、私は思わず小さく噴き出して笑ってしまった。

もう……艶のあるあの声は、聞こえなくなっていた。

冷え冷えとした冬の風がふわりと吹いて、私の短い髪をさらっていく。竹垣に囲まれた和風の平屋。その竹垣にはところどころ赤い藪椿《やぶつばき》が咲いている。

　ここが、智さんのご実家だという。

　道中の車内で聞いたのは、家族構成のこと。男ばかりの三兄弟で、智さんは次男。お兄さんが結婚をし、智さんにとっての甥っ子がひとり。数年前にお母様が他界され、お父様がおひとりになってしまうのを危惧したお兄さんご一家がこちらに引っ越してこられたそう。それで手狭になったのもあって智さんが一人暮らしを始めたという。弟さんも就職と同時に一人暮らしをしていて、お盆や冬の長期休暇の際に三兄弟が揃う……ということ。

　お母様が他界されていたことは知らなかった。もし可能であれば、墓前で手を合わせさせてもらえたら。そう考えながら車を降りる。緊張でどくどくと脈打つ心臓を抑え込むように、手土産に選んだお菓子の入った袋の持ち手をぎゅっと握り締めた。

「ただいま」

　玄関の引き戸を引きながら智さんが帰宅の声を上げた。

「さとしにーちゃん!!」

　玄関奥の廊下から幼い声が響く。小さい子特有の柔らかく短い髪がふわふわと可愛らしく揺れていた。

「友樹《ともき》、ただいま。いい子にしてたか？」

「うん！」

友樹、と呼ばれた男の子が、靴を脱ごうとする智さんの首元に抱き着いた。きっとこの子が甥っ子くんなのだろう。

まだ幼い友樹くんの顔を眺めていると、どことなく顔のパーツが智さんに似ている。智さんの子どもの頃はこんな感じだったのだろうか。そんなことを考えつつぼうっとしたが、はっと我に返って玄関の敷居を跨《また》いだ。

「お邪魔します……初めまして」

恐る恐る上げた声に、智さんが嬉しそうに微笑んだ。

「うん、いらっしゃい」

「にーちゃんの、およめさんだ！」

智さんの言葉に被せるように友樹くんが笑顔で叫んで、私に駆け寄ってくる。『お嫁さん』という言葉に顔が赤くなっていくのが自分でもわかった。友樹くんが私の手を握って、上《あ》がり框《かまち》にぐいっと上げようとする。

「ぼく、ともき！」

「友樹くん、初めまして。私は知香」

「ちかちゃん！　はやくあがって！」

友樹くんの勢いにたじろいでいると、靴を脱ぎ終えた智さんが苦笑して廊下に足を踏み入れていた。「おいで」と言わんばかりに手招きされている。友樹くんの熱烈な歓迎を受けつつ、私は靴を脱いで智さんの実家に足を踏み入れた。

まっすぐな廊下を歩くと暖かな広いリビングに行き着いた。掘り炬燵《ごたつ》の上にカセットコンロと土鍋が設置してあり、くつくつと煮られたすき焼きの香りが漂っている。

「智、おかえり」

声がする方向に視線を向けると、掘り炬燵《ごたつ》に入って手にしていた文庫本に栞《しおり》を挟みながら優しげな目で微笑む男性がいた。

「父さん、ただいま。早速だけど。結婚を前提に付き合ってる彼女」

「は、初めまして……一瀬知香と申します」

挨拶もそこそこに早速の紹介を受け、たどたどしく自己紹介をして手土産を手渡す。

「あぁ、智から聞いているよ。初めまして。父の徹《とおる》です」

徹さんが私が差し出した手土産を受け取ってキッチンに目を向ける。その横顔が智さんにそっくりで親子なのだと実感する。

「圭《けい》、みゆきさん。おいで」

智さんに似た男性と、エプロンを着けた女性。お兄さんの圭さんと、奥さんのみゆきさん、なんだろう。それぞれに自己紹介をして、みゆきさんにリビングの席に着くように促された。優しそうな奥さん《兄嫁さん》で良かったと、内心ほっと溜息を吐く。

「ちかねーちゃんはぼくのよこにすわって」

私にぺたりとくっついている友樹くんに手を引かれて、智さんと友樹くんに挟まれる形で席に着いた。

友樹くんに手をぎゅっと握られて、友樹くんの話に耳を傾ける。五歳で、保育園に通っていること、好きな女の子がいて、その子と仲良くなる方法が知りたいこと。たどたどしくも楽しそうに話す友樹くんに、まるで自分の甥っ子になったかのような感情が湧いてくる。

私たちの様子を眺めていた智さんが、共に席についた圭さんに目を向ける。

「章《あきら》は？」

「たぶんもうすぐ来るよ」

「ふーん。アイツの遅刻癖、治さないと本当にやばいと思うんだけど」

「智が甘やかしたからだろ」

「俺じゃねぇよ。俺より兄ちゃんのほうが甘やかしてた」

気が付けば真横で気を許した兄弟の会話が始まっている。そのやり取りをほほえましく眺めていると、ガラリと大きな音がした。玄関からバタバタと大きな足音が聞こえる。冷たい風がふわりとリビングに吹き込んで、食器棚のガラス戸が震えるような大きな声が響いた。

「智兄ぃ、絢ちゃんが結婚したって知ってる⁉」

焦ったような、それでいて泣きそうなその声にこの場が固まる。私と友樹くんはその声にきょとんと視線を向けると、ラフな恰好を乱した一人の男性が立ち竦《すく》んでいた。なんとも言えない沈黙が広がる。しばらくした後、その沈黙を破ったのは智さんだった。

「……章。状況を見て話してくれ」

低く怒気《どき》を孕《はら》んだ声が一際ずんと響いた。『章』と呼ばれた人物が私に視線を合わせてひどく狼狽《うろた》えたように身体を揺らす。

「……え、え⁉」

面を食らったように声を引き攣《つ》らせた彼と目が合い、小さく会釈を返す。徹さんが頭を下げた私に視線を向け、困ったように微笑んだ。

「知香さん、智の過去については知っているね？」

「え？　あ……はい」

唐突に元カノの話題が飛び出て、私は驚いて目を瞬かせた。徹さんから投げかけられた質問に戸惑いながらも、こくりと首を縦に振る。

「七年も付き合っていたからね。私たちは彼らが結婚するものだと思っていた」

「親父……！」

智さんが徹さんを、先ほど口にした『父さん』ではなく『親父』と呼んで苛立ったように制止した。徹さんは神経をとがらせたような智さんに強い口調で語り掛けていく。

「あの頃は、智が幸子《ゆきこ》のもとに行こうとするんじゃないかと気が気でなかったんだよ、私たちは」

「……」

智さんが苦しそうに顔を顰《しか》めて口を噤《つぐ》んだ。苛立ちを露骨に表に出したまま、図星だと言わんばかりの苦々しい表情を浮かべている。

幸子。それはきっと、亡くなった智さんのお母様のこと。それほどまでに智さんは傷付いていたのだろう。

（……わかる気がする……）

凌牙に捨てられて以降の私は、この世界から消えてしまいたい、と。同じように考えていたから。

しん、と、雪が降りしきるような静かな沈黙の中、徹さんがぽつりと口を開いた。

「絢子さんとも私は面識があるんだけれどもね。三男の章が絢子さんの弟さんと同じ大学を出ているんだ。それで三男は近況を知ったんだろうね」

「まぁ……」

思わず驚きの声が出た。ご縁とは数奇なものだとわかっているけれど、まさかそんな繋がりがあるなんて。「変な因果だろう？」と、徹さんが智さんそっくりに苦笑いを浮かべて肩を竦《すく》めている。

「だからこうして智が知香さんを連れてきてくれたことが、私はとても嬉しいんだ。歓迎しているよ」

徹さんはその苦笑いを優しい笑みに変えて穏やかに微笑んだ。その表情はひどく慈愛に満ちたものだった。

「家族一同、知香さんに感謝しているよ。智を、これからもよろしく」

「……はい。ふつつかものですが」

まるで結婚の挨拶を彷彿《ほうふつ》とさせる台詞を口にして、僅《わず》かばかり体温が上がるのを感じた。思わず私は自分の手に持っていたハンカチをぎゅっと握り締める。

徹さんが視線を私からリビングの出入口に滑らせて、にこりと笑みを浮かべた。

「さて、章。お前は遅刻した上に厄介ごとを持ち込んで、どういうつもりかな？」

優しげなのに一切反論を許さないような口調で徹さんが章さんに向き合っている。それはまるで、智さんが怒った時のようだった。

「……スミマセン」

リビングの扉を開けて、立ち尽くしたままだった章さんが居心地悪そうに視線を逸らす。

徹さんにも、圭さんにも、智さんにも似ていない。ぱっちり二重の目に、丸っこい顔立ち。どことなく柔和な雰囲気がある。きっと、亡くなった幸子さんに似ているのだろう。

「だって……智兄ぃ、あの時あんなだったし。これを知ってたら、きっと……智兄ぃ、俺たちに会うの、これっきりにするつもりなんじゃないかって、思ったんだ」

震えるような声で章さんが言葉を紡いでいく。肩を震わせた章さんの二重の目からはらりと涙が零れ落ちた。

「……良かった……」

章さんは、それ以上、何も言わなかった。私の隣に座っていた友樹くんが唐突に立ち上がり、章さんに駆け寄っていく。

「あきらにーちゃん、どっかいたい？　いたいのとんでけ！」

純粋な友樹くんの言葉が、硬くなった空気を柔らかくしてくれた。そのまま友樹くんに手を引かれて章さんが席に着く。

みゆきさんの作る豪華な料理に舌鼓を打ち、郁上家の今年最後の夜が穏やかに更けていった。

たった数時間だけれど、友樹くんととても仲良くなれた。そして、お兄さんの圭さんが智さんの小さい頃のアルバムを見せてくれた。智さんが恥ずかしさを隠すこともなく私と圭さんの会話を不機嫌そうに眺めていたのも面白かった。案の定、今の友樹くんと写真の中の智さんは瓜二つ。みゆきさんが「私の姉の子どもも姉じゃなく私に似ているのよ」と笑って話してくれていた。

弟の章さんは、なんと私と同い年の二十五歳。しかも、この近辺を管轄している税関で働いているとのことだった。私が勤める会社の管轄税関ではない上に、章さんは空港での監視官の仕事をしているそうだ。そのため、仕事上での付き合いはゼロ。互いに敬語が抜けないままだったが、それでも仕事の色々な話ができて面白かった。

帰り際に幸子さんの仏壇に手を合わせさせてもらい、玄関で徹さんと言葉を交わしていく。

「今年は知香もいるから、こっちには泊まらねぇでお詣りが済んだら車で向こうに帰る。父さん、車ちょっと置いていくから」

「あぁ」

「お世話になりました」

「いえいえ。よいお年を。来年も、智をよろしくね」

二年詣りに行こうと話していた八幡神社は智さんの実家からそう遠くない。私も毎年足を運んでいるので想像にかたくないが、やはり毎年大勢の人出でごった返すから、いつも実家から歩いてお詣りに行くのだそうだ。

徹さんや圭さん、寝てしまった友樹くんを抱いたみゆきさん、そして酔って頬を赤くしている章さんに見送られながら、私たちは智さんの実家を後にした。

自然と手を繋いで、神社への道を歩いていく。もうすぐ日付が変わって今年が終わり、新たな一年が始まる。そう考えるとなんだか不思議な気分に包まれる。

この辺りは土地勘がないから私は智さんに連れられて歩くだけ。車道側になる私の左を智さんが歩いてくれている。たったそれだけでも、大事にされていると理解して鼓動が速くなる。

街灯の灯かりが歩く道をぼんやりと照らしている。呼吸をするたび白い吐息になって私の顔を覆う。路地を曲がると大通りに近くなってきた。

「知香」

「はい？」

唐突に名前を呼ばれて、首を傾げて智さんを見上げた。白い吐息がそれに伴って左に揺れる。

「あの時、弟が、嫌な気持ちにさせたと思う。ごめん」

眉根を寄せて苦々しい表情を浮かべた智さんがそこにいた。

あの時。それはきっと、章さんが絢子さんのその後について口にした時のこと。私は特に嫌な気持ちになってはいない。その言葉にふるふると頭《かぶり》を振った。

「……知香が、お手洗いに行ったろ。その時、章が詳しく話してくれた」

曰く。絢子さんは智さんと別れてすぐお見合いをした。一度目のお見合いで条件の良い公務員とご縁があり、クリスマスに入籍したのだそう。

「あいつ、入籍直前に俺の前に現れやがったんだ」

忌々《いまいま》しげに智さんが吐き捨てる。その瞬間、びゅうと、大きな風が吹きつけた。智さんの乱れた黒髪が額《ひたい》に落ち、男性にしては長いまつ毛が瞬いて。細く切れ長の目が物憂《ものう》げに伏せられた。

入籍直前に元カレと復縁をしたいと願う。その気持ちは私にはわからないけれど、人生が変わるその瞬間を目前にし、過去の出来事に——しかも、自分が犯した過ちに。それらに憂いが沸き起こる、という心情は、少しばかり理解できるようで。

「きっと、人生がそこで変わってしまうから。彼女、後悔されたのではないですか。郡上さんをひどく傷つけたことに」

不意に智さんが足を止めて立ち止まった。手を繋いでいるから、くんっと腕が引っ張られる。私の手を握る力が強くなって顔を上げると、言いようのない感情を湛えたダークブラウンの瞳に貫かれていく。智さんが白く長い溜息を吐き出して、囁くように小さく声を上げた。

「俺は、あいつを赦す気になんかなれない。俺を傷付けたことも。知香を傷付けたことも」

「……私は傷付いてなんかいませんよ?」

智さんの言葉の真意がわからず、思わず首を傾げる。私はあの人に傷付けられてなどいない。傷付けられたのは、智さんだけ。

智さんがぱちぱちと瞬きを繰り返している。しばらくすると我に返ったように、不安げに眉を歪ませた。

「……あの日。知香は、見た、だろう?」

「見ましたけど。でも邨上さんが来てくれたから」

まっすぐに智さんの瞳を見つめ返す。街灯の灯かりしかないぼんやりとした暗闇の中で、視線が交差する。

大通りの喧騒だけが薄っすらと伝わってくる。降りた沈黙を破るように智さんが再び大きな溜息を吐き出した。

「……知香は。元カレのこと、どう思ってる」

「私の知らないところで幸せになってくれればいいです」

間を置かず放った言葉に智さんがひゅっと息を飲んだ。それでも私は、言葉を紡ぐのをやめたくなかった。

車の通る音とともに、ヘッドライトが智さんの顔を照らしている。視界に映る彼の表情で、智さんはきっとこの言葉が欲しいのだと、確信めいた何かを抱いた。

「確かに、恨みましたし、未だに……今日みたいに、思い出の場所でフラッシュバックすることも、あります。だけど……基本的には私の知らないところで、私の知らない幸せを掴んでくれたら、それでいいです」

自分の行きたい場所には、自分の足で歩いていく。

憎しみに囚われたままでは、きっと——そこに歩いていけない。

「恨んで、憎んで、私の人生の大事な時間を奪われたくない。それだけ、です」

これは強がりでも何でもない。あの時出会った世界の名言集の中で私の胸を打ったあの言葉。それを私なりに噛み砕くと、そんな解釈になったのだ。

虚を突かれたような表情を浮かべていた智さんは数拍おいて困ったように小さく呟いた。

「……本当に、知香には敵わねぇなぁ……」

智さんが私の言葉で何を思い、何を考えたのかはわからなかったけれど。ぐっと握られた手から伝わる智さんの速い鼓動が、何にも代えられない真実だと思った。

辿り着いた鳥居をくぐり、手水舎《ちょうず》で身を清めて、石段を上っていく。騒めく境内の中に凛と佇《たたず》む一本の大木の手前で足を止めた。二年詣りを行う人は例年ここに並んで待機する形なんだそう。既に行列ができていた。アルバイトだろうか、若い男性奉仕者の誘導に従い、その御神木から遠く離れた場所に待機する。

「本殿に参拝したらあの御神木にも詣るよ。健康にご利益《りやく》があるらしい」

「へぇ……」

私の実家の近くにも大きな神社があるけれど、そことは比べ物にならないほどの大きな御神木。日中しか訪れたことのない神社の宵闇《よいやみ》独特の神聖な雰囲気に圧倒される。毎年、三が日は大勢の人出でごった返しているから、さっとお詣りしてさっと帰っていた。勿体無いことをしていたのだな、と感じた。

「あぁ、もう新年だな」

智さんの呟きに私も腕時計に視線を落とす。

あと二分で日付が変わる。今年も終わりを迎え、新たな日々が始まる。

今年は本当に辛いことばかりだった。それでもこうして智さんと出会えて。これから先、私たちがどうなるかはわからないけれど、それでも来年は。

智さんで、私をいっぱいにしてほしい。

(これで……本当に。バイバイだね。凌牙)

今日のように不意に思い出してしまうことはあるかもしれないけれど。

もう、私の大事な時間を——あなたに奪わせやしない。

「三、二、一、ゼロ！　ハッピーニューイヤー!!」

どこからともなくカウントダウンが聞こえてきた。その声に私と智さんも顔を見合わせて、くすくすと笑い合った。

本殿への参拝を終え、ごった返す人波をかき分けながらお神籤《みくじ》を引いて、ふたりとも

『吉』という結果に笑い合った。参道にはたくさんの露店があって、たこ焼きを買って分け合った。まるで学生のデートのような甘酸っぱい時間を過ごし、気が付けば時刻は深夜一時を回ろうとしていた。

「そろそろ戻って車で帰ろうか。俺、ちょっとトイレ行ってくるから」

「はい、じゃ、ここで待ってますね」

ライトアップされた欅《けやき》の大木の前でするりと繋いだ手が離された。智さんの背中が人混みの中に消えていく。

ふぅと息を吐き出すと、真っ白く彩られた靄《もや》が顔に纏《まと》わりつく。これから参拝に向かう人波と参拝を終えて帰ろうとする人波。騒めく参道は、まるでスクランブル交差点が凝縮されたかのようだった。

（ちょっと、人酔いしたかも）

行き交う人たちを目で追いかけていたのが悪かっただろうか。一瞬、うわんと世界が歪んだ気がした。こういう時は深呼吸すると落ち着いていくものだ。大きく息を吸い込もうと、首に巻いていたマフラーをくるりと外した。

その、瞬間。

ぐらりと強い眩暈《めまい》がして、その場に座り込もうと――

「っ⁉」

左腕を勢いよく引っ張られて、身体がつんのめる。眩暈《めまい》の影響か、視界が反転する。

三ヵ月前に最後に嗅いだ香水のにおいがして、転びそうな身体がぐっと引き寄せられた。

「髪、切ってたから。わからなかった」

記憶の中でさよならを告げた、艶のある懐かしい声が――耳元で響いた。

四年間、嗅いでいた香水のにおいに、聞き馴染みのある懐かしい声に、ひどく混乱した。

「何で……」

眩暈《めまい》のせいか、視界が明るくなったり暗くなったりを反芻《はんすう》している。暗転する視界のなかで、ぼやけた顔がそこにあった。

いつの間にか参道の木々の切れ間に引き込まれていた。喧騒が遠くに聞こえている。

そのひとの瞳の光だけが、妙に目についた。物の輪郭さえ黒へと曖昧に溶け込む宵闇《よいやみ》の中――縋るような声だけが響く。

「すまなかった」

その人は悲痛な顔で私を見つめている。喧嘩をしても謝ってきたことがなかった人。

初めて謝られたのは、あの振られた日だった。そんな人から謝罪の言葉が紡がれていることに私は更に混乱を極めた。

視界が、ぼやける。暗転する。声が、遠く、近くなる。

「俺が長い髪が好きだって言ったから。……辛くて切ったんだな」

その人が左手で私の髪をひと房掴んでいく。そこにあったはずの結婚指輪がなくなっていることに気が付いて、私は息を飲んだ。

「……ど……う……いう……こ……と」

あの日、私に見せびらかすように。いつもは右手で髪を掻き上げる癖があるのに、あの時だけはわざと――左手で髪を掻き上げたくせに。

「すまなかった。俺を赦してくれ」

私の肩を掴んだまま。呆然とする私の肩口に縋り付くように額《ひたい》を当てた。ざわり、と、いつものワックスでセットされた髪の束が、私の頬をくすぐっている。掴まれた腕が不快感を訴える。

「マンションに行っても、灯かりがついていなかった。インターホンを押しても反応ないし。けど、総務には帰省するという届け出が出ていなかった。だから……毎年、初詣に来る、ここにいるんじゃないかと思って。待っていたんだ」

囁かれるようなその声色に。指先の温度が失くなっていく。自分の心臓の音だけが、やけに耳についた。

「調子が良いことを言っているのはわかっている」

その人が掠れた声で呟いていく。私はまだ全身が、喉が、思考回路が凍り付いたまま……身動《みじろ》ぎひとつできずにいた。

「……週数が合わなかった。俺は……騙されていたんだ」

その人が今、どんな顔をしているか、俯いたままでは、宵闇《よいやみ》の中では……わからない。

ふと、最後に抱かれたあの日、仕事が立て込んでいて、と言って……アルコールのにおいが漂っていたことに気が付かないふりをした瞬間のことが脳裏をよぎった。

別れを告げられた後。この人に処罰のような人事が下された後。例の育ち盛りの後輩を連れ回して、酔い潰そうとして返り討ちにあったらしい、という噂を耳にしたことがあった。恐らく、それが……あの日だったのだ。だからこそ苛立って。いつもよりも性急な行為だったのだ。

その人の声を聞くたびに、点と点が、私の中で繋がっていく。

「先週、離婚が成立した。あれからずっと謝りたかったんだ」

離婚が、成立、した。

ぼう、と、過去に思考を飛ばしていたから。何を言われたのか理解できなくて。

我に返った時には遅かった。その先の『決定的な言葉』は——聞きたく、ない。

「一生をかけて、贖罪《しょくざい》する。もう二度と裏切らない。だから……俺の側にいてくれ」

赦してほしい。その対価に、残りの人生の全てを差し出す。

それはとても傲慢な考えだ。

赦すとか赦さないとか、そんな単純な問題ではなく。

この人が頭を下げるという行動したのは、きっと『何もしないこと』が本人が思うよりずっと心を蝕《むしば》むから。

決して。決して……本当に、私に対して『申し訳ない』という気持ちがあるから、ではない。

一生を捧げるから『赦してくれるだろう』という、一種の――脅迫だ。

（……ああ、この人は）

何も変わってやしないのだ。自分がとにかく大事で、大好きで。自分が傷付いて、だから他人に癒しを求めて。

私のためを想って私に謝罪する。それは表面上のことに過ぎない。

根本は何も――あの日から、一歩も。変わってなど、ない。

ゆっくりとその人の肩を抱いた。その人が大きく身動《みじろ》ぎをした。身体を引いて、視線を合わせる。

「嫌、です」

その人が、私の声に目を見開いた。

「私は、あなたの人生を背負うほどの覚悟は持ち合わせていない、中途半端な女だから」

あの日盗み聞きしたこと。きっとこの人は気付いていない。この人の本性を知ってしまったから、どんなに謝罪をされようとも、何を対価に差し出されようとも、もうこの人の隣に立つことなんてできない。

「……あなたを満足させられるような技術を持ち合わせていない女は、あなたに似合わない」

「知香、それはどういう意味だ」

やめて、私の名前を呼ばないで。その懐かしい声で。

叫び出しそうになる自分を必死に抑え付け、冷静に、冷淡に。言葉を紡いでいく。

「不感症、なんでしょう。私は」

その言葉を皮切りに私はさらに一歩下がり距離を取った。露店から漏れる光が差し込む位置に立つ。それに比例して、宵闇《よいやみ》にその人の顔が溶けていく。

その人は――ひどく悄然《しょうぜん》としていた。

「な、んで、それ……」

絶望に揺れるその人の瞳を決して逃さぬよう、捕らえるように確かな意思を持って前を見据えた。

「あなたには。私の知らないところで幸せになってほしいの」

私の知らないところで幸せになってほしい。それは紛れもなく私の本心。……だから。

「私も……あなたの知らないところで、幸せになるわ」

そう口にした瞬間、びゅうと風が強く吹きつけた。風が私の短い髪を攫《さら》って、私の無防備な耳元があらわになる。

「……男がいるんだな」

私は肯定も否定もしない。それでも、沈黙は頷いたのと同義だった。

ただただ、静かな沈黙が続く。

何も口にしない凌牙を前に、ほぅと溜息をこぼした。これで……本当に、最後。

「バイバイ、凌牙」

その人の名前を口にして、私はその場から立ち去ろうとして――

突如として襟首に強い衝撃があった。身体が、否応なく引き戻される。獣の光を宿した瞳に貫かれる。

「既成事実を作れば……お前は、俺から逃《のが》れられない。そうだろう？」

絶望に、欲望に、爛々《らんらん》と輝いている瞳。底のない深い憎悪が私をがんじがらめに捕らえた。

既成事実。それが何を意味するのか、数秒遅れて理解した。凌牙の冷たい瞳に、悍《おぞ》ましい色を見た。狂気のような瞳が私の身体の全てを縛る。

「最後に抱いた時も思ったが……その顔、やっぱりいいな。もうどこへも行かせない」

下卑《げび》た笑みを浮かべた彼は陰惨《いんさん》な表情と真逆のうっとりとした声色で、身の毛がよだつような言葉を囁いた。捕まれば、もう二度と戻れないところへ囚われる。

「誰かを憎んで自分の人生を浪費するくらいなら、自分の人生の時間を有効に使いなさいよ！」

そうだった。凌牙は私が生理中だとしても、無理矢理、否応なしに抱いてくるような人だった。

かつて乱雑に身体を暴かれたトラウマがまざまざと蘇り、嫌悪から吐き気が込み上げる。

もしこのまま凌牙に汚されたとしたら、私はもう智さんのもとに戻れない。絶望に心が覆われかける。

（いや……いや！）

絶対に嫌だ。この身を凌牙に明け渡すくらいなら、死んだほうがマシだ。

恐怖で身体が動かない。それでも、喉だけは動いた。首元がぎりぎりと絞まっていく。

強張《こわば》っていく喉を全身全霊で叱咤した。

「誰の人生なの!? 誰のための、人生なの!? 自分のためでしょう!!」

声を張り上げる。呼吸ができなくなっていく。わけもわからず、涙が零れた。無意識のうちに、首にかけられた手に爪を立てる。

意識が遠のいていく。凌牙の顔が、ぐにゃりと手品のように歪んでいく。

それでもありったけの力で叫んだ。

「自分のための人生を、贖罪《しょくざい》のために他人に捧げるなんて、愚か者のすることよ！」

苦しい。もう、呼吸ができない。心臓に、血流が集中する。脈拍が上がって世界が暗転する。

凌牙に蹂躙《じゅうりん》されるくらいなら死んでやる。そう決めたのに、口が、顎が、舌が。言うことを聞かない。

視界いっぱいに溜まった灼熱の雫《しずく》が頬を滑り落ちた刹那。ざぁっと枝葉を揺らす風が吹いて。

――ぞっとするような、冷たい声がした。

◆

今朝方、怒っていると主張し大きく揺れたマフラーのフリンジが、砂利《じゃり》が敷き詰められた参道の脇に広がっている。その様が視界に入り、ざぁっと自分の顔色が変わったのがわかった。

知香が、いない。

俺の知らないところへ――連れていかれてしまったのだと、瞬時に理解した。

参道の人並みの喧騒が、まるで無音映画のように遠くなっていく。ゆっくり腰を曲げて腕を伸ばし、震える手でマフラーを拾い上げた。

「……だれ……が」

自分でも驚くほど。冷たい声が出た。

湧き上がる怒りを抑えきれなかった。瞼《まぶた》の裏が真っ赤に染まって、まるで、異世界の入口に立ったかのように視界が歪んでいく。全身がゆっくり冷えていくのを感じた。言葉にならない感情が、嵐の海の渦潮のように渦巻いている。

自分をバラバラに砕かれ、世界に色をなくし。

自分の価値をなくし……生きる意味さえなくし。

夕食の席で親父が言ったように、母の後を追おうとしたこともある。

それでも。それでも……俺のモノクロだった世界に、その両手に抱えきれないほどの絵具を持ち込んで。

俺の世界を、また鮮やかなものに、艶やかな色彩に輝かせてくれたのは――知香だ。

不意に、昨晩からの風景が断片的に脳裏に浮かぶ。

『……やっ、ぅうっ……ほんと、待って……』

お仕置きと称して知香の首筋に所有痕をつけた時のこと。堪えきれないように喉を仰け反らせて嬌声を上げた姿。

『……じゃあ、私あとから入りたいです…』

しょげたように、申し訳なさそうに、俺のベッドの上で俯く姿。

鎮痛剤を飲んでいる様子を見て、これまで手を繋いだ時の感触から、おそらく冷えからくるものだろうと判断して。俺の知識を分け与え、鏡越しに驚いた顔でくるりとカールしたまつ毛を瞬かせた瞬間のこと。

『……生理だから……これぐらいはしてあげないと、と思ったの……ですが』

たどたどしく、不安気にその瞳を揺らして、俺を見つめてきたこと。その様子にやけに腹が立って、俺を刻み付けてやりたいと、呼吸すらさせないほどに、激しく。俺に溺れさせたいと願ったこと。

『あ……』

思い出の店だと言い涙していた瞬間のこと。その心の傷に触れた瞬間、憤りで身体が震えた。

『友樹くん、初めまして。私は知香』

友樹に『およめさんだ』と言われて顔を真っ赤にして恥じらっていた姿。

（……誰にも。俺から知香を奪わせやしない）

マフラーを握り締めたまま天を仰ぎ、沸騰した感情を落ち着かせるように息を吐いた。ふるりと頭《かぶり》を振る。

知香を奪ったのは、おおかた小林か……それとも例の男か。直感で脳裏に二人が思い浮かんだ。だが小林ではないと即座にその顔を打ち消す。

小林《あれ》は、知香を泣かせたら奪うと言った。その言葉に偽りはなかった。

けれど小林《あれ》は、知香に望まぬ行為を強いるような、そんな男ではない。確信を持って言える。

事実。知香が絢子と鉢合わせたあの瞬間、俺から知香を奪い取れたにも拘らず、あの男は退いた。それが何よりの証拠だろう。

（ならば……）

ギリギリと握り締めた拳に視線を落とす。誰にも見えない場所に傷痕が刻まれていく。

俺は、例の男を知らない。ただ、知香の心に刻まれた傷を見る限り、己より下の人間には何をしてもいいと思っているような傲慢さが透けている。とても真っ当な人物には思えない。

（何かしらの方法で、知香の動向を監視《見て》していた……？）

握った拳から視線を上げ、周囲を見回した。宵闇《よいやみ》に掻き消えてしまえばわからない。二年詣りの人出で参道が混雑していたのも災いした。だが、俺がこの場を離れて五分と経っていないはずだ。

（まだ……近くにいる）

頭の片隅にあった焦燥感が牙を剥き、一気に襲い掛かってくる。

「落ち着け……考えろ」

この人混みの中で騒がれずに姿を消させる手段。必ず足懸かりがあるはずだ。

参道には露店が並ぶ。その隙間を抜け、鬱蒼《うっそう》とした鎮守《ちんじゅ》の杜《もり》に入り込んだか。

入り込んだとして――右か、左か。

ちらりと左右に視線をやる。選択肢を誤れば、取り返しがつかなくなる。

「くそっ……」

どうしたらいい。どちらを選べばいい。時間はない。じわりと何かに掻き立てられるような感情が、胸の奥に滲んで呼吸を乱す。

周囲を見回して深い呼吸を繰り返し、脳に酸素を必死で送りながら激情を堪える。

「……っ、くそったれっ……」

足が、動かない。道を違《たが》えれば、本当に、今度こそ本当に――俺は世界から色を失う。

不意に、びゅうと強い風が吹きつけた。

『でも、郁上さんが、来てくれたから』

ふわりと。俺の澱《よど》んだ思考の沼の奥底から知香の声が響く。街灯の灯かりしかない、ぼんやりとした暗闇の中で視線が交差した瞬間のこと。

――傷付けられてなど、いない。そう簡単に、傷付けられやしない。

凛とした意思の強い瞳が。幻影の中で俺を貫いた。思わず笑みが漏れる。

（あぁ……そうだよな。知香）

知香は――そう簡単に傷つけられるような女じゃない。

「今……行くから」

絶対に。知香のもとに、行くから。

『私の知らないところで幸せになってくれればいいです』

そう口にして、俺の抱えていた靄《もや》を薙《な》ぎ払ってくれた。

『恨んで、憎んで、私の人生の大事な時間を。奪われたくない』

確かな意思を持って、俺が迷い込んだ深い深い森の木々の枝を折って道標を付けてくれた。

『……私は、あなたも幸せにしたい』

初めて自ら口付けをしてくれたあの感触を思い出し、ゆっくりと口角があがる。

「やっぱり、俺はぜってぇ適わねぇよ、知香には」

俺の身勝手な独りよがりな想いも、醜い嫉妬も、全部全部、飲み込んで。

水面に一輪咲き誇る、蓮の花のように。

俺が届かない、俺が必死に手を伸ばしても届きやしない、飢えてやまない、水面の上に。

凛と一人で、立っているのだから。

俺は、知香のようにはなれない。だから俺は。

知香を美しく咲き誇らせるための――泥水に、なってやる。

手に持ったマフラーを握りしめた。そこから立ち上る知香の香りが鼻を掠めていく。

遠くに、微かに。知香の叫び声がしたような気がした。

「……のための人生……自分のため……」

ところどころ掠れて聞こえない。それでも。この声は、間違いなく。

「……っ、知香！」

気が付けばあれだけ動かなかった足が、地面を蹴っていた。声のするほうに、走る。

左だ！

「自分のための人生を、贖罪《しょくざい》のために他人に捧げるなんて、愚か者のすることよ！」

俺と同じくらいの背丈の男が、知香の首を絞めている姿を認めて。

その手から逃《のが》れようと、男の手の甲に爪を立てている白魚のような指を認めて。

酸素が足りずにその眦《まなじり》から涙を零し、それでもなお、気丈に語り掛けている姿を認めて。

――感情が、氷点下まで、冷えて。

俺の中の何かが、荒れ狂う奔流のような勢いで膨れ上がった。

◆

「私のものに手を出そうとは。いい度胸ですね？」

ぞっとするような冷たい声が低く響いた。周囲の気温がぐっと下がった気がした。

その声に、凌牙が私の首にかけた手の力が緩んだ。一気に酸素が流入してくる。

「っ、げほっ……ぅっ……」

痰《たん》が絡んで、苦しい。喉がひゅうひゅうと音を立てている。首元に手を当て、凌牙から数歩離れた。

足元が揺れている。地震でも起きているのかと思うほど、グラグラしている。朦朧《もうろう》とする意識の中で、顔を上げた。

凌牙が背後を振り返っている。その奥に。

私のマフラーを手に持ち、静かに呼吸を整えながら。凌牙から距離をとり、ひたすらに凌牙に微笑んでいる、智さんの姿があった。

一瞬、すっと視線が交差した。けれど、その細く切れ長の目はまったく笑っていなかった。

口調は冷静だが、絶対に怒っている。あの口調が、智さんがとても怒っているということを雄弁に物語っている。

「ふふふ」

心底おかしそうに口の端を釣り上げた智さんの表情。激しい感情の渦が、憤怒の視線が、凌牙に向けられている。

直感的にまずいと感じた。何がまずいのか、今の私にはさっぱりわからなかった。けれど、脳裏にはけたたましい警鐘《けいしょう》が鳴り響いている。

「……お前は、知香の、男か？　これまた随分といいタイミングで現れたな」

凌牙がゆらりと智さんに向き直り、智さんを挑発する。ほとんど背丈が同じふたりは、正面から向き合うとまっすぐに視線が交差するはずだ。

「あなたのことは知香を通して聞いていましたよ。……なるほど、やることがいちいち腐っていますね」

微笑みを絶やさず、それでもなお底冷えのする声で、吐き捨てるように言葉を紡ぐ。智さんの嫌味を受け取り寸分狂わずその意味を理解したのか、凌牙が僅《わず》かに身動《みじろ》いだ。

「……知香。お前は、こんな性悪な男がいいのか？」

自分の力では勝てないと悟ったのか、凌牙は私に捕食するような視線を向けてくる。何を……言っているのだろう。この人は。ぐらりと世界が歪む。目の前の男を強く睨みつけた。

「性悪、ですって？　社員食堂で接触してきた日、あなたは私をずたずたにした。そんなあなたが言えた義理、あるの？」

庇《かば》ってくれた小林くんのことを貶《おとし》めて……今度は、智さんさえも貶《おとし》めた。元奥さんに騙されて、必死の思いで離婚をしたのだろう。それは僅《わず》かながらも同情する。ただ――離婚して、自分が寂しいから。ただそれだけで、私を求めて。

だらりと横に落とした手で拳を力の限り握り締め、大きく息を吸った。

「私のことを好きでもないくせに、側にいろだなんて言わないで!!」

まだ凌牙が私のことを本当に好きでいてくれたなら。きっと赦してくれなんて言葉は、生涯をかけて償う、なんて言葉は出てくるはずがない。

「あなたは私に償うといってすべてから逃げているだけ、よ」

自分の人生を贖罪《しょくざい》のために私に捧げることで、自分の犯した罪から逃げているだけ。自分の過ちを……認めたく、ないだけ。

「ここで逃げたら一生、どんな問題からも逃げることになるわ。……逃げずに、全てに向き合って」

私のその言葉を受け止めたその男が虚を突かれたような表情を浮かべている。

「それから。私が髪を切ったのは、あなたのことを思い出すからじゃない。私がその人を落としたくてやったことよ」

伸ばしてきた髪を切ってショートヘアにしたのは智さんとの駆け引きの上でやったこと。決して、この男のためではない。この男を忘れたかったからという理由でもない。

「あぁ。盛大に振られてしまいましたねぇ？」

凌牙の後ろで智さんが心底面白そうに嗤っていた。くつくつと喉が鳴っている。

その男がのろのろと智さんに視線を合わせた瞬間、智さんがすっと表情を変えた。

「知香を見くびるな。彼女は、何者にも傷つけられない。傷つけられやしない。彼女は、強い。……俺たちよりも、ずっと」

智さんの声が一筋の風のように響いた。凌牙が絶望に満ちた漆黒の瞳を強ばらせながら、どさりと膝をつく。

「……おれは、知香のことを……」

遠くに聞こえる喧騒に、その男の声が紛れて消えていく。この場の三人の吐息が――掻き消されて、いく。

「おいで。知香」

智さんの手がゆるりと伸ばされる。私は迷わずその男の横を通って伸ばされたその手を取った。露店から漏れ出る光が差し込む、明るい場所へ。

「ごめん、遅くなった」

私を見つめる瞳が後悔で不安気に揺れている。ただそれだけの言葉がひどく嬉しくて、自然と微笑みが零れた。その途端、今にも泣きだしそうな智さんに抱き込まれた。

「……」

智さんの力強い鼓動が伝わる。ただただ愛しそうに、力いっぱい抱きしめられること
の温かさに、自分で思うよりほっとしていることに気がついた。

「……もう、なくさない」

ぽつりと、智さんが掠れた声で囁いた。

「離さねぇから」

じわりと世界が歪み、目の奥が、胸の奥が熱くなる。湧き上がる感情の波に溺れない
ように、あらん限りの力でその胸にしがみつく。智さんの熱がじわりと伝わり、身体の
内側まで浸透していく。

ああ——やっぱり、ここが私の居場所なんだ。

痛いほどに強く抱き込まれながら、湧き上がる砂糖菓子のような多幸感に身震いする。

「……さ……とし……さん。来てくれて……ありがとう」

震える声で——名前を、呼んだ。

どれほど智さんの胸にしがみついていただろうか。ゆっくりと智さんの腕の力が抜
ける。

私から視線を外した切れ長の目が凍《い》てついたように眼前を見据えた。

「恨んで、憎んで、俺の人生の大事な時間を奪われたくねぇから。今回のことは、なかったことにしといてやる」

呆然とするその男に向かって智さんが冷たい声で吐き捨てる。

「……知香に、知香の強さに感謝するんだな」

そう続けた智さんは白く長い溜息を吐いた。私はその男に最後の言葉をかけようと、そっと口を開く。

「凌牙」

びくり、と。その男が強く身動《みじろ》ぎした。

「あなたが去年私にしたこと。そして、今したことも。私は赦すことはできない。それでも一度は愛した人だから――幸せになって」

もう戻れない去年《日々》にサヨナラを告げ、彼の幸せを願った。

「……帰ろう、知香」

ふっと、智さんが柔らかく笑った。

もう、私は間違わない。

見えないふり、気付かないふりは、しない。

取り返せない過ちを、もう、繰り返しはしない。

「……はい。智さん」

差し出された愛おしい手を握り返し、私たちは賑わう参道に向かってゆっくりと歩き出した。

エピローグ

カチリとライターの炎が灯る。ジリッと音を立てて火がつき、智さんは白く大きな吐息とともに紫煙《しえん》をくゆらせる。

あれから一瞬も繋いだ手を離されずに智さんの実家まで歩き、車に乗り込んだ。会話はなく、それでも心地よい沈黙に感じたのは、それだけ智さんとの大切な時間を重ねたからなのかもしれない。

しばらく走るとコンビニに寄っていいかと尋ねられた。私もお手洗いに行きたかったため快諾し、適当なコンビニに立ち寄ったものの、先に乗っていてと促され、助手席に乗り込む。

智さんが軒下の喫煙所で煙をくゆらせている場面を、ぼうっと眺めた。

家以外で吸っているのは珍しい気がした。確か、以前聞いた時は自宅か接待以外ではあまり吸わない、と話をしていたような気がする。

（……心配させちゃったから、かな？）

私は煙草を吸わないからわからないけれど、イライラした時とかほっとしたい時に吸うのだと聞いたことがある。

あの姿を見た時の智さんの心の内を想像すると、筆舌に尽くしがたい衝撃を受けたのだろうと思う。逆の立場で考えたら、私もきっと心臓が止まるほど青ざめたと思うから。

再び大きく紫煙《しえん》を吐き出し、火を消した智さんが運転席に戻ってきた。煙草独特の苦い香りが車内に広がる。

「……煙草のにおい、苦手？」

「え？」

「いや。今、顔すげぇ顰《しか》められたから」

智さんが苦笑しながらエンジンをかけた。私はそんな露骨な表情をしていただろうか。

「同じ部屋とかで吸われなければ気にしませんけど、やっぱりにおいは苦手なので……」

やんわりと煙草は苦手だと伝えると、智さんは苦笑したように吐息を漏らしていく。

「……やめれるように努力してみっかなぁ」

水の上を滑る油のようにつるりとした口調で話しながら、車のギアをリバースに入れて助手席に腕をまわした。ゆっくりとバック操作をしはじめた智さんの嬉しそうな横顔が、深夜一時半の街灯に柔らかく照らされた。

ぐんと速度が上がり、環状線となっている高速道路に合流する。この高速に十分も乗れば智さんの自宅付近まで出られる。

周りの風景が後ろに飛んでいき、右に、左に、緩やかなカーブが続く。暗い宵闇《よいやみ》の道路を月明かりとところどころに設置された照明の光が照らしている。

心地よい沈黙の中で、ＢＧＭとして流していたラジオから、聞き慣れた洋楽が奏でられた。

「……～～♪」

気が付けば、私と智さんが同じタイミングで鼻歌を歌い出していた。お互いに顔を一瞬だけ見合わせる。

「……ふふっ」

小さく笑い声をあげた。心から湧き上がる喜びを噛み締めるように頬を緩ませる。智さんが楽しそうな声色で言葉を紡いでいく。

「知香もこれ好きなんだ？」

「はい。これ、歌詞がとても甘くって好きです」

この曲は、昨年世界的に大ヒットした【砂糖のように甘い】恋人へ向けての曲。最近はどのお店に行ってもこの曲を聞かない日はなかったように思える。

「『君の愛に浸りたい』っていう部分が好きですよ、私」

特に好きな部分の歌詞を羅列して、そのフレーズを小さく口ずさんだ。環状線の分岐路で右にウインカーを上げながら、智さんが続ける。

「そこは『君の愛に溺れたい』って和訳だと俺は思ってるけど？」

「……溺れ、たい？」

私は仕事柄、日常会話程度の英語しか使えない。文法的な話はわからない。洋楽の歌詞となると格段にそう。……けれど。


――ただただ砂糖のように甘い、君の愛に溺れたい

智さんはこのフレーズをそういう風に解釈しているようだった。

「確かに……君の愛に『浸りたい』よりも『溺れたい』のほうが、砂糖のような君が愛しい、恋しいって想いがより強い気がしますね」

『浸る』という言葉は文字通り身体の一部、もしくは全てがそれに浸かっている、ということ。

対して『溺れたい』というのは、身体全体がそれに満たされている、ということの暗《あん》喩《ゆ》でもあって。

愛しく恋しい君に『浸る』よりも。

愛しく恋しい君に『溺れる』のほうが、より相手を強烈に求めているような表現。

環状線の出口に近づいて、料金所をするりと通過する。そのまま長い坂道を下って、大通りに合流する交差点で一旦停車した。

「だろ？」

信号待ちで私のほうを向いた智さんが少し得意げに笑ったあと、ふっと悪戯《いたずら》に微笑んだ。

「……知香は、俺に溺れてくれねえの？」

「っ……！」

思わず息が詰まった。智さんのその顔が、信号の赤い光に照らされて……妖艶な雰囲気を醸し出している。

こんな急なタイミングで、遠慮なく愛を振りまくような言葉を投げ込まれるなんて想像すらしていない。困らせるとわかっていてこんな質問を投げかけてくるのだからより一層質《たち》が悪い。

かぁっと耳まで赤くなるのを自覚し、それを誤魔化すように智さんから視線を逸らした。

「……智さんこそ、私に溺れてくれないんですか？」

あんなことがあったけれど、私は何となく。智さんは絶対に来てくれる、という自信があった。

先ほどのように、凌牙に害されている場面でなく、万が一言い寄られている場面を見られたとしても、それを私が勘違いしたように智さんも勘違いするかもしれないという疑念は一切無かった。

もう、私たちは――『恋人』だから。

あの時はまだ『お友達』だったけれど。今は、違う。

だから智さんは私を迎えにきてくれるし、私は智さんが伸ばしたその手を取る。

……逆も、そうだといい。智さんも、私が智さんの手を取ると信じてくれていたとしたら。

それは、きっと。

私に溺れている、ということだろうから。

逸らした視線をそっと戻す。赤信号に照らされていたダークブラウンの瞳が、青信号の青い光に照らされた。少し悪戯《いたずら》っぽく光っていた目が、柔らかく細められる。

「もう、とっくに――溺れてるよ」

囁くような言葉に、心臓が私の身体ごと跳ねた。そんな感覚とは対照的に、ゆっくりと車が動き出す。

（……ずるい）

智さんと私の呼吸だけが、静かな車内に響いた。

無機質な音がして、エントランスの自動ドアが開く。いつもの通り智さんがオートロックを解錠するのを待とうと脇に待機する。

「……？」

それでも一向に解錠をしない智さんを不思議に思い見上げた。彼は嬉しそうな笑みを湛えたまま、期待に満ちた視線で私を呼んだ。

「知香。今日渡した鍵で、開けて？」

その言葉を聞いた瞬間、ぴたりとすべての動作を停止させた。ゆっくりと鞄の中から真新しい鍵を取り出し、なんとなくの気恥ずかしさを感じながらも、おずおずと鍵を開ける。

カチャリと音を立て、自動ドアが左右に開く音が響いた。

そのまままっすぐ歩き、ゆっくりとエレベーターに乗り込む。扉が閉まったその瞬間、背後からぎゅうと力強く抱きしめられた。

「……なぁ、知香」

左の耳元で囁かれた吐息の熱っぽさに、声の甘さに、がくりと全身の力が抜けそうだった。私を呼ぶ声は常に甘い。ただ私の名前を紡いだだけなのに、どうしてこうも甘美な響きになるのか。

「俺が今、どれだけ嬉しいか、わかってる？」

私を抱きしめる力が強くなる。力強い鼓動が、背中越しに聞こえてくる。

「合鍵を使ってくれたこと。俺の名前を呼んでくれたこと。俺の……手を、取ってくれたこと」

不意に。智さんがクリスマスイブに留守電を聞いて、すぐに私を迎えに来てくれた時のことを思い出した。

——あぁ、そうだ。そうなのだ。すでに、あの日から。

「私だって……とっくに。智さんに……溺れて、ますよ？」

この身のすべてを焦がすような情熱を伝えるように、首元に回された腕をそっと握り返した。

◆

ドアノブが静かに廻り、扉が開いた。

「ずいぶん遅くなっちまったな。すぐお風呂入れるから待ってて」

靴を脱いで上がり框《かまち》に足をかけた智さんへそっと手を伸ばし、彼の服を掴んだ。背の高い智さんを見上げるように、じっと見つめる。

「……知香？」

こちらを振り向いた智さんの切れ長の目が、当惑したように瞬いた。心の奥底に滲んだ想いを言葉にしようとしてもうまく唇に乗せることができず、震えた吐息を小さく落とす。

どうしてだろう。今だけは一瞬だって離れたくない。……それに。

「……私を……智さんの、ものにして……くだ、さい」

智さんが、呼吸を止めた。こんな時に相応《ふさわ》しくない感情かもしれないけれど、普段私が智さんに翻弄されているからこそ。反対に私が智さんを翻弄できていることをとても嬉しく思う。

「智さんが……私を大切にしてくれていること。すごく嬉しく思って、ます。だけど……その。されるだけ、っていうのが……心が、置いてかれてる気が、して」

ほんの数刻前、凌牙から一方的な感情をぶつけられたからかもしれない。それとも智さんと改めて気持ちを確かめ合ったから、なのだろうか。

これまで凌牙と体験したそれはいつも性急で、そのたびに『感じなきゃ』と焦っていた。いつの頃からか、肌を合わせるということは私の中で怖いもののように思ってしまうようになっていた。

けれど、智さんが私を抱く時は。まるで壊れ物を扱うかのように、優しく……時に激しく。

私の反応をくまなく観察しながら、私の身体のタイミングを見計らい……的確に快楽の海に突き落としては、掬《すく》い上げていく。

そうやって抱いてくれるのは――凌牙に不感症、と言われて、傷付けられた私の心を癒してくれていたから。

私の身体に刻まれた、哀しい記憶を上書きするように。

女としての自信を全て失った私を。智さんの手で、救い上げてくれようとしてくれていたから。

だからこそ――智さんとのこの先に、何が待ち受けているのか。今は知りたくてたまらないし、熱く滾《たぎ》るそれに貫かれる自分を想像してしまう。

「されるだけ、じゃなくて……二人で一緒に、気持ちよくなりたい、です。生理……もう終わってる……ので。だから」

そう口にした瞬間、智さんの人差し指で唇を押し留められた。これまでにないほどの強い視線が媚薬に変わって、私を駆り立てる。

「そこまで言われて……逃がす気は、ねぇけど。……わかってる、よな？」

初めて聞くような、低めの掠れた声が、私の感情を思い切り揺さぶってくる。

「わかって……います……」

そう答えたものの、今更ながらかっと羞恥心が沸き起こり、視線を下げた。すると、唇に添えられた指先がゆっくりとおとがいに移動する。智さんの指に促されるまま顔を上げると、欲を孕《はら》んだ切れ長の目と視線が交差した。

その瞳の奥に宿る鈍い光。吸い込まれてしまいそうな、それでいて射抜かれるような錯覚に背筋にぞくりと震えが走る。緊張で、ぎゅ、と、自分の手を握り締めた。鼻がツンとし始めて、羞恥心から涙が滲んだことを自覚する。

「そんな目……余計に欲情するだけだっつの。俺、本気で止まれなくなんだけど。……いーの？」

苦しそうな、切なそうな、そんな瞳をしたまま。智さんが小さく吐息を落とした。込み上げる涙で視界が揺れている。それでもなお、智さんの瞳を見つめ返す。

「……抱いてください」

言葉での返答はなかった。けれど、端整な顔が近づき、ゆっくりと唇が降りてきたことが智さんの答えのように感じた。軽く触れ合うだけのキスが何度も何度も繰り返される。小さなリップ音が延々と続く。甘く優しい口付けに、身体を震わせた。小鳥が啄《ついば》むようなそれを、舌先だけを絡ませながら幾度も繰り返した。

唇が僅《わず》かに離れ、それでもなおすぐ口付けられる近さで囁かれる。

「俺だけ……見てろ」

「……は……い」

首肯《しゅこう》するようにじっと熱く見つめ返し唇を合わせると、たちまち舌が侵入してくる。熱いそれに私の舌が絡めとられ、全身が甘く痺れるような感覚に襲われていく。

唇を合わせながら私たちは互いの服を剥ぎ、もつれ合うように少しずつ部屋を移動した。智さんのベルトの金具が擦れる音と、水分を含んだリップ音と、床に落ちていく衣擦れの音が混じり合う。ぬるりとした粘膜の感触に夢中になって、呼吸すら忘れて唇を貪《むさぼ》った。

智さんの長い指が、私の肩をそっと撫でる。その指先がゆっくりと滑り下り、ブラジャーをも床に落としていった。

「んっ……ふ、う……」

思わずびくりと全身を跳ねさせたが、するりと後頭部を捕らえられ、合わせられた唇を離すことは許されなかった。智さんは器用にショーツに指をかけていく。私は彼のなすがままになってしまい、とうとう一糸纏《まと》わぬ姿にされた。ふわり、と、ベッドに押し倒される。

「……知香」

何かに憑《つ》かれたような――じっとりとした視線。熱に浮かされたその双瞳には、私しか映っていない。

どこかほの暗いその色に当てられ、えも言われぬ感覚に下腹の奥がじんと疼いた。期待に高鳴った吐息が漏れる。

適度に筋肉を纏《まと》い、引き締まった肩と二の腕。彫刻よりも美しい裸体に目が奪われてしまう。

智さんが唇を私の首筋に寄せた。熱い吐息が肌を撫で、その唇はチリチリと紅い所有痕をデコルテに散らしながら徐々に徐々にと下がっていく。

智さんの唇が肌を掠めるたび、ゆっくりと快楽の泥濘《でいねい》へ沈められていくようだった。

「あ……は、ふっ」

性感帯、と言われるところに触れられてすらいないのに。キスをして肌を啄《ついば》まれていくだけでこんなにも気持ちよくなれるなんて。これまではまったく想像もできないことで、身体の中心がざわざわと蠢《うごめ》く感覚にシーツを掴みながら身悶えした。

熱を持った指先で膨らみのきわをなぞられていく。下から持ち上げるようにゆるゆると揉みしだかれる。

不意に、つんと尖って主張する頂《いただき》を口に含まれた。ざらりとした舌の濡れた感触に全身を跳ねさせるけれど、智さんは小さく笑ってそのまま執拗に舌先で蕾《つぼみ》を嬲《なぶ》っていった。

「あっ、うんッ……ん、ふっ……！」

舌先で弄《もてあそ》ばれては軽く食《は》まれ。軽い甘噛みの刺激はだんだんと快感へ変わっていく。

空いた指先が首筋や鎖骨の窪《くぼ》みを辿ってくびれをなぞり上げた。

「知香……好きだ」

欲に掠れた声で、ありったけの想いを乗せるように囁かれる。胸の奥から込み上げてくる何かにひくんっと身を震わせてしまう。

歓びで唇を戦慄《わなな》かせ、譫言《うわごと》のように「好き」と想いを返す。昂《たかぶ》った感情に眩暈《めまい》すら覚えながら私は必死に智さんに縋り付く。

「あっ、……ん、ぁっ」

熱に濁った瞳で、それでもなお慈しむように全身にくまなく口付けを落とされていく。乱れる息に朦朧《もうろう》とし、温かな触れ方に胸がいっぱいで泣きそうになる。

てのひらで下腹部を撫でられる。ただそれだけなのに、触れられた部分からほのかな快感がじわりと広がって、全身の強張《こわば》りが緩んでいく。その手でゆっくりと腰のラインをなぞられ、この先に待つ快楽への期待に熱い吐息を零してしまう。

「あっ……」

そのまま太ももを持ち上げられ、大きく開かれる。絶え間なく与えられ続けていた愛撫のせいで飛んでいた理性が、その体勢にされたことで戻ってきてしまった。お風呂に入っていないこともあり、途端に恥ずかしくなって制止させようと弱々しく手を伸ばしかけたけれど、その手は智さんによって容易《たやす》く阻《はば》まれた。

「だ〜め」

ふっと口の端をつり上げた智さんの唇が内ももに紅い所有痕を散らしながら徐々に奥へと侵入していく。しっとりと滲んだ谷間に辿り着くと、智さんは舌先を這わせ、ゆるりと綻んで口を開けた秘裂をざらりと撫で上げた。

「ひうっ……！　んッ、ふぁっ……」

不意に秘芯を舐め上げられ、大きく身体を跳ねさせた。蜜奥から溢れ出す雫《しずく》を、下から上へと舐め上げられるように、舌が不規則な動きを反芻《はんすう》させていく。智さんから与えられる快感に身体の奥に炎が灯され、くすぶる熾火《おきび》となって私を苛《さいな》んでいった。じっとりと肌が汗ばんでいく。

「あっ……んやっ、あっ、だめぇっ……」

すぼめられた舌で内壁をくすぐられながら、張りつめた肉蕾を指先でくにくにと絶妙な力加減で捏ねられていき、智さんの指先が動くたびに身悶えしてしまう。じくじくと最奥が疼き、開かれた両脚につい力を入れてしまう。

逃がすことのできない快感が、澱《おり》のように下腹の奥に溜まる。私のすべてが智さんに満たされたように錯覚する。

あまりにも充実していて、幸せで――目尻からぱたぱたと涙を落とした。

「イきそう……だな?」

「っ、んんっ……!」

与えられる刺激に全身がぐわりと押し上げられていくように感じた。どこか嗜虐《しぎゃく》的な智さんの声色に煽られ、言葉にならず、私は目を瞑《つむ》って唇を噛みしめ、何度もこくこくと首を縦に振る。

前回、時間をかけて慣らされたソコ。いつの間にか舌から指へと変わり、先ほどとは異なる肉感に小さく喘いだ。緩く出し入れされ、とどめを刺すように臍《へそ》側の浅瀬部分をゆっくりと擦られていく。絶妙に力加減を変えつつ、じゅぷじゅぷと卑猥《ひわい》な音を立てながらそこだけを執拗に何度も擦り上げられて、あまつさえ尖った秘芽をきゅうっと吸い上げられた。とうとうふわりとした快感が下腹部から頭まで駆け上がる。

「あっ、ああっ、んっ――――ッ!」

ばちりと瞼《まぶた》の裏が白く弾《はじ》け、達して強張《こわば》った身体ががくんと弛緩《しかん》する。喉の奥が痙攣して、呼吸が引き攣《つ》った。

「力、抜いて」

全身が痙攣する中、不意に耳元で囁かれ、灼熱の塊が綻びきった蜜孔に口付けられた。

「あっ……あ……」

智さんが小さく腰を揺らす動きに合わせ、浅瀬部分を擦るように何度も先端が行き来する。まるで焦らされているようで思考が焼け付いた。

あえかな吐息を落とした私を見つめた智さんが切なげに目を細め、ゆっくりと腰を進めていく。

「～っ～～～!!」

ぎちぎちと蜜壁を押し広げていく感覚に声にならない声で叫んだ。圧倒的な質量の屹《きつ》立《りつ》が押し込まれていく。派手な水音を立ててぐっぷりと根本まで飲み込んだ秘部が、ひくひくと収縮を繰り返していることがわかる。

熱い。ただただ、熱い。そして、苦しい。苦しさに身体が硬直する。

「痛い？」

ふるふると頭《かぶり》を振る。痛みは、ない。でも、あまりの質量に、苦しい。

「ゆっくり息して。……そう、上手」

「ぁっ……は、ぁっ……」

智さんに促されるまま、ゆっくりと呼吸をする。行き止まりにぴったりと自身の先端部分を密着させるように最奥まで腰を進めた智さんもどこか苦しそうに眉根を寄せていた。そのままじっと私を抱き締めている。埋め込まれた楔《くさび》の重量と熱を強く感じ、私も思わず智さんのしなやかな身体を抱き締め返した。

「……やっと、知香の全部が手に入った」

智さんがそう呟いて、ゆっくりと額《ひたい》に口付けた。その言葉に、涙がぽろぽろと零れる。

「さとしさん……すき……」

熱に浮かされたように呟くと、智さんは一瞬だけ息を止めた。刹那、はぁと大きな溜息をつかれて、再びぎゅうと強く抱きしめられる。

「これ以上俺を搦めとってどーするつもり？　……まぁ、俺も絶対に逃がさねぇけど」

耳元でそっと囁かれる。いつもとは違う余裕のなさそうな顔つきに大きく心臓が跳ねた。

「知香……感じてんのも、イった顔も……全部全部、可愛い」

「や、やあっ……」

「本当に……知香の全部が好きだ。……今日みてぇに……意外と強いくせに、案外脆《もろ》いとこも。全部全部……」

智さんが汗ばんで額《ひたい》に貼りついた髪をそっと除けてくれる。私をまっすぐに見つめている表情はどこか切なげで、危うくて。ゆらゆらと揺れる視界に焼き付けたその光景があまりにも幸せで、息も忘れた。

「わたしも……智さんのことが、すき……絶対、離さないで……」

私の言葉に、どくりと、胎内の楔《くさび》がさらに質量をあげた。その感覚に息を飲んだ瞬間、智さんが小さく呻いて眉根を寄せた。額《ひたい》にじっとりと浮かんだ汗が煌《きら》めいている。

「……最初だからゆっくりしてやりたいけど、先に謝っとく。ごめん」

智さんが緩やかに腰を引いた。ギリギリまで引き抜かれ最奥まで貫かれる。それからは、ゆっくりと、優しく。何度も何度も突き上げられた。

「あ、あぁっ、それっ、だめぇっ……」

緩急をつけた律動《りつどう》のままに最奥を穿《うが》たれると、身体の芯がずんと疼き、余計に彼自身を締め付けてしまう。智さんは腰を引くたび角度を変えて、私が感じる場所を丹念に掘り起こす。

「あぁっ、うんっ、やぁっ!」

「奥っ……当たる……たんび、締まんの、やべ……」

止まらない律動《りつどう》によって膨張した楔《くさび》の先端が胎内の内壁を擦りあげていく。行き止まりの奥深くを抉《えぐ》られる。仰け反るような甘い痺れが走り抜け、腰を淫らにくねらせる。激しい抽送《ちゅうそう》に甘蜜がどろりと掻き出され、接合部分をしとどに濡らしていた。

「んっ、ふぅっ……あっ、んんッ!」

激しすぎる快感を享受《きょうじゅ》しきれなくなる。真っ白な感覚が再び近づいてくる感覚にはくはくと酸素を求めて身体を大きく仰《の》け反《ぞ》らせると、智さんは狙いすましたように、執拗に最奥を突き上げてきた。

「あっ……!!　まっ、まって……！　だめッ……んっ、ん〜〜〜ッ！」

さっき以上の——深い、快楽。下腹から弾《はず》みをつけて一気に駆け上がってきた痺れは深く、強烈で。

智さんの形を記憶するかのように、隧道《すいどう》が痙攣する。繋がった部分はますます甘く蕩けて淫猥さを加速させ、理性をなくした私を陶酔させる。

「っ、くぅ……やっべ、喰いちぎられそ……」

身体が、心が、魂が——智さんに溺れて、狂っていく。

これまで、私はそんなにセックスに興味があるほうだとは思ってなかった。淡々と時間が過ぎていくのを待つだけの時間で、セックスって、それだけなんだと思っていた。行為が終われば、相手が果てれば、打ち捨てられるだけだと。

「さ、としさっ……！」

「っ……ん？」

途切れ途切れに名前を呼ぶと、智さんが私の耳元から顔を上げて私の顔を覗き込んだ。絶頂に痺れた腕に力を精一杯込めて、智さんの唇をなぞっていく。

「キス、して……もっと……もっと……こわ、して」

こんな欲望が私の中にあったなんてこと、知らなかった。

もっともっと悦《よ》くしてほしい。

もっともっと、智さんを感じたい。

何もかも、全部全部、貪《むさぼ》られたっていい。

身体の奥底から引きずり出された、いや、深い場所まで沈められてしまった。

彼の匂いも、体温も、力強さも、何もかも。智さんのすべてに酩酊《めいてい》した身体が、蕩けていく。

智さんに溺れているのか。智さんに溺れさせられているのか。もう、わからない。

でも。

智さんと一緒に……底なしの沼に溺れていけるなら、本望だ。

ぎゅう、と、力の入らない腕を気力で持ち上げて、智さんの背中へ回した。

「知香……好きだ。愛してる」

苦しそうな表情の智さんからこめかみに優しく口付けられ、甘い吐息を漏らす。

「あ、んっ、ふ、やぁっ、んんっ……！」

収斂《しゅうれん》する蜜壺の最奥を突き上げられては浅瀬まで引き抜かれ、繰り返す充溢と喪失が私を再び高みへと押し上げていく。思わず智さんの背中に爪を立てた。

絶え間なく淫らな水音が響き、最奥を何度も貫かれ、ぞくぞくと肌の上を甘い痺れが走っていく。

「はぁあっ、あ、も、もぉっ……！」

息もつけぬほどの抽送《ちゅうそう》に、涙を散らしながら頭を打ちふるう。

身体の奥が痙攣し始める頃、見計らったかのようにストロークが速くなり、私の身体がしなっていく。

「んっ、ぅん、ん、あっ、あぁっ、んんん──ッ!!」

「ち……か……っ！」

今までで一番強く、視界が白く弾《はじ》けた。掠れた智さんの声色は果てのないほどの愛欲を孕《はら》んでいるように思えて、私の鼓膜により一層の淫猥さをもって溶け込んだ。

智さんが数度腰を打ち付け、どくりと身体の一番深い場所で、楔《くさび》が被膜越しに大きく震えたのを感じとる。浮遊感の直後に失墜感が全身を襲い、くたりと指先までシーツの海に投げ出した。

ぎゅうと抱きしめられて、互いの速まった鼓動が共鳴するのを感じる。私は幸福感で胸が一杯になって、涙が溢れ、言葉が出てこなかった。

「……知香……」

智さんは私を壊れ物のように抱き寄せた。髪に口付けを落とし、余韻を味わうようにぴっとりと寄り添いながら、私の髪をゆったりと撫でていく。

「さ……とし……さ……ん……」

幸福をじっくりと噛み締めるように智さんの肩口に頬ずりする。ゆっくりと撫でてくれる心地いい指先にうっとりしながら、私は整わない呼吸のままに小さく名前を呼んだ。

「好き……です。これからも、ずっと……」

気だるい腕をなんとか動かし、彼の背中を撫でた。しっとりと汗ばんで、吸いつくような肌の感覚に酔いしれる。

「やだっつっても……離さねぇからな。覚悟しとけよ？　知香はもう……俺から逃げられねぇ。身体も心も涙も、血の一滴すら俺のものだ。髪の一筋だろうと、誰にも渡してなんかやらねぇ」

愉しげに、でも苦しげに、激情の滲む声色で、智さんが低く甘く囁いた。

智さんが私の瞼《まぶた》にキスを落とす。智さんの気持ちが伝わってくるようで、なんだかくすぐったい。

「知香に触れていいのは俺だけ。知香の、啼《な》いて乱れて……ぐっちゃぐちゃになった可愛い姿を見ていいのも、俺だけ。笑顔も、声も、何もかも……俺だけのもの」

私をまっすぐに見据える、ダークブラウンの瞳。狂気を孕《はら》んだような、異常なほどの執着すら感じる言葉にはやっぱりまだ慣れない。だけど、それを向けられるのは悪い気はしない。

それだけ——私も智さんに、溺れているんだと思うから。

「……知ってます」

余韻が引き始めていく身体がまた熱を持っていきそうな気がして、そっと目を閉じる。

ふっと笑い声が落ちてきて、ゆっくりと唇を合わせた。

そうして、私たちはまた、底なしの愛と快楽に。

ゆっくりと、溺れていった。

きっとこれから先も、こうして生きていくのだろう。

目まぐるしく景色が変わっていく日々を、笑ったり、泣いたり、苦しんだり、時に怒ったりもしながら。それでもこうして、この先もずっと。

——智さんと一緒に、生きていく。

書き下ろし番外編

優しい温度、あなたの香り

「う～、さむ……」

脱衣所のひんやりとした空気が私の頬を撫で、身体の芯から冷える感覚に襲われた。智さんが念のためにと引っ張り出してきてくれた足元用のミニヒーターをつけていたとはいえ、気休め程度にしかならない。

（今日はしっかりお湯に浸かって、暖かくして寝なくちゃ……）

明日は新年の仕事初めだ。夜には貿易協会主催の賀詞交歓会に出席することとなっている。

風邪なんて引いてられないし、万全の状態で業務に臨まなければ。部屋着の袖を捲り上げ、私は浴槽の掃除に取り掛かった。

バススポンジを濡らして洗剤を付け、浴槽の隅々まで磨いていく。浴室のタイルの目地を擦って、細かいゴミや髪の毛を取った。浴槽の底にも泡を立てて、満遍《まんべん》なく汚れを落としていく。智さん宅の浴室は、二人で入っても充分くつろげそうな広さだ。

（いつか……智さんと一緒に入る日が来るのかしら……）

そんな想像をして、顔が熱くなるのを感じた。まだ付き合って二週間程度しか経っていないのに、先走り過ぎだろうか。でも、ちょっとどころかかなり強引な智さんのことだから、近いうちにそういう展開になりかねないような気もする。

（その時は……ど、どうしよう……）

智さんと——裸で一緒にお風呂に入るなんて。

『おいで』

艶めいた低く甘い声が頭の中で響き、心臓が大きく跳ね上がった。智さんの声音にはいつだって色気が溢れているから、「おいで」なんて言われたら、とてもじゃないけど正気を保てる自信がない。

「……って、なに考えてるの……」

ハッと我に返った瞬間、一気に恥ずかしさが込み上げた。煩悩《ぼんのう》を振り払うかのように頭をぶんぶんと振って、私は手を動かすことに集中する。

「えっと……お湯はこっち、だったよね？」

この年末年始休暇中は一度だけ荷物の整理に自宅に戻ったものの、ほとんどの時間を智さん宅で過ごしていた。ある程度の勝手はわかるようになってきたけれど、それでもやっぱり自分の家とは設備が違うから戸惑ってしまう。

カランとシャワーの切り替えレバーに手を伸ばす。泡だらけの手を出して、温度を確認して蛇口を捻った——はずが。

「きゃっ⁉」

勢いよく出てきたお湯が、私の頭に降り注いだ。ぎゅっと目を瞑《つむ》り、顔の前に手でガードを作ったけれど、それも間に合わず水流が容赦なく襲いかかってくる。慌ててお湯を止めた。

「も～……」

髪からポタポタと滴り落ちる雫《しずく》を手で拭いながら、私は大きく息を吐いた。頭からつま先までずぶ濡れになり、一気に体温が奪われるのを感じる。服に水が染み込んできて、身体が冷たくなっていく。

急いで脱衣所に戻りタオルを手に取って、髪を拭く。束になった前髪を指で摘みながら、私はまた小さく溜息をついた。ミニヒーターが優しく足元を温め続ける音だけが響いている。

「やっちゃった……なぁ」

こういううっかりミスをするのが、私のだめなところだ。気を付けないといけないと思うのだけど、なかなか直せない。

温風で足先を温めつつ、濡れてしまった部屋着に視線を向ける。

（とりあえず、着替えないと……）

ひとまず濡れた服をどうにかしなければ、風邪を引いてしまう。私は、水を被ってしまった部屋着の上下を急いで脱ぎ、洗濯籠に入れた。幸い、ショーツは被害を免れていたようだったので、そのままにしておく。

代わりになる服がないかとあたりを見回す。が、私の服はリビングのお泊まりセットに入れっぱなしなので、智さんの服以外は見当たらなかった。

「トレーナーだけ……借りてもいいかな……？」

冷えていく腕を擦りながら、私は誰に問うでもなく言葉を落とした。

智さんが休日に着ていることが多いスエット素材のトレーナーは、さっき畳んで目の前の衣装ケースに仕舞ったばかりだ。明日からは仕事なので、智さんもしばらくは着ないだろう。

少しだけ躊躇《ためら》いながらも、キャスター付きのシンプルな衣装ケースに手を伸ばし、そっとトレーナーを手に取った。私の身体のサイズから考えてみると余裕がうんとあり過ぎるけれど、袖口や裾を折ればなんとかなりそうだ。

トレーナーを着てみると、智さんの香りが鼻腔《びこう》をくすぐったような気がした。洗濯したてだから、正確には智さんの香りではないのだろうけれど。

（まるで……智さんの腕の中にいるみたい）

かすかに香る、優しい匂い。どうしてだか、すごく落ち着く気がする。いつも彼の側にいることで、私と同じ匂いになりつつあるものだった。

さっきまではなんとも思わなかったのに、なんだか急に恥ずかしくなってしまった。

(……あぁもう！　智さんの服で変なこと考えちゃダメ！)

けれど、これ以上寒い思いをするわけにもいかない。トレーナーの裾を整えるものの、袖が長すぎて手の先がほとんど隠れてしまっていた。

「わ……やっぱり大きいなぁ」

自分の身体の大きさと比べるとやはり大きくて、まるでミニ丈のワンピースでも着ているようだ。

「でも、……あったかいからいっか」

ぶかぶかの袖を捲り上げながら私は再び浴室に戻った。先ほどの失敗を思い出しつつ、慎重に蛇口を捻った。今度はしっかりとシャワーから出るぬるま湯で、浴槽の泡を洗い流していく。

「ふぅ」

浴室は静まり返っていて、水滴がタイルを打つ音だけが響いている。掃除した箇所をくまなく流し終えた私は、浴槽にお湯を張った。

お湯が溜まるのを待ちながら、ふと壁かけの鏡に映る自分の姿に目を遣《や》る。智さんのトレーナーを着ている自分が、どこかくすぐったくて、でも嬉しい。ぶかぶかの姿は、なんだか小さな子どもみたいだ。

（智さんにこれを見られたら……笑われちゃうかな？）

そんな想像をして、自然と口元が緩む。でも、今はこの温かさに包まれていることが何よりも心地よかった。

再び脱衣所に戻り、足元用のミニヒーターの側に腰を落とす。送風口に手をかざすと、ひんやりとしていた手に体温が戻り、温かくなっていく。

次の瞬間、脱衣所の扉がガタリと開く音がした。

「知香？　なにかあったのか？」

「えっ」

突然のことに驚き、私は反射的にその場に固まってしまう。扉から顔を出した智さんは、こちらを見つめて目を丸くしていた。

智さんの視線が私の着ているトレーナーに注がれていることに気付いた私は、途端に顔が熱くなるのを感じた。

「えっと、その、ちょっと失敗してしまって、お水を浴びちゃいまして……濡れた服を脱いだら、私の着替えはリビングにしかないので、それで……勝手に借りちゃって……」

しどろもどろになりながら必死に説明する私を見て、智さんは驚いたように目を瞠《みは》った。

「濡れた？　さっき？」

　智さんは眉根を寄せ、厳しい表情でこちらに近づいてくる。智さんが私の側で腰を落としたと同時に大きな手が伸びてきて、私の身体をぐっと引き寄せた。

「風呂入れてくるって言ってえらく時間がかかってるから、なにかあったのかと思ったんだが……」

　そう言った智さんは自然な動作で私の頭に手を乗せ、軽くポンポンと撫でた。温かくて優しい手の感触に、心が安らいでいく。

　智さんのてのひらの温もりが、冷えた身体をじんわりと温めてくれているような気がした。

「寒くないか？」

　耳元で響く彼の声には心配の色が滲んでいる。それが少し嬉しいと思いつつ、彼に心配を掛けてしまったことを情けなくも思ってしまう。

「大丈夫……です」

　小さな声で答えると、智さんはもう一度私を見つめて、心配そうに眉を寄せた。

「本当に？　手だって氷みてぇになってるが」

　智さんは私の手に触れながら私を見て目を細める。智さんに手を握られているだけで、私の心臓はドキドキして仕方がない。

けれど私は、それを表には出さないように平静を装い言葉を返した。

「本当に……大丈夫です。それに、もう少しでお湯も溜まりますし」

「そうか。じゃあ、風呂一緒に入るか？」

「……へ⁉」

唐突な智さんの言葉に、一瞬私の思考回路はフリーズしてしまった。ゆっくりと耳まで熱くなる感覚がして、顔が真っ赤になったのが自分でもわかってしまう。

確かに、つい十分前くらいに。もしかしたら一緒にお風呂に入るときがくるかもしれない、だなんて妄想はした。

けれど、こんなに早くその時がくるとは思いもしなかった。

（え……え、っと）

とりあえず何かを言わなければと言葉を探すものの、思考が追いつかない。この人は、私の心臓を止めたいのだろうか。

智さんは、動揺しすぎて口をはくはくとさせている私を見遣《みや》ってにやりと口元をつり上げた。

「冗談。顔赤すぎ。やっぱり知香は可愛いな」

揶揄《からか》われていることに気が付き、私は顔がさらに赤くなるのを自覚しながらも口元を尖らせた。

「そ、そんなこと……冗談でも言わないでください！」

「すまんすまん。ちょっと揶揄《からか》いたくなっただけだって」

智さんは笑いながらも、私の手をしっかりと握った。そのまま私の冷えた手を温めるように、ぎゅっと握ってくれる。

「知香が寒そうにしてるの、見てられねぇからさ。一緒に温かいもの食って、ゆっくり休もうな」

智さんのその言葉に、なんだか胸がじんわりと温かくなった。まるでお湯のように、彼の存在が私の中でじっくりと染み込んでいくのを感じる。智さんがこんなにも気を遣ってくれることが、何だか嬉しくて、少しだけ恥ずかしくもあった。

智さんの冗談にはいつだって翻弄されている。けれど、それが不快かというとまったくそうではなくて。むしろ――こんな会話のやりとりさえ楽しいと感じてしまっている私がいる。

(本当に……質《たち》が悪いんだから)

そう思いながらも、顔が緩んでしまうのを止められない。智さんと一緒に過ごす時間がどんどん特別なものになっているような気がして、それがただ嬉しかった。

「知香」

ふと、耳元で囁くように名前を呼ばれ、ゆっくりと顔を上げる。ダークブラウンの瞳の奥に、ちらちらと揺れる焔《ほむら》が見えた気がした。それはなんだか、底無し沼のような情欲の焔《ほむら》のようにも思え、再び息が止まってしまう。

「知香のカッコ見てたら、……シたくなってきた」

「なっ……」

低く掠れた声と、熱い吐息が耳元を撫でた。ぞくりと背筋が震えたのもつかの間、耳《みみ》朶《たぶ》を舌先でねっとりと舐められて、肩がびくんと跳ね上がる。

「ちょっ、智さん、待って……っ！」

「待たない。俺の服着た知香が可愛すぎるのが悪い」

結局――違う意味で身体が温まった一晩になったことは、言うまでもなかった。

愛され乱される、オトナの恋。溺愛主義の恋愛レーベル

COMICS Eternity エタニティ

死亡フラグを回避すると、毎回エッチする羽目になるのはどうしてでしょうか。 1

漫画 フミマロ

原作 当麻咲来

平凡なOL・亜耶《あや》には、人が死ぬ未来＝死亡フラグが見えてしまうという不思議な力があった。

でもめったにそんな事態に出くわすこともない、と安心しきっていたら、ある日、憧れの荻原《おぎわら》課長が事故死する未来を見てしまう。なんとか課長の死亡フラグを回避しようと帰ろうとする彼を引き留めていたら……誘っていると勘違いされてしまった!? その後も課長に死亡フラグが立つたびに、なぜかエッチな展開になり――…!?

無料で読み放題
今すぐアクセス!
エタニティWebマンガ

B6判 定価:770円(10%税込)

憧れの上司は超S系⁉
死亡フラグを回避すると、毎回エッチする羽目になるのはどうしてでしょうか？

当麻咲来《とうまさくる》

装丁イラスト／夜咲こん

文庫本／定価：770円（10% 税込）

他人の死の予兆が見える亜耶《あや》はある日、憧れの課長の事故死を予知する。事故から遠ざけようと課長を引き留めていたら、誘っていると勘違いされ、彼に抱かれてしまった！　その後も課長は何度も死にそうになり、それを阻止しようとするたびにエッチな展開になって——⁉

本書は、2022年9月当社より単行本として刊行されたものに、書き下ろしを加えて文庫化したものです。


この作品に対する皆様のご意見・ご感想をお待ちしております。

おハガキ・お手紙は以下の宛先にお送りください。

【宛先】

〒150-6019 東京都渋谷区恵比寿4-20-3 恵比寿ｶﾞｰﾃﾞﾝﾌﾟﾚｲｽﾀﾜｰ 19F
（株）アルファポリス　書籍感想係

メールフォームでのご意見・ご感想は右のＱＲコードから、
あるいは以下のワードで検索をかけてください。

アルファポリス　書籍の感想　検索

ご感想はこちらから

エタニティ文庫

俺様《おれさま》エリートは独占欲全開《どくせんよくぜんかい》で愛《あい》と快楽《かいらく》に溺《おぼ》れさせる

春宮《はるみや》ともみ

2025年3月15日初版発行

文庫編集－熊澤菜々子・大木 瞳
編集長－倉持真理
発行者－梶本雄介
発行所－株式会社アルファポリス
〒150-6019 東京都渋谷区恵比寿4-20-3 恵比寿ｶﾞｰﾃﾞﾝﾌﾟﾚｲｽﾀﾜｰ19F
TEL 03-6277-1601（営業）　03-6277-1602（編集）
URL https://www.alphapolis.co.jp/
発売元－株式会社星雲社（共同出版社・流通責任出版社）
〒112-0005 東京都文京区水道1-3-30
TEL 03-3868-3275
装丁イラスト－御子柴トミィ
装丁デザイン－AFTERGLOW
（レーベルフォーマットデザイン－hive&co.,ltd.）
印刷－中央精版印刷株式会社

価格はカバーに表示されてあります。

落丁乱丁の場合はアルファポリスまでご連絡ください。

送料は小社負担でお取り替えします。


ISBN978-4-434-35447-2 C0193